童話故事裡的心理學

——從榮格心理學解析格林童話

（《童話心理學》新修版）

昔話の深層

河合隼雄／著
林仁惠／譯

遠流出版公司

童話故事裡的心理學

從榮格心理學解析格林童話（《童話心理學》新修版）

昔話の深層

作者　河合隼雄
譯者　林仁惠
行銷企畫　劉妍伶
責任編輯　曾婉瑜
內文構成　賴姵伶
封面設計　周家瑤

發行人　王榮文
出版發行　遠流出版事業股份有限公司
地址　104005 臺北市中山區中山北路 1 段 11 號 13 樓
電話　02-2571-0297
傳真　02-2571-0197
郵撥　0189456-1
著作權顧問　蕭雄淋律師

2023 年 09 月 01 日　二版一刷
定價　平裝新台幣 380 元（如有缺頁或破損，請寄回更換）

ISBN：978-626-361-198-6
遠流博識網　http://www.ylib.com　E-mail: ylib@ylib.com

國家圖書館出版品預行編目 (CIP) 資料

童話故事裡的心理學：從榮格心理學解析格林童話 / 河合隼雄著；林仁惠譯. -- 二版. -- 臺北市：遠流出版事業股份有限公司, 2023.09
面；　公分
譯自：昔話の深層
ISBN 978-626-361-198-6(平裝)
1.CST: 文學心理學 2.CST: 童話
810.14　　112012092

推薦文

——心理學作家／愛智者書窩版主　鐘穎

有一則非洲的故事是這樣的，故事是惡作劇之神阿南西（Anansi）從天神那裡得到的禮物，他用計謀抓到了胡蜂、蟒蛇、與花豹，作為交換，天神將故事送給了他，從此人類的世界就變得精彩，也多了許多歡聲笑語。

為什麼偏偏是令人頭痛的惡作劇之神為世界帶來了娛樂與歡笑呢？因為那些溢出常軌的「惡」才具備我們需要的那種創造性，能夠更新、能夠完善，能夠打破原先太過緊繃的束縛。

這麼說來，故事就是天神的恩賜，也是我們用以抵禦苦難的法寶。

童話可以說是最精粹、最原始的一種故事類型。因為具備這樣的特性，它具有無與倫比的感染力，能穿透到不同世代與不同文化的心靈。

任何人在閱讀童話時都會獲得啟發，而生病或者遇到某些困難的人也常會自動興起想要創造故事的願望。換言之，人類的心裡似乎擁有某種傾向，能夠去述說和完成各種故事。而這些故事，無疑地都具有某種共同的元素。

這些元素具有「原型」的特質，一種先於個人而存在的原型經驗。這些原型就是千萬年來人類情感經驗的結晶。

天神將它送給了我們，讓它補償我們有所偏失的心靈。在說與聽之間，那些最能符應我們心靈古老結構的元素被留了下來，一次又一次地喚醒說者與聽者潛意識裡頭的情感與智慧。

在那裡頭，有某種偉大的事物在發生，每個爸媽肯定都從孩子的眼神裡看過吧？他們是天生的傾聽者，也會絕佳的故事創造者。但很可惜，長大之後，我們就漸漸地失去了這種能力。

不少大人甚至會鄙視這些童話故事，覺得它們莫名其妙、結局荒誕、或者太過驚悚、與違背教育目的。對他們來說，故事必須經過某種人為的設計，必須符合某種倫理或教育的價值。

這樣的觀點甚囂塵上，令人遺憾。因為他們低估了孩子，也低估了孩子所承繼的偉大心靈。在那裡頭，心靈遵循著對立相生的原則。如果我們只想讓孩子見到生，那麼他們未來就會逃避死。從而無法真正地與幼稚的自己道別，做到真正的獨立。

如果我們只想讓孩子感受愛，那麼他們就會否認內在的恨，把它視為令人恐懼的情感，並投射給他人，從而讓自己的人格與思想變得膚淺。

榮格心理學真正看見了童話的價值，理解了情感教育的目的。還請讀者不要畏懼童話裡頭那些看似「惡」的東西，不論那是在讚揚偷竊、說謊、或偷懶，它們其實都是人性重拾完整所必須，我們若不認真面對它，就得等它帶著昂貴的成本找上門。

河合隼雄是一位令人敬重的榮格分析師，一位偉大的教育家。和其他歐美派的童話分析不同，這本書不僅析論了歐洲童話，也補充了大量的日本童話做對照。歐洲與日本的心靈同中有異，當中反映的是不同文化圈的心靈面貌。

期許有一天，我們也能有一本分析在地傳說與童話的故事集，我們也可以藉由它看見我們自己，發掘屬於我們的美好。

這本書曾經深深地啟迪了我，毫無疑問地，它也會啟迪每個翻開這本書的你。現在，跟著作者一起讀故事，一起走進童話的底層，那個屬於你我的心靈世界！

前言（文庫版前言）

我從小就很喜歡童話。ARS❶所出版的《日本兒童文庫》，收錄了各式各樣的童話集，著實讓我看得入迷。由於當時的書不多，而這些故事總是令我一讀再讀，讀到都能倒背如流了。如今想來，童話在我的人格塑造上可說有極大的影響。

我傾心於歐洲童話，期待這一生能有一次機會，親眼見到那如故事中所描述的、有王子與公主登場的城堡，但卻也深知這般期待不大可能實現。然而，人生變化難以捉摸，一九六二年，我前往瑞士的榮格學院（C.G. Jung-Institut Zürich）留學，因此得以見到成為童話舞台的城堡及森林。

不僅如此，榮格學院當時正盛行童話相關的研究，甚至有幸聽到榮格愛徒，瑪麗-路薏絲·馮·法蘭茲（Marie-Louise von Franz）講課。

馮·法蘭茲所開的課，在榮格學院相當受歡迎，我也深陷其中。閱讀童話，雖然教人感受到一股不可思議的魅力，卻很難說明它究竟好在哪裡。透過她的解析，童話的意義猶如快刀斬亂麻般令人茅塞頓開、豁然開朗，切身體會到人心的奧妙與深度。

憑著對童話的熱愛，我獲得了瑪麗-路薏絲・馮・法蘭茲的肯定，取得好成績，也盡己所能地反覆閱讀日本童話，使思考更具深度。我於一九六五年自瑞士學成歸國，說到童話研究這方面，尤其在心理學的領域裡，別說沒人理睬了，還容易被視為怪人。因此，我只能將所學的一點一滴地融入授課中，靜觀其變，等待時機成熟。

就在我開始認為，該方面的研究意外獲得充分理解之際，接到了來自福音館書店的委託，希望我在雜誌《兒童館》上連載有關童話的心理學解析。於是，我從一九七五年五月起，執筆撰寫了整整一年分的連載，本書便是集結連載文章而成的。

我抱持著能有更多人得以理解榮格派對於童話之想法的期望來撰寫，所以選用了眾所皆知、情節易懂的格林童話作為主要的文本素材。在此，由衷感謝矢川澄子小姐❷特地為我挑選出的童話重新翻譯。

我的解析多半是出自瑪麗-路薏絲・馮・法蘭茲的論點，將這般「現學現賣」的東西出書成冊，自己也覺得怪不好意思的。話雖如此，當我在最近出刊的《飛行教室》第四十八期中，看到受人尊敬的童話研究大家——小澤俊夫針對本書所寫的評語：「河合細細咀嚼馮・法蘭茲的理論後所提出的內容，就像山姥（日本傳說的山中鬼婆）吞下苧麻，卻拉出錦緞一樣，非常具有刺激性。」總算鬆了一口氣。或許是因為我試著加入了與日本童話的比較，所以稍微脫離了「現學現賣」的範疇吧。

童話的研究後來逐漸盛行，如今在書店架上已經可看見不少童話相關的書籍。本書自發行以來，廣受讀者支持，現在將更進一步以文庫本的形式出刊，讓更多人有機會閱讀。我認為，這是非常合時宜的作法，欣然同意出版。

再者，當今的時代，對於起自家庭關係，終至自己人生的想法及接納方式，都有極大的障礙。本書透過童話來思考人的生存方式，並在某程度上，依序顯示了自我實現的過程；因此，在跳脫童話來思考自己人生這方面也極具意義。

最後，特此感謝同意文庫版出版的福音館書店。

1－一九一八年，由北原鐵雄創立的出版社，ARS為拉丁文，「藝術」之意。
2－本書所附錄的十則格林童話是使用矢川澄子的日譯版本來進行翻譯。

目次
Contents

第9章 男性心中的女性 271

——謎題

第10章 女性心中的男性 299

——鶇嘴國王

第11章 自我實現的人生

——三根羽毛 327

本書收錄的作品中，有部分歧視表現或不得不使用歧視表現之處。但作者絕對不是想助長歧視之風氣，而是考量到原著《格林童話》的文學性，以及作品本身的學術性，故決定不刪減或變更部分表現。

＊編註：本書裡出現的「童話」日語原文實為「昔話」，指的是口傳文學分類的一種，民間代代流傳下來的故事。由於方便理解，並與《格林童話》互為呼應，皆以「童話」概括之。

第1章

靈魂的故事

1 寄託心靈的童話

人以新生兒之姿誕生在這個世界上之後，自身的人格即會跟隨著成長塑造而成；在個人所擁有的天生潛能及環境的交互作用下，每個人都會塑造出屬於自己的人格。

由於筆者從事心理治療的工作，需要聆聽許多人的煩惱及問題，也對於背負這些問題的人們其人格形成的過程倍感興趣。

有個少女因為厭食被雙親帶來看診；她已瘦成皮包骨，若再置之不理，肯定必死無疑；還有一名中年男子覺得工作越發乏味，心情低落、什麼事都不想做，只想自殺。不過，他雖然一再表示人生無趣至極、意志消沉，卻整整用了一小時的時間來傾吐自身的痛苦，反倒讓人感受到一股強烈的能量。

另外，更有一個學生表示，當他想讀書時，只要看到自己的鼻頭，就會在意不已。面對一本正經地感嘆自己由於在意鼻頭到無法讀書的人，我們究竟該如何看待？在不斷與各色各樣的人會面的過程中，我不得不認真思索起人類性格的差異性，以及造成差異的主要因素。

為了明白這點，我曾以「對自己人格的形成影響甚深的讀物」為題，要大學生做報告。令我甚感訝異的是，那時有不少學生講到幼時經驗都舉童話為例。有人提到如《格林童話》這樣的書；也有人列出自己印象最深的某篇童話故事。讀著這些報告，不禁讓我再次體驗到，童話所擁有的強大力量。

當然，認為童話毫無意義，甚或有害之物者，也大有人在。對他們而言，童話的不切實際與不合理，實在教人難以容忍，且視童話的天真為愚蠢。因為其中主人翁的行為或情感既過於單純，又過於形式化，完全與現實脫節。所以，也不乏有人極力反對，以如此不切實際的故事來教導孩子。

即便遭受這麼強烈的否定，童話依舊持續存在於這世上，今日還有復興之勢。若回溯遠古，誠如萊恩（Friedrich von der Leyen）所言：「有證據顯示，早在西元前三世紀，巴比倫尼亞（Babylonia）和埃及便有了童話。到了西元二世紀，印度和中國出現了最古老的童話；隨後，以色列和希臘也有了童話。❶」或者又如馮．法蘭茲主張的，至十七、八世紀為止，童話不單只是孩童讀物，也是成人讀物❷。

有關上述的童話意義，筆者接下來會加以論述，在此則先試著舉一個誕生自某青年內心的「現代童話」為例。

舉出這個例子的原因，是在我所從事的心理治療上，想瞭解並非單純僅是描述過去事件的童話，究竟是如何與現代人的心靈結合在一起？

下面的文章，是某位患有「臉紅恐懼症」的青年，在接受心理治療期間完成的故事。所謂的臉紅恐懼症，是指一種精神官能症，患者飽受在他人面前容易臉紅之苦，以致人際關係惡化，而症狀嚴重時，甚至無法與人接觸。

在某座山中，住了一條蚯蚓。這座山的土壤是綠色的，質地軟而有黏性，不但無法挖洞安眠，還會使身軀刺麻不已。天空總是混濁一片，在烈陽高照之際，身軀便會乾巴巴。春天，某個微風輕拂的舒暖傍晚，蚯蚓悲傷地哭泣著，無止盡的淚水讓牠滑下山去。

翌日，清醒過來的蚯蚓發現自己躺在綠色山腳下，水色雨滴正打在身上。大量的泥土自山上隨著雨水沖刷而下。蚯蚓乘著泥流，流進寬廣無際的河川。那裡有著大量的水流，跟以前會刺痛身軀的綠色泥水完全不同。蚯蚓非常渴望那個氣味，牠神色痛苦地從廣大河川的底部逆流而上。

河中有一條魚。蚯蚓雖然很害怕，但魚兒卻很親切。蚯蚓原以為這條魚也是被沖進河裡的，但其實並非如此。魚兒明白蚯蚓的心情後不禁心生憐憫，決定幫助牠逆流而上。魚兒是蚯蚓第一個也是唯一的朋友。蚯蚓和魚兒最後來到一座有著清新香氣、土壤呈黃色和桃紅色的山。山上滿是紅通通的楓葉。魚兒告訴蚯蚓，說牠不知從何時起已改變了形象，看起來既像精神抖擻的魚兒，又像黑色妖怪。

這名青年並非對創作特別感興趣，而是在接受筆者治療的期間，想到了這篇故事並且寫下來（同時也以蠟筆畫了插圖）。

讀了這篇故事，讓我立即聯想到，青年於開頭描述的、有關蚯蚓的痛苦，不就是在述說自己在人際關係受挫、飽受臉紅恐懼症之苦的心情嗎？

再者，以蚯蚓作為主人翁的故事也十分罕見。筆者從未聽過有哪篇童話是以蚯蚓為主人翁的。不過，以總是隱身在土壤中的蟲子為主人翁，倒是可充分反映出青年受困於臉紅恐懼症，甚至連家門也無法踏出的狀態。透過忍耐著痛苦而哭泣的蚯蚓，確切呈現出青年的身影。

蚯蚓被雨水沖入河流，遇到了一條魚。在魚兒的幫助下，來到了一座有著清新香氣的山；而且，牠不知從何時起改變了形象，看起來既像精神抖擻的魚兒，又像妖怪❸。

這究竟是怎麼一回事？是意指青年變得比以前堅強，克服了臉紅恐懼症嗎？事實上，青年在漫長的治療期間，歷經重重努力，病情有逐漸好轉的傾向。就這點來看，這篇故事也可說是預告了青年的未來。

2 潛意識的世界

許多接受心理治療的人都會像這樣寫下童話或畫下圖畫。明明以前從未有過這樣的經驗，現在突然會興起創作的熱情，確實很不可思議。其中，也有人坦言，自己就是無法按捺那股想畫畫的心情，對此既無頭緒也深感訝異。

不僅如此，更讓人驚訝的，是這些創作甚至還能確切反映出當事人的心理狀態。筆者於上一節所舉的例子，也是表達出了臉紅恐懼症者的痛苦和對未來的展望。

在這樣的情況下，創作者本身多半不會察覺到作品透露出的意義。他們只是順從內在需求而創作，或者應當說，是處於「被迫創作」的狀態，不明究理地進行創作。不過，只要透過事後與治療者的交談，並將作品客觀化，就會明白其中含意。

為了說明這般現象，我們將導入潛意識的概念。這是假定人類雖然得以意識到自己的行動，且大多數的行動或想法也都是順從意識的控制，但仍存有自己無法意識到的內心活動。

好比說，上一節所提到的臉紅恐懼症。明明青年的意識並不認為自己有必要要感到難為情，或一點也不覺得難為情，卻會情不自禁地臉紅，他對此束手無策。換言之，這只能說是青年潛意識的內心活動所致。

那麼，這個青年該如何向他人表達自己的這種體驗呢？針對這類症狀的說明，我們以「臉紅恐懼症」一詞稱之。話雖如此，他真的有辦法藉由這個詞彙讓他人「知道」嗎？

「知道」具有兩個層面。以臉紅恐懼症稱之，是會讓人客觀地「知道」青年患有一種精神官能症。不過，這並沒有辦法讓人明白他所體驗到的痛苦。要感同身受地「知道」，只知道名稱是不可行的。

接著，我們試著來看青年所創作的「童話」——身為主人翁的蚯蚓，不僅無法安眠，又躺在會刺痛身軀的土壤上，飽受烈陽照射，以致身軀乾巴巴。而唯一能夠給予蚯蚓所需的濕潤，就是牠自己的眼淚。

閱讀這篇童話時，我們所感受到的，並非名為臉紅恐懼症的精神官能症，而是感受到他身而為人的情感，直擊了我們的內心。

自從人類的心理有了意識之後，人類便開始精進意識，藉此促使文明進步。然而，建構起來的意識要是完全脫離潛意識的土壤，將會失去生命力。

由於我們對於太陽、對於雨水已獲得過多的知識，變得無法切身地去體驗太陽本身、雨水本身。有關這點，印象派畫家莫內就說得很好：「假如我一出生就失明，突然有天眼睛能看見了！那麼，縱使我不知道所見為何物，還是得以將它畫成一幅畫。」

如莫內這樣直接了當的敘述，我們現代人就是「知道」太多，才難以去體驗事物本身。就像被烈陽照射的蚯蚓，那是個枯竭的世界。將蚯蚓帶往幸福的，是淚水和雨水。

自古以來，水常被視為潛意識的象徵。隨著淚水和雨水一同流入河川的蚯蚓，正代表朝潛意識世界倒退。

對我們而言，真正需要的，不就是從意識的世界退回潛意識的世界，並且在這之間建立起最令人滿意的關係嗎？若非如此，就會像在烈日照射下的蚯蚓那般乾枯而死吧。至於退回潛意識世界的方法，在此將借助童話來進行。為何要以童話為途徑呢？針對這部分，筆者會於下一節探討。

3 童話的誕生

說到為何會有童話的誕生，可以從許多觀點來討論。不過，筆者想著重的問題點會放在心理學的基礎上。為說明此點，請容我再舉淺顯易懂的現代例子。老是舉現代的例子來解釋童話，是因為筆者認為，童話的內容與現代人的心性關係緊密；也因為這樣，以心理治療為專職的筆者，才會對童話感興趣。

雖然這部分會在接下來逐一呈現，但若說在現代的心理諮商室中，會出現白雪公主、漢賽爾與葛麗特兩兄妹，甚至是吃人的巫婆一點也不為過。當然，他們的外表各有差異，只不過當撕下外皮，就與童話中的主人翁們並無二致。

針對童話的起源，筆者在此想舉個例子。我有次在鎮上的書店看書時，聽到一群主婦在閒話家常，她們聊到有個孩子因為父親前往瑞士留學，所以也跟著去了。孩子在瑞士把日語忘得一乾二淨，只會用德語交談。最近，那孩子回到了日本，想不到突然又記起了日語，甚至成為班上第一名。

主婦們相當熱衷於這則「優秀孩子」的話題，我卻知道這件事與事實有出入。因為，她們所說的那個孩子，肯定就是我的孩子。孩子跟著我到瑞士去，並於最近回國，這的確是事實；然而，說什麼他忘了日語，回國後突然變成第一名等部分則非事實。

我想，只要是稍有常識者，當下就會知道這是瞎扯出來的故事。那麼，這群主婦為何還如此熱衷於這個話題呢？與外在事實不符的事情之所以被說得煞有介事，或許是因為這與某些人類的內在真實面向相符吧？如此想來，便會發現我們人類還真的擁有不少「優秀孩子」的故事。

例如，打鬼的桃太郎，以及小矮子一寸法師。又如格林童話，也有許多關於「優秀孩子」的故事。另外，在希臘神話中，也可看到一出生就偷了阿波羅所飼養之牛的荷米斯，以及幼兒時期便殺死兩條蛇的海格力士等故事。說起來，偷牛是否為傑出表現令人存疑，不過，表現凌駕成人的孩童意象，在童話或神話之中，可說是一種世界共通的現象。換言之，人類十分愛好這類神童故事。

瑞士的分析心理學家榮格，相當重視世界各地的童話或神話共通擁有的這類典型意象。這是因為在他專心致力於心理治療的期間，察覺到患者的夢境或妄想等之中竟然也有共通的部分。

於是，榮格提出了**人類的潛意識可分為個人潛意識及集體潛意識的概念**。也就是說，他假設人類潛意識的深層具有全人類共通的普遍性。因此，若說全人類所共通的、塑造出這類神童意象的可能性就深藏在潛意識之中，便可假設這是有一種原型存在著。

我們再回到方才的例子。就外在事實而言，一名孩子因父親出國留學也跟著去，一段時間後回國了，這是千真萬確的。而當存在於主婦們潛意識之中的神童原型發揮作用，這件事就會變形成原型的表徵，又因其具有內在普遍性，得以向多人傳述下去。一旦演變至此，這「故事」距離童話便只有一步之差了。換言之，它潛藏著得以發展成「從前從前，有一個孩子……」的可能性。

如此想來，有關童話誕生的心理學層面，可以這麼解釋：當一個人有了某些原型的體驗時，為了盡可能直接表達出這個體驗而有的故事，便是童話的開端。再者，由於這是原型，也意味著它具有人類共通的普遍性，能夠被多人接受，跨越時代，永存不朽。

榮格的這般學說，得以說明這世上不論古今中外，都存有類似主題或內容之童話的事實。但若從童話的傳布觀點來看，這個說法或許會遭到批判吧。就如德國學者本菲（Theodor Benfey），也有人想試著從印度佛教神話的傳布來解釋所有童話，因此，自是無法完全忽略故事的傳布；不過，要用這種方式來解釋所有童話是不可能的。

當然，榮格並沒有完全否定了傳布的可能性。但相似的故事在不同地方獨立產生也是事實。所以說，在此我們應當著重於，即便為同個原型表徵，仍會受到其所處之時代或文化的影響，進而擁有各自的特徵。

像是，有關方才所述的神童原型，希臘的荷米斯和海格力士意象，相較起日本的一寸法師和桃太郎意象，可謂天差地別。他們同樣都是神童，卻因受到時代或文化的影響，在細節上有不同變化。

如同後續的解析，榮格雖然找出了許多不同的原型，但也認為於不同的時代或文化中，某個特定原型的力量將產生極大的作用。

好比說，在現代的日本，神童原型的力量就非常強大。幾乎所有的母親都期待自己的孩子是個「優秀孩子」，而無視孩子的實際能力或個性，一心只想將孩子培養成英雄。話雖如此，現代的英雄只要考得上一流大學就好，這看似沒什麼，只是當所有的母親都這麼期待時，就令人難以忍受。

如果沒有這類的文化背景，自瑞士歸國的孩子成為班上第一名的事件，就不會如此占據主婦們的心吧？從這樣的觀點來看，觀察一件事會如何隨著時代變遷，倒也十分有趣❹。不過，筆者這次並不打算這麼做。

目前為止，我們只談到有關心理學層面的論述，不是有意排除其他探討童話的手法。筆者認為，童話可從多面向來探討。而這些不同面向的探討手法彼此互補，並非相互排斥。我將秉持著這樣的認知，在下一節向讀者說明自己打算運用的童話分析法。

4「心靈的比較解剖學」

方才提到，童話其實可從許多面向來探討。現今的研究，已有從民族學、民俗學、文藝學及心理學等角度來切入。盧西（Max Lüthi）對此表示：「民俗學將童話視為文化史、精神史的文獻來研究，觀察其在社會上所扮演的角色。心理學則認為，童話是心理歷程的表露，探求其對聽者或讀者的影響。文藝學則致力查考童話形成的條件。❺」

根據各種不同的觀點，至今已有許多研究問世。其中，筆者對心理學方面的研究甚感興趣，尤其想以榮格派分析家的觀點，根據先前已介紹過、榮格所提出的集體潛意識與原型的概念來探討童話。因此，接下來，筆者將針對自己所要採取的童話分析法進行說明。

首先，請容我說明神話、傳說與童話之間的關係。當我們將某一故事視為潛意識心理歷程的表露，雖說這並不會對故事本身造成影響，但必須先要有如下的區別概念。

比起童話，傳說故事的原型經驗會和特定人物或場所連結。盧西所說的「傳說的故事離不開現場。如同蹲俯在地般，和特定的地域結合成一體❻」可說是形容得相當貼切。

反之，**童話則具有脫離特定場所及時間的特性，因而更容易接近內在現實**。「從前從前在某個地方……」利用這樣的起頭，一下子就將聽者的心帶出外在現實，領往由原型打造而成的世界。盧西說的「童話是將現實抽象化；傳說則是強化了想像的現實性」及「出現在童話中的死後世界是勻稱的；出現在傳說中的死後世界則是歪曲的[7]」等主張，正是這種概念的表述。

榮格派分析家馮．法蘭茲，針對傳說與童話的關係，說了一則耐人尋味的實例[8]。據說，她在瑞士某鄉村向當地居民探聽傳說後，發現存有兩種類型：一是根據原型母題巧妙轉化成童話的故事，二是轉化成平凡片段的故事。

這般現象，為探討童話起源的研究帶來了啟發。所謂的芬蘭學派對這類問題十分熱衷，阿爾奈（Antti Amatus Aarne）認為童話中的原型存在，經由傳布，會退化變形。不過，如馮．法蘭茲所強調的，這存在著兩種可能性；經由傳布、重述，會有變得更加洗鍊的情況，也會有退化的情況。

至於神話，雖說其素材同樣是出自原型，卻添加了更具意識性、文化性的雕琢，與民族認同、國家認同的確立息息相關。因此，對我們而言，在探究原型素材時，有時會將三者視為一同，但仍必須考量到神話、傳說是更具意識操控的故事。

而其實隨著時間流逝，神話、傳說也有可能會喪失與特定場所、國家或文化等相連的意義，最後轉化為童話。

因此，我們可以說，童話是在歷經不同時代或文化的洗禮後，只有核心的部分保留下來。所以，我們認同榮格過去曾說「心靈的比較解剖學」最常透過童話來研究❾一事。

將童話視為潛意識心理歷程的表露，自然就會想闡明存在於當中的原型；而這時遇到的一大問題，便是單憑理性並不足以理解原型。在此舉個例子說明。

榮格待在東非埃爾貢山（Mt Elgon）的原住民部落時，得知當地原住民崇拜朝陽，於是詢問他們：「太陽是神嗎？」原住民們一聽，就像他問了個蠢問題似的，否定了這個說法。

榮格又指著當時早已高掛天頂的太陽，進一步問道：「當太陽來到這個位置時，你們說它不是神；卻在它東升之際說它是神？」原住民們完全被問倒了，老酋長則開口解釋：「高掛天頂的太陽的確不是神。但是，太陽在東升之際，那就是神。」對此，榮格有了深刻的理解，並在自傳中如此說道❿：

「我認為人類的靈魂在初始之時就存有對光的憧憬，具有想脫離原始黑暗的難耐衝動。……朝陽的誕生，對黑人們而言絕對是極具意義的經驗，深深打動了他們的心。曙光乍現的瞬間就是神。這個瞬間帶來了救贖和解放。這是瞬間的原始經驗，若將太陽視為神，就會失去並遺忘這個原始經驗。」

要掌握這類的經驗，對只固守理性思考的人而言，想必相當困難。不管太陽究竟是不是神，那些認定答案非黑即白的人，或是覺得太陽如果是神，就必須永遠是神的人，都無法掌握這種原始的經驗。

筆者在此是以太陽為例子。事實上，有許多神話或童話和自然現象十分近似，因此，會有研究者特別強調這一點也極其合理。好比說，馬克斯．繆勒（Max Müller）就將英雄神話視為太陽運行現象的描繪。換言之，他認為英雄被怪物吞進肚內，然後從怪物體內殺死怪物、破肚而出，正是說明了太陽在夜裡消逝，於清晨顯現的現象。

這般的理解和研究確實有其意義，但問題並非僅止於此。如同筆者剛才所言，別忘了這還牽連到心理層面的問題。神話學家凱倫依（Károly Kerényi）便對此表示，真正的神話不是為了說明事物，而是為了奠定事物的基礎⓫。他的這番論述也適用於童話，的確是帶來深遠的啟發。童話不是用來說明自然現象的劣等物理學。人在體驗自然現象之際，心靈內部的運作也是密不可分的一環；為了讓這些運作深植於內心深處，而有了這些故事的誕生。

另外，我們在此也得闡明，談到原型時總會感受到的兩難困境。要理解原型，伴隨而來的主體經驗不可或缺，當然，這必須帶有強烈的情感在內。

忽視這點，單只是進行論述童話中原型母題的理性運作，榮格所提倡的「心靈的比較解剖學」也會變得如同在研究美女骨骼般無趣。若說這是一門「學問」，這樣的作法或許有其意義；然而，為此壞了美女之所以為美女的根本，也實為遺憾。不過，要是被美女的美過分打動，亦即過分深入童話的情感層面，也很容易招來這不是學問的批判。

像這樣，欲利用我們自己的方法來接近童話，總會遇到兩難困境。話說回來，**所謂人心，就是由許多的自相矛盾構築而成**。暫且不論兩難困境，我們也只能照這樣子來面對問題。

榮格為了理解埃爾貢山原住民的經驗，採用了「……瞬間是神」的說法。其實，這樣決定性的瞬間，在童話中也相當常見。例如，《格林童話》的〈青蛙王子〉中，公主將屢屢糾纏的青蛙往牆上摔去的瞬間；又如〈玫瑰公主〉（〈睡美人〉），王子俯身親吻已沉睡百年的公主的瞬間等，類似的例子不勝枚舉。

有關這重要的瞬間，榮格認為其原始經驗相當重要，並且表示：「若將太陽視為神，就會失去並遺忘這個原始經驗。」而在童話中，如同青蛙被摔上牆的瞬間，青蛙就變成王子；又如王子俯身親吻公主的瞬間，所有沉睡的生物便統統甦醒般，生動描繪出了這一瞬間的含意。

此時，如果再多加「解釋」——老實說，這般不知趣的嘗試，之後仍持續進行著——或許就會失去重要的原始經驗。針對這一點，就像馮．法蘭茲說得巧妙，無論再怎麼對童話詳加解釋，都無法勝過童話本身[12]。但願讀者們也能將這句話時時謹記在心。

筆者會不斷提出童話中這類決定性的瞬間，並以榮格所說的自我實現（或個體化）的過程[13]作為分析的支柱。榮格十分關注**伴隨人類成長而來的心理成熟過程，稱之為自我實現**。有關這部分，之後將會詳加敘述，逐一說明。也就是說，我會**將童話視為描述人類心理成熟過程中的某一階段來進行分析**。

本書將以《格林童話》為例說明。這可能是只須聚焦在一個階段的簡短過程，也可能是得通過好幾個階段的漫長過程。讀者們不妨試著與個人的內在經驗來對照閱讀。

1－萊恩《民間故事與童話》（山室靜譯）岩崎美術社，一九七一年。
2－M.-L. von Franz, An Introduction to the Psychology of Fairy Tales, Spring Publications, 1970.
3－有關文中既像魚又像妖怪的描述，雖說有必要再深入探討，但在此不會觸及這部分。
4－筆者以前曾針對浦島傳說中乙姬意象的時代變遷做過論述。拙著〈浦島與乙姬——分析心理學的考察〉（《母性社會日本的病理》中央公論社，一九七六年）。
5－盧西《歐洲的童話——其形式與本質——》（小澤俊夫譯）岩崎美術社，一九六九年。
6－盧西《童話的本質——從前從前在某個地方——》（野村泫譯）福音館書店，一九七四年。
7－盧西，同前書。
8－von Franz, 同前書。
9－von Franz, 同前書中的引用。
10－賈菲編《榮格自傳2——回憶・夢・思想——》（河合、藤繩、出井譯）MISUZU書房，一九七三年。
11－有關這類的神話論述，可參考凱倫依、榮格《神話學入門》（杉浦忠夫譯）（晶文社，一九七五年）一書中，由凱倫依所撰寫的序論。
12－von Franz, 同前書。
13－有關榮格的思想，若能參考拙著《榮格心理學入門》（培風館，一九六七年），可謂榮幸之至。

第2章

何謂大母神

特魯德夫人

特魯德夫人 Frau Trude

從前，在某地有個女孩。說到這女孩呢，她既任性又自傲，無論父母說什麼，從沒乖乖聽話過。這樣怎麼會有好結果？

有一天，女孩告訴父母：「我聽到許多有關特魯德夫人的傳言，很想去她那裡一趟。因為大家都說特魯德夫人的住家很古怪，有著很詭異的東西。所以，我一定要過去瞧瞧，才會覺得痛快！」

雙親一聽，不禁大驚失色，相當嚴厲地告誡她：「特魯德夫人是個很可怕的女人，總是做些逆天悖理的事。妳要是敢去那女人家，就不再是我們的孩子了！」

但女孩還是把父母的話當耳邊風，一溜煙地趕去特魯德夫人家。

特魯德夫人看見女孩來訪，便問道：「妳怎麼了？臉色這麼蒼白。」

「呃……」女孩渾身顫抖地回答：「我看到了很可怕的東西。」

「妳看到了什麼？」

「我看到妳家台階上有個黑漆漆的男人。」

「那是燒炭工喔！」

「還看到一個全身綠綠的人。」

「那是獵人。」

「然後還看到有個全身紅得像淋滿鮮血的人。」

「那是屠牛夫吧。」

「啊，特魯德夫人，我覺得可怕極了。當我從窗外窺探屋內時，看到的並不是一位婦人，而是頭上燒著熊熊烈焰的惡魔。」

「原來如此。」特魯德夫人說道：「所以說，妳看到魔女原有的模樣了。我啊，老早就在等著妳來訪，等到快不耐煩了。來吧，讓我家變明亮吧。」

話才一說完，特魯德夫人就把女孩變成一根木柴，扔進火裡。當木柴完全著火後，特魯德夫人便在一旁坐下，邊取暖邊喊道：「喔，真明亮、真明亮啊！」

1 無意隱瞞死亡與恐怖的現實

〈特魯德夫人〉43❶的故事相當駭人。我們在閱讀故事時，隨著劇情的發展，多少都會對主人翁產生認同。不過，面對這個一開始就「既任性又自傲，無論父母說什麼，從沒乖乖聽話過❷」的主人翁，能夠完全對其產生認同者大概不多。

話雖如此，大家依舊會感到好奇——這個女孩跑去見來歷不明的特魯德夫人，究竟會發生什麼事呢？

不聽父母勸告，獨自跑去找特魯德夫人的女孩在那裡看到了令她臉色發白、渾身顫抖的詭異東西——「黑漆漆的男人」以及「全身綠色的人」。

為何她看到這些人會如此害怕呢？當讀者心生疑惑時，隨即從女孩所言「全身紅得像淋滿鮮血的人」這番話中，嗅到了不祥的預感。接著，當我們讀到特魯德夫人告訴女孩，她所看到的是「魔女原有的模樣」時，在體認到恐懼的真面目的瞬間，故事也迎向了駭人的結局。

特魯德夫人現出魔女原有的模樣，把女孩變成了木柴，扔進火裡，還邊取暖邊如此說道：「喔，真明亮、真明亮啊！」

多少對主人翁產生認同，走入故事情境當中的人，想必會對這樣的結果感到不寒而慄。哪怕主人翁是個「既任性又自傲」的女孩，也不該只因冷血的魔女一時想取暖，而瞬間就被消滅。

認為童話是用來讓孩子們記取教訓，或認為童話只是單純的勸善懲惡之說者，對於這故事的駭人結局或許會感到畏懼。即便有人對此絲毫不覺可怕，還能從容地訓誡孩子們說：「所以大家一定要乖乖聽父母的話喔！」也是靠著既成的道德鎧甲來遮掩自己身為血肉之軀所感受到的震撼。

這些人為了強化鎧甲，會進一步試著去改寫故事的內容。將結局改寫成「較適合說給孩子聽」的溫和情節，甚至改寫成快樂的結局。像這樣總是依自己的道德觀為準的人，若沒試著去改寫《論語》或《聖經》，反倒讓人覺得不可思議。

旨在解析童話的本書，之所以會挑選〈特魯德夫人〉作為第一篇故事，雖說還有其他原因，但最主要是想讓讀者瞭解童話的駭人之處。

前一章也曾提過，現代人因為太過以合理性或道德性來保護自己，幾乎不再有恐懼戰慄的體驗。我們「知道」所有的事，面對不知道或可怕的事，則以換句話說的方式來保護自己。

這種態度表現得最為明顯的，就在於現代人對死亡的看法。活著的時候，我們會盡可能忘記「死亡」這檔事，並且相信透過醫學這項厲害的技術，得以祛病延年。至於面對死者，則藉由名為葬禮的演出，費盡心思沖淡死亡的氣息。

好比說，富麗堂皇的裝飾、令人匪夷所思的冗長讀經（甚至還有錄音的！），以及在短暫的燒香之際，我們對於眼前面帶笑容的故人遺像也只是匆匆一瞥而已。像這樣，就算葬禮被說成是為了讓人忘記死亡的演出也無可厚非。縱使如此，死亡依舊存在。對於想忘記死亡的人而言，〈特魯德夫人〉的故事將可使他們重新體驗到人生的恐懼。

現代人盡可能想忘卻的死亡恐懼，看在未開化民族的眼裡，卻是十分重要的體驗。在他們為了讓孩子長大成人而舉行的成年禮當中，死亡的恐懼乃是不可或缺的一大要素。

宗教學家埃里亞德（Mircea Eliade）曾舉過這樣的例子❸。威拉祖利族（Wiradjuri，澳洲原住民）參與成年禮的孩子們，會被一群突然出現的男人從母親身邊帶走。由於母親和孩子都明白，被帶走的孩子們將遭神祕之神殺害並吃掉，因此會體驗到驚駭的恐懼

（神保證會讓孩子以成人之姿重生）。而孩子們在當下體驗到的情感，埃里亞德則以「他們首次感受到宗教性的敬畏與恐怖」說明之。

他們切身感受到超然的存在，藉此有了死亡的體驗，之後以成人之姿重生。而在抱著敬畏與恐怖的情感、體驗死亡和重生的過程中，孩子們將獲得「生存條件的根本變革❹」。

從這樣的觀點來看童話，便可發現童話也巧妙地捕捉到了，人生中歷經生存條件之根本變革的瞬間。所以，在其背後死亡原型力量的作用下，有駭人的情節也是迫不得已。例如，美麗的公主將青蛙往牆上摔去（格林童話〈青蛙王子〉1），又如為了答謝救命之恩，而將身為恩人的狐狸射殺並斬斷其腦袋和四肢（格林童話〈金鳥〉57）等情節，都是由此而來。

若不去思考這些事，只想透過改寫來隱瞞對於死亡的恐懼，將會完全誤判童話本質。所謂的人生，無論再怎麼換句話說，本就十分駭人。說起來，將我們的主人翁於瞬間消滅的特魯德夫人，究竟有何來歷？我們又會在人生的哪個階段與她相遇呢？

2 母親的溫柔與可怕

特魯德夫人是女性。一說到女性便立即聯想到母親、想起母親的溫柔者，或許會很訝異如此冷血的特魯德竟是女性。反之，相信也會有人聯想到最近新聞上鬧得沸沸揚揚，將孩子丟棄在投幣式置物櫃中的母親吧❺。

如此想來，於神話或童話中登場的女性，若不是慈祥和藹的母親，就是如同特魯德夫人這般的可怕魔女。這麼極端的兩面性，我們究竟該如何看待？

對古代的人們而言，「母親」是很不可思議的存在。唯有透過母親產下孩子，種族才得以延續。母親正是生命的泉源。相對於此，與父親的生殖有關的意義則不明確。再者，土地孕育出植物，也被視為產下新生命的現象之一；再考量到植物入冬枯竭、回歸土地一事，土地儼然就像是展現「死亡與重生」現象的母胎。

由於這般作用超乎古代人們的想像，宗教性的情感自是油然而生。實際上，被認為是史前時代崇拜對象的大母神像，於世界各地均有出土。這些大母神像都十分重視母性的「生產」機能，會特別強調女性的生殖器等特徵，有的甚至連頭顱都沒有。

不過，這些大母神同時也反映出土地展現死亡與重生的神祕現象，成為接納死者的死亡女神。換言之，**大母神既是生產之神，也是死亡之神**。例如，日本神話中的伊邪那美就是一例，既是產下日本國所有一切的偉大母神，也是統治黃泉國度的死神。

於是，基於這樣的根源，**母性因而有了生產與死亡的兩面：擁有生產孕育的正面，以及將一切吞噬致死的負面**。人類母親的內在，同樣也具有這般傾向。

母性的兩面性

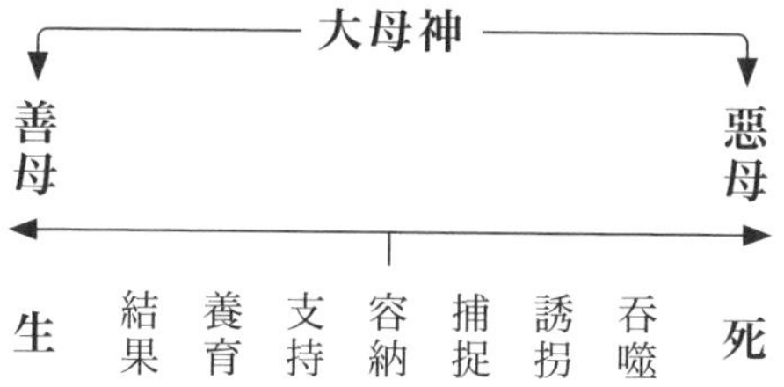

正面的部分很好理解，至於負面，則可從因對孩子遲遲無法放手，而妨礙到孩子的自立，甚至將孩子逼到精神死亡邊緣的例子來瞭解。**我們可以這樣認為：這兩者的共同功能就是「容納」——擁有與生產連結，以及與死亡連結的雙面性**。

即便明白人類的母親一般都具有這樣的傾向，但特魯德夫人就如「超乎常人」一詞所示之意那樣可怕。不過，在世界各地的神話或童話中，如此超出常人的恐怖母親意象倒是隨處可見。以日本為例，山姥堪稱典型。例如，於〈趕牛人與山姥❻〉中登場的山姥，在吃光趕牛人運送的鹽漬鮭魚和鱈魚後，更把牛「從頭到尾吃得一乾二淨」。不僅如此，她甚至還想吃掉趕牛人，吞噬能力實在驚人。

而於〈不吃飯的女人〉❼中出現的女子，一開始是以「不吃飯的女人」之姿嫁作人婦，卻沒想到在她頭頂上竟有張大嘴，一下子就吃掉三十三個飯糰和三條鯖魚。

另外，從希臘神話中的黑卡蒂（Hecate）或戈爾貢（Gorgon）等身上，同樣也能看到恐怖母親意象的顯現。

黑卡蒂是死之女神；而筆者先前所提及的，日本的伊邪那美也是統治死亡國度的女神。如伊邪那美擁有母性的正面與負面那般，一名女性的意象有時也會兼具這兩種面向。好比說，原為搶奪幼兒來吃的鬼子母，在受到佛祖感化後，化身為守護幼兒的訶利帝母，便充分顯示出母性的兩面性。而格林童話中，與〈特魯德夫人〉同屬一類的〈荷勒太太〉24等故事，也真實地展現出母性的兩面性。

正因為人類普遍具有這種表徵，榮格假定人類內心深處存有得以產生這種表徵的可能性，並稱之為母親的原型。此外，為了與個人的母親區別，這種人類普遍具有的母親印象，也被叫作大母神。

大母神存在於遠超出人類意識的內心深層。〈特魯德夫人〉故事中，女孩的雙親均在，因此，從她離開自己的雙親，跑去找特魯德夫人的敘述來看，便顯示出特魯德夫人的意象乃是超越個人母親的存在。而這種意象如果越普及，在人們傳述之間，就越不會有所毀損，得以持續存在。

大母神的正面代表，可舉日本的觀音或基督教的瑪利亞。說起來，瑪利亞若從她既是母親又是少女的身分來看，含意大為不同。**當母性的正面成為宗教崇拜的對象，也就是說，母性的正面被固化為公眾之物時，人們容易忘卻母性的負面，不再公開傳講**。

例如母親的溫柔或對母親的奉養等，一旦被認定為公眾倫理，母性的負面就很難融入其中。於是，童話就有了撿拾這些被遺棄的現實並加以保存的功能。這是為了補償公眾倫理的民眾智慧。

〈特魯德夫人〉呈現出了女性、母親的可怕，這對單純相信母親就是溫柔的人而言，無疑是一大衝擊。不過，這樣的恐懼是出自察覺到存在於自己內心深處的大母神。當然，女性會比較容易察覺到心中的大母神；至於男性，其實只要稍微細心些，同樣也能察覺到在自己內心深處蠢蠢欲動的大母神。

我們是否不曾反思自己的能力，對任何事都只想自行「懷抱」、「承擔」，一旦發現不可能做到，便棄之而去，甚至逼入絕境？我們是否以照顧、養育的美名來掩蓋阻礙對方的自立？我們是否在無意中將無數的「生命」丟入投幣式置物櫃，致其於死地？

3 淪為好奇心犧牲品的女孩

特魯德夫人的可怕眾所皆知。那麼，為什麼女孩還要跑去找特魯德夫人呢？她說：「因為大家都說特魯德夫人的住家很古怪，有著很詭異的東西。所以，我一定要過去瞧瞧，才會覺得痛快。」

促使她採取行動的，正是浮現於內心表面的好奇心；而且還強烈到「一定要過去瞧瞧，才會覺得痛快」的地步。在這種情況下，父母親的告誡也不再具任何作用。如此強烈的好奇心，可讓人嗅到男性的味道。而存在女性心中的男性傾向，之後還會多次提到。

筆者從事臨床工作，很快就想到多起女孩淪為好奇心犧牲品的案例。「大家都說跟男人一起去兜風很好玩，所以，我一定要去玩玩看，才會覺得痛快。」這些女孩無不抱持著這樣的想法，接受陌生男子的兜風邀約，結果常常因此被推入火坑，甚至慘死。

或許有人會認為，這些案例的加害者是男性，並非如特魯德夫人那樣的女性。然而，若再仔細觀察，會發現隱身在這些血腥事件背後的，是超越男女關係，既是死神又是命運之神的特魯德。

男性與女性的關係，很明顯是回歸到大母神屬性的土壤與肉體。那裡有的是，肉體關係、流出的鮮血、土壤的回歸。真要說的話，以加害者身分登場的男性，就深層而言，也是大母神的犧牲品。在那裡絲毫沒有所謂的人類精神得以介入的餘地。

在此，作為行動起點的好奇心、「欲知」的渴望，是屬於人類精神的活動。不過，這樣的精神活動一旦碰上大母神所支配的自然力量、肉體和土壤，瞬間就被消滅殆盡。

沒有任何武裝的好奇心，只會領人走向沉淪的道路。

好奇心本身並非壞事，甚至可以說建立起現今人類文化的，就是求知的渴望。那麼，我們該如何運用自己的好奇心呢？童話的厲害之處就在於，無論面對什麼樣的問題，都會於某處預備好合適的答案。對於這個問題，俄羅斯的〈美麗的瓦西麗莎❽〉便是答案之一。

美麗的瓦西麗莎受繼母的指使，前去找可怕的芭芭雅嘎。這個芭芭雅嘎正是俄羅斯的大母神。

在前往的途中，瓦西麗莎看到騎著白馬、從頭白到腳的白色騎士奔馳而過，緊接著天就亮了。隨後，她又看到了全身紅的騎士，緊接著太陽便冉冉升起。後來，一名全身黑的騎士現身，這時太陽便西下了。

瓦西麗莎在芭芭雅嘎家被迫為她工作。期間，芭芭雅嘎曾告訴少女，她若有想問的事，大可儘管發問。她說：「什麼都問，並非全都是好事。要是知道太多，就會很快變老喔！」

於是，少女問了有關自己所看到的三騎士一事。芭芭雅嘎答說他們分別是「我的黎明」、「我的紅太陽」和「我的夜晚」。

瓦西麗莎聽了芭芭雅嘎的回答後，就謹守忠告不再發問。芭芭雅嘎對她說：「妳只問在我家外頭所看到的事，沒問在我家裡所看到的事，這是好事……問太多的人可是會被我吃掉的。」就這樣，少女得以保住性命，最後迎向幸福的結局。

在回答瓦西麗莎的問題時，芭芭雅嘎特意在黎明、太陽和夜晚的前面加了「我的」二字，顯示她的廣度如宇宙壯闊，確實耐人尋味。向抱持著如此大度的芭芭雅嘎提問，卻對大母神的「家中內部」毫無興趣，瓦西麗莎才得以保住性命。

話雖如此，好奇心究竟該在哪裡止步，仍非易事。瓦西麗莎之所以能掌握得宜，是在於她的好性情吧。這個判斷不是用頭腦想就會明白。這不是基於知識所做出的理智判斷，應該說是她完整人格的反應，做出「到此就好」的判斷。

原型會要求個人以完整人格做出決定，唯有這樣才能在當下給予正確的答案。

4 無法否定的自然法則

即便主人翁「既任性又自傲」；即便特魯德夫人是可怕的魔女，或許還是會有人認為這故事的結局實在過於草率。以女孩瞬間化為火焰，魔女直說：「喔，真明亮、真明亮啊！」的獨白畫下句點，未免也太過分了，不禁讓人覺得應該還有別的辦法吧？

但如果這不是童話，而是現實事件呢？因為些許的好奇心而接受陌生男性邀約的女性們，最後慘遭殺害、棄屍的事件，也常在現實中上演。像這時候，即使人們再怎麼感嘆應該還有辦法可避免憾事發生，也改變不了結果。

認為這樣的事件太過罕見，或認為這全是作惡男子的錯的人，不妨試著想想自然界的力量。自然界的力量有時會將人類的造物一舉毀壞。好比說，人類辛勤栽種的農作物被一夜風雨全數摧毀殆盡。風雨不分好人壞人，無論對誰都是一律平等相待。自然界的運作沒有善意，也沒有惡意，就是如此運行，讓人發不得怨言。如果用英語表達，就是「just so !」。

正是這個如此運行、讓人無計可施的情境，在童話中被當作難以撼動的事實加以描述。馮・法蘭茲稱之為童話中的「just-so-ness」；而這樣的感受在〈特魯德夫人〉這則故事中相當強烈。

格林童話中有篇名為〈貓和老鼠交朋友❾〉2的故事。貓和老鼠住在一起，牠們將一塊牛脂放進壺罐裡，藏在教會祭壇底下，作為冬天的儲糧，但貓卻一直無法按捺住想吃的欲望。於是，牠謊稱自己受託幫新生兒取名，跑出去舔了牛脂。老鼠對此渾然不知，還問貓說，牠幫新生兒取了什麼名字？貓說牠取名為「舔表面」。

貓後來又接連兩次跑去舔牛脂，並分別對老鼠說牠取了「舔一半」和「舔光光」的名字。換言之，貓把牛脂全部舔光了。到了冬天，老鼠偕同貓去查看壺罐，才發現事情的真相。

「一開始是舔掉表面，然後是舔掉一半，最後是……」老鼠話還沒說完，貓便插話威脅說：「你要是敢再多說一句，我就一口吃掉你！」結果，老鼠才剛脫口說出：「整塊舔光光……」便見貓一躍而起，猛然抓住老鼠，一口吞進肚裡。「世界上就是會發生這樣的事」，故事便以此作結。這真是「just so !」的寫照。

雖說在此只是簡單地敘述情節，仍請大家試著就上述的場面思考。讀者得知貓屢犯的惡行後，勢必會很期待貓最後會得到什麼樣的報應吧？沒想到，最後的結局竟是老鼠喪命，貓贏得決定性的勝利。或許有人會質疑，安排這樣的結局真的好嗎？有關這一點，除了答說自古以來就是貓吃老鼠，老鼠不會把貓給吃了之外，也別無他法。

雖是如此，我並不贊成將這般想法視為好的。實際上，近代的西歐文明就是為了對抗這類自然法則而形成的。

人類的意識是如何在反抗身為母親的自然界力量這個過程中建立起來，筆者之後將會詳加論述。然而，在此若對自然法則沒有確切地認識，這就會變成一篇虎頭蛇尾、後繼無力的故事。會讓人感受到「just-so-ness」的童話，能在西歐文化中占有一席之地，的確很耐人尋味。我想，這也是為了補償普世的傾向吧。

5 不可窺看、不可說出口的真實

上一章已說過，我們視童話為內心構造的反映。在〈特魯德夫人〉之中，主人翁離開父母親，跑去找特魯德夫人的行徑，也可以解釋成這是象徵通往潛藏於內心深處、那超越個人父母親意象、榮格以「集體潛意識」稱之的領域。

集體潛意識的內容，會喚醒令人們深感敬畏與恐懼的情感。連任性自傲的女孩也不禁臉色蒼白、渾身顫抖；而她所看到的，是黑漆漆的男人、全身綠的人，以及全身紅得像淋滿鮮血的人。

至於美麗的瓦西麗莎所看到的三騎士，對於芭芭雅嘎的說明，我們倒也能接受。不過，特魯德夫人所說明的燒炭工、獵人和屠牛夫，究竟有何含意呢？他們似乎是大母神男性層面的顯現。獵人和屠牛夫作為嗜血大母神的隨從，的確再合適不過；而燒炭工則是象徵下一節將會提到的大母神與火的連結。

女孩提到這些隨從時，一切都還安好，沒想到卻在說出她看到魔女原有的模樣後，便喪失了性命。瓦西麗莎因為不隨便發問而倖免。因此，這些故事告訴我們，無論我們的好奇心有多麼強烈，這世間仍存有不可窺看的真實，以及即便看到了也不可說出口的真實。

有位思覺失調症患者在情況好的時候，分享了自己發病時的體驗。他說：「那時，我突然能看見書桌本身。」我們一般人就算看見名為書桌的事物，也無法看見書桌本身，或是真實的書桌。這名患者想試著告訴他人如此驚人的體驗，卻難以如願。難道說「書桌本身」也是不可窺看的真實嗎？

即便說不可窺看，有時候還是會看得到。這時，我們究竟該如何是好？我曾提過，童話無論面對什麼樣的問題，都會預備好答案。而在格林童話中，編排於〈特魯德夫人〉

之後的〈死神教父〉44，便提供了一種解答。

有名男子去拜訪他的教父。這名教父並非像特魯德夫人這般的女性，而是惡魔之類的存在。這名男子也在教父家中看見了詭譎的光景。只見第一層階梯上有鐵鍬跟掃帚在吵架；第二層階梯上有散落一地的死人手指；第三層階梯上有堆積如山的死人頭；第四層階梯上則有魚將自己投入鍋內油炸。當他從鑰匙孔窺看最後一個房間時，竟看到教父頭上長出了兩支長角。

男子一走進房內，教父已蓋著被子躺在床上。男子依序述說他方才所見的奇異光景，教父也一一搪塞過去。最後，當他表示：「我看見您頭上長出了兩支長角。」教父不禁勃然大怒：「你說什麼！這是不可能的事。」而男子當下趕緊拔腿就跑。要是他沒逃走，真不知他會有什麼樣的下場。故事的結尾如此說道。

在得知自己看到了不可窺看之真實的當下，最好的因應方式就是盡早脫逃。絕不可想用膚淺的人類智慧與之對抗，或捨不得拋開一切。至於就算得放棄所有也要逃走的行為，則可令人想到童話中常有的魔幻脫逃主題。

如此說來，〈特魯德夫人〉的主人翁既不像瓦西麗莎那樣聰明，也無意逃走。那麼，是否就真的毫無救贖的方法了呢？

6 迫臨人生的「火焰」

對於脫口說出不可說的真相、還無意逃走的主人翁，除了賦予死亡的命運外，看似就別無其他選擇了。我們也只能去思考她瞬間化為火焰的含意。

火的含意十分廣闊。火作為人類文明不可欠缺的要素，不僅具有建設的意味，同時也具有燒毀一切的破壞性。本書後續將會再論及火的含意，而〈特魯德夫人〉最後所提到的火焰，則可說是與大母神相連的火。這是與大地相連、既沉重又陰暗的火焰，跟天上的輝煌火焰形成強烈的對比。

艾瑪．榮格（榮格的夫人，同為心理學家）稱這樣的火焰為大地的火精靈，也就是「低位母親之子❿」。誠如筆者說過的，在母親意象之中，若說瑪利亞是天上的「高位母親」，那特魯德夫人便是典型的「低位母親」。而身為其子的火焰，便象徵著潛藏於低位母親之中，那通往天上的意志。這火焰雖然朝天上閃爍，到底還是與土地連結在一起。據艾瑪・榮格表示，這火焰「的特性乃是低位、劣等的邏各斯（logos）」。

例如，先前所提及的「少女的好奇心」便可以加以對應。雖說是女孩，為何不能知道這件事呢？身為女性的我也很想知道啊！此種想法便是邏輯理則的開端。但是作為母親的自然界，低位母親的力量若勝過這火焰，即便火焰一時照亮了周遭，也會立即回歸黑暗。

〈特魯德夫人〉的火焰沒有抵達天上。在此，筆者將介紹另一篇故事，裡頭的女主人翁同樣因「好奇心」而受難，但不同於〈特魯德夫人〉的駭人結局，她最後有自行找到與天相連的火焰，作為本章結尾。

格林童話中的〈瑪利亞的孩子〉3是篇相當傑出的故事，敘述一位貧窮樵夫的女兒被瑪利亞接到天國養育。

女孩十四歲那年，瑪利亞要出遠門，便將十三道門的鑰匙交給她保管，並告誡她唯獨第十三道門絕不可打開來看。女孩一一打開了十二道門，看到十二使徒相當開心。當然，女孩最後還是打破禁令，開了第十三道門，看見「在火光之中的三一真神」。她不禁伸出手去，結果觸及火光的手指被染成金色。

返家的瑪利亞一看到女孩的手指，便知她犯了禁令；然而，女孩卻再三謊稱她沒有打開第十三道門。於是，瑪利亞將女孩放逐人間，並讓她無法開口說話以示懲罰。被放逐的女孩後來跟對她一見鍾情的國王結婚，成為王后。當她產下一名男嬰時，瑪利亞在她面前現身並說，如果她願意承認之前所犯的罪便原諒她，否則將帶走她的孩子。即便如此，王后依舊死不認錯，以致孩子被帶走。由於孩子不見了，有關王后食人的謠言四起，出不了聲的女孩也沒辦法為自己辯解。

之後，只要王后一產下孩子，瑪利亞就會現身並告訴她同樣的話。不過，她還是不願認錯，連續三次都是如此！

王后最終被判處火刑。在熊熊烈火之中，王后如厚實冰壁般的倔強之心總算被熔毀，不禁落寞地心想：「要是能在死前坦承當年打開第十三道門的過錯，真不知該有多好。」

結果，她突然之間就有了聲音，高喊著：「聖母瑪利亞，我確實做了！我確實有打開那道門。」與此同時，一陣雨降了下來，撲滅了烈火。緊接著，一道光臨在王后頭上，原來是瑪利亞原諒了王后，並帶回她的三名孩子。

這篇故事的火焰，雖然同樣是在地上燃燒，層級卻高過〈特魯德夫人〉的火焰。因為這火焰喚來瑪利亞從天而降的一道光。不過，這名「瑪利亞之子」的倔強實在驚人。連三次不認耶穌基督的彼得，在聽到雞啼之際，都不禁想起耶穌基督的話而痛哭；想不到這名女孩在三次不認錯後，竟不惜犧牲孩子，又否認了三次。

與「低位母親之子」轉瞬即逝的火焰相比，我們可以說，正是因為這女孩的頑固，才讓「低位、劣等的邏各斯」得以與天相連。有關女孩心中這份屬於男性要素的倔強受到肯定的部分，待我們後續在論及「阿尼姆斯（animus）」（第十章）時，相信各位會有更清楚的認識。在此，火焰是意味著淨化之火。

明白火具有淨化的含意後，下一章我們將要來看並非孩子、而是大母神被火包圍的故事。

1－格林童話多半以 KHM 編號來表示。
2－〈特魯德夫人〉的引用文請參閱本書第38頁；格林童話其餘故事的引用文則譯自岩波文庫版本。
3－埃里亞德《生與重生》（堀一郎譯）東京大學出版會，一九七一年。

4—埃里亞德，同前書。
5—譯註：作者撰寫連載文章的七〇年代，日本國內相繼發生多起投幣式置物櫃棄嬰事件，已成嚴重的社會問題。
6—關敬吾編《摘瘤爺爺、喀嚓喀嚓山——日本童話I——》岩波文庫，一九五六年。
7—同前書。
8—阿法納榭夫編《火鳥》（神西清譯），岩波少年文庫，一九五二年。
9—岩波版本篇名為〈貓和老鼠是朋友〉，原文篇名則為〈Katze und Maus in Gesellschaft〉。
10—艾瑪・榮格《內在異性——阿尼姆斯與阿尼瑪——》（笠原嘉、吉本千鶴譯）海鳴社，一九七六年。

第3章

脫離母親的精神獨立

漢賽爾與葛麗特（糖果屋）

漢賽爾與葛麗特 Hänsel und Gretel

貧窮的樵夫與妻子、兩名孩子一同住在某個大森林的入口處。男孩名叫漢賽爾，女孩名為葛麗特。他們原本就過著有一餐沒一餐的生活，後來國內發生大饑荒，甚至連平日所吃的麵包也難以取得。

某天夜裡，樵夫躺在床上反覆思考，憂心到輾轉難眠，不禁嘆了口氣，對妻子說：「我們究竟會變成什麼樣？自己都快沒東西吃了，又該如何養育可憐的孩子們？」

「不如這麼辦吧！」妻子答：「明天一大早帶孩子們到森林深處，在那裡生起火堆，並各別給他們一人一小塊麵包。然後，我們就去幹活，把孩子們丟在原地。他們不知道回家的路，麻煩不就解決了嗎？」

「妳說這什麼話！」樵夫說道：「妳怎麼狠得下心把孩子們丟到森林裡，棄之不顧！可怕的野獸很快就會把他們撕成碎片的！」

「你才是笨蛋！」妻子反駁道：「難道要我們四個人一起餓死嗎？乾脆先把棺材板

準備好算了。」

在妻子連珠炮似地責備下，樵夫不得不同意這項提議。「但是，我還是覺得孩子們實在太可憐了。」

兩名孩子因為肚子餓到睡不著，也聽到了後母跟父親所說的話。葛麗特不禁抽抽噎噎地哭了，她對漢賽爾說：「我們完蛋了。」

「噓，」漢賽爾回應著：「別擔心，葛麗特，我會想辦法的。」

於是，等大人都熟睡後，漢賽爾爬起身，穿上外衣，開門溜出屋外。皎潔的月光正好傾瀉而下，只見屋前的白色小石子如同撒落一地的錢幣般閃閃發亮。漢賽爾蹲下身撿拾小石子，盡可能地塞滿口袋。接著，他又溜回屋內，告訴葛麗特：「放心吧，葛麗特。儘管安心睡吧！上帝絕不會棄我們於不顧的。」說完，便再度鑽回被窩內。

天才剛亮，連太陽都還沒升起，後母就來叫醒兩名孩子。

「起床了，你們這兩個懶惰蟲！一起去森林裡撿木柴。」

接著，她發給他們一人一小塊麵包，並說：「來，這是你們的午餐。可別在中午前吃掉了，我不會再給第二次的。」

因為漢賽爾的口袋已裝滿了小石子，葛麗特便將兩塊麵包收進自己的圍裙口袋。就這樣，樵夫一家往森林出發了。走沒多久，漢賽爾停下了腳步，回頭直瞧家的方向。他頻頻回頭了好幾次，於是父親不禁開口問道：「漢賽爾，你東張西望，到底在拖拖拉拉什麼？多留意腳邊，走路專心點。」

「爸爸，我是在看我的白貓啦！牠正坐在屋頂上跟我道再見呢！」

聽漢賽爾這麼一說，後母隨即答腔：「別耍笨了。哪來的貓啊？那是太陽。東升的朝陽正好在煙囪上。」

其實，漢賽爾並不是真的在看貓。他是藉此從口袋中取出那會閃閃發亮的小石子，逐一撒在路旁。

當一家人走來到森林中央處，父親便說：「好了，你們去撿些木柴回來。我們要生個火堆取暖。」

於是，漢賽爾與葛麗特去撿了小樹枝，堆成一堆。當小樹枝堆點著火，燒出熊熊烈燄時，後母告訴孩子們說：「你們就在火堆旁休息吧。我們要進去森林深處砍些木柴。等工作結束後，再回來接你們。」

漢賽爾與葛麗特就坐在火堆旁等候。到了中午時分，他們取出麵包塊，各自吃了自己的份。

伐木聲時而響起，想必父親就在不遠之處吧。但那其實根本不是伐木聲，而是父親讓事先繫在枯木上的粗樹枝隨風搖晃、四處碰撞所發出的聲響。兩個人就這樣枯坐了大半天，等到疲憊不已、眼皮越發沉重，最後陷入沉沉的睡眠。

等到他們清醒過來，天色早已暗下。葛麗特不禁啜泣道：「這下根本不知道該怎麼走出森林了！」

漢賽爾安慰她：「我們再等一下，只要月亮升起，就能知道走出森林的路了。」

於是，當滿月升起，漢賽爾便牽著妹妹的手，跟著小石子邁步走。小石子如同新錢幣般閃閃發亮，指引出回家的路。兩個人徹夜趕路，於天亮之際回到家裡。他們敲了敲門，前來開門的後母一發現是孩子們，就說：「你們真是壞孩子。怎麼在森林裡睡那麼久？我還以為你們不想回來了呢！」

不過，父親倒是開心極了。因為用那種方式丟下孩子們，讓他相當過意不去。

但沒過多久，樵夫一家又窮到快沒飯吃了。

有天夜裡，孩子們聽見後母躺在床上如此對父親說：「食物又快吃完了，最後就只剩半條麵包了。等麵包一吃完，一切就完了。我們還是得拋棄孩子們才行。這次把他們帶到森林的更深處，讓他們找不到回家的路。若不這麼做，我們必死無疑。」

樵夫痛苦難耐，他回應道：「就算最後只剩一小塊麵包，也應該跟孩子們一起分著吃吧！」但妻子卻無視樵夫的話，只管不斷催促他做出決定。事情一旦起了頭，縱使再怎麼不情願，也得想辦法收尾。樵夫一開始會聽信妻子的提議，是因為真的已走投無路；而這次他又不得不照做了。

由於孩子們都還醒著，大人們的這段對話自是聽得一清二楚。待大人們熟睡後，漢賽爾爬起身，打算故技重施，再到屋外去撿拾小石子，但這次卻因後母把門鎖上而無法如願。

儘管如此，漢賽爾仍安慰葛麗特說：「不要哭，葛麗特。妳安心睡吧。上帝一定會拯救我們的。」

隔天一大清早，後母就來叫醒孩子們。他們各別拿到一塊麵包，卻比上次的還來得小。在前往森林的路上，漢賽爾在口袋中捏碎麵包後，便不時停下腳步，將麵包屑逐一撒在地上。

「漢賽爾，你在東張西望什麼？還不快走。」

聽父親這麼一說，漢賽爾答道：「爸爸，我是在看我的鴿子啦。牠正停在屋頂上跟我道再見呢！」

後母隨即回說：「別耍笨了。哪來的鴿子啊，那是太陽。東升的朝陽正好在煙囪上。」

話雖如此，漢賽爾還是沿路撒完了所有的麵包屑。

後母帶著孩子們直往森林的深處走去，最後走到他們自出生後連一次都不曾來過的地方。然後，同樣在那裡生起火堆，並對他們說：「你們就坐在這裡等吧。若覺得累了，不妨睡個午覺。我們要進去森林深處砍些木柴。待傍晚收工後，會來接你們。」

中午一到，葛麗特便將自己的麵包分一半給漢賽爾吃。因為漢賽爾的份全都撒在路上了。後來，兩個人都睡著了。到了傍晚，仍然沒有人來接這兩個可憐的孩子。直到他們睡醒，天色早已暗下。漢賽爾安慰妹妹說：「我們再等一下吧，葛麗特。只要月亮升起，就能看見我撒的麵包屑。這樣就知道該怎麼走回家了。」

於是，待月亮升起，他們便邁開了步伐。但一路上卻沒看見任何一塊麵包屑。因為麵包屑都被棲息在森林裡或原野上的上千隻鳥兒們給啄光了。即便漢賽爾一再對葛麗特說：「很快就可以找到路了。」還是遲遲找不到回家的路。

兩個人就這樣徹夜趕路，連第二天也是從早走到晚，依舊無法走出森林。他們肚子實在餓得發慌，卻只能靠兩、三顆野生莓果充飢。最後，走到疲憊不堪、兩腳發軟的孩子們，就在一棵樹旁躺下，沉沉入睡。

這已是離開父親家後的第三天早晨了。漢賽爾與葛麗特再度邁開步伐，但還是持續迷失在森林深處。若再不快點獲救，他們肯定會力竭而亡。

約近中午時，孩子們看見一隻全身雪白的美麗鳥兒停在樹枝上。鳥兒發出極其美妙動人的鳴啼，令他們不禁停下腳步，側耳傾聽。鳥兒啼叫完，便拍了拍翅膀，往前方飛去。孩子們跟在鳥兒後頭走了一會兒，最後來到一間小屋前。鳥兒就停歇在小屋的屋頂上。他們走近一看，赫然發現這間小屋竟是用麵包搭蓋而成的。屋頂是餅乾，窗戶則是閃閃發亮的砂糖。

「哇啊，我們來吃吃看吧！看起來好好吃喔！」漢賽爾提議道：「我要從屋頂開始吃起。葛麗特妳就吃窗戶吧，一定很甜。」說完，他便踮起腳尖，試咬了一小口屋頂。

葛麗特也挨近窗戶，輕輕地咬了一口。就在此時，一道溫柔的聲音從屋內傳出來。

「喀滋喀滋地咬得清脆作響，到底是誰在啃房子呀？」

孩子們回應道：「是風，是風，是天之子。」

然後，就這樣毫無顧忌地吃了起來。因為屋頂實在太美味了，漢賽爾乾脆直接拆下一大塊來享用。葛麗特則將窗戶完完整整地拆下，坐在地上吃得津津有味。

突然間，屋子的門「啪」地打開，一位老婆婆杵著拐杖，步伐蹣跚地走出來。漢賽爾與葛麗特猛然嚇一跳，不由得放開手中的美味。老婆婆邊晃著腦袋，邊開口說：「哎呀，好孩子們，是誰帶你們來的？快快進來吧！用不著顧慮，快進來休息吧！」

老婆婆牽起兩個人的手，帶他們進到屋裡去。老婆婆準備了一桌佳餚，有牛奶、撒滿砂糖的麵包餅乾、蘋果以及各類樹果等。待孩子們飽餐一頓後，又準備了兩張鋪有白色床單的乾淨小床，讓他們躺下休息。被窩既柔軟又舒適，彷彿來到天堂似的。

這老婆婆表面上看似和藹可親，但其實是在此處埋伏偷襲孩子們的壞心魔女；而這間糖果屋，也是為了引誘孩子們蓋的。一旦有孩子闖進陷阱，老婆婆就會把他殺了煮來吃。因此，漢賽爾與葛麗特的到來，對老婆婆而言，簡直是一大豐收。所謂的魔女，一般都是紅眼且視力不佳，但擁有如野獸般的靈敏嗅覺，只要一有人類靠近就會知道。當漢賽爾與葛麗特來到屋子附近時，老婆婆隨即露出滿足的笑容，嘲諷般地喃喃說道：「好極了！他們是我的囊中物了，絕不能讓他們逃跑。」

隔天一早，老婆婆比孩子們早起，看見他們紅潤的雙頰、睡得十分香甜的模樣，不禁自言自語：「這小子想必嚐起來很美味吧！」接著以乾癟的手猛地揪起漢賽爾，將他拖進小倉庫並鎖上柵門。無論他怎麼哭喊都無人理睬。

之後，老婆婆來到葛麗特的床前，搖醒她說：「快起床，懶蟲。妳去給我汲水，做些好吃的東西給妳哥哥吃。我把他關在屋外的小倉庫裡，打算要養胖他。等他囤了脂肪，我就要吃掉他。」

葛麗特嚇得嚎啕大哭，但事到如今也已無計可施，她只能一邊哭著，一邊遵照壞魔女的吩咐去做事。

如此這般，葛麗特雖然替可憐的漢賽爾準備了豐盛的佳餚，但她每次拿去給哥哥的，盡是螃蟹的殼。每天早上，老婆婆都會到小倉庫前，如此喊道：「漢賽爾，伸出你的手指，讓我看看有沒有長胖。」

而漢賽爾也不是省油的燈，他每次都遞出一根小小的骨頭。因為老婆婆視力不佳，看不很清楚，便誤以為那根骨頭就是漢賽爾的手指，一直想不透為何他遲遲沒有長胖。一個月過去了，因為漢賽爾依舊骨瘦如柴，老婆婆不禁心焦氣躁，再也等不下去了。

「喂，葛麗特！」老婆婆吩咐妹妹：「妳馬上去汲水！不管漢賽爾那小子有沒有長胖，我明天就要殺了他煮來吃！」

可憐的妹妹只能強忍著悲傷，任憑淚水濡濕雙頰，乖乖地去汲水。「上帝請救救我們吧！」葛麗特高聲嘶喊：「為何不讓我們乾脆在森林裡被可怕的野獸給吃掉？這樣一來，至少我們兩個還可以死在一塊啊！」

「別發牢騷了。」老婆婆說道：「妳只是在白費力氣罷了。」

隔天一大清早，葛麗特走出屋外，在大鍋子中注入水，並生起柴火。「妳先去烤麵包吧。麵包烤爐已經點了火，麵團也發好了。」老婆婆一說完，便將可憐的葛麗特往麵包烤爐的方向推去。只見熊熊火舌早已從烤爐中竄出。

「妳鑽進裡頭查看一下火勢，看是否可以放入麵包了？」

魔女如此吩咐道。她打算等葛麗特鑽進去後，馬上關起烤爐的蓋子，讓她在爐裡烤熟就此吃掉。不過，葛麗特已察覺到老婆婆的企圖，便對她說：「我不知道該怎麼做。到底要怎麼鑽進裡頭呢？」

「妳這蠢女孩，爐口這麼大一個，怎會鑽不進去？妳看看，連我都鑽得進去了。」

老婆婆邊說著，邊如螃蟹般俯伏在地，將頭探入麵包烤爐裡。說時遲，那時快，葛麗特隨即猛力一推，將老婆婆推進烤爐裡，然後馬上關起鐵蓋，拴上門閂。

「嗚哇！」老婆婆發出淒厲的吼叫，教人不寒而慄。葛麗特飛也似地拔腿就逃。罪有應得的魔女就這麼被活活燒死了。

葛麗特直奔到漢賽爾所在之處，邊打開小倉庫，邊大聲喊道：「漢賽爾，我們得救了。老婆婆已經死了！」

當下，漢賽爾如同重獲自由的籠中鳥般，直衝了出來。兩個人高興得不得了，直摟著彼此的脖子跳著圈，一再親吻對方，如今再也沒有什麼可怕的威脅了。於是，他們走進魔女的屋子，發現各個角落都擺有裝滿珍珠寶石的箱子。

「這比小石子還來得有用多了。」漢賽爾邊如此說著，邊將珍珠寶石塞滿口袋。

「好了，我們也該回家了」漢賽爾對妹妹說：「我們得想辦法走出魔女的森林。」

就這樣，兩個人在森林裡走了兩、三個小時後，來到一條大河旁。

「這樣根本過不了河。」漢賽爾說道：「連座獨木橋也沒有。」

「這裡也沒有船。」葛麗特回應道：「不過，你看！那裡有隻白色的鴨子。我們若拜託牠，說不定牠會願意幫助我們喔！」

於是，葛麗特便揚聲高喊：「鴨子先生，鴨子先生，我們是漢賽爾與葛麗特。這裡連座獨木橋也沒有，請讓我們坐上你白色的背過河吧！」

想不到，鴨子還真的游了過來。漢賽爾先坐上去，然後叫妹妹也坐上來。

「這樣不行。」葛麗特說道：「我們兩個人對鴨子先生來說太重了，得請牠輪流載我們過河。」

親切的鴨子接受了葛麗特的提議。總算順利過了河的兩個人，再度邁開步伐。只見周遭的森林景色越來越眼熟，最後終於得以看見佇立在遠方的父親的家。他們往家直奔而去，一衝進屋內，便緊緊摟住父親的脖子。樵夫自從把孩子們丟在森林後，就不曾再開心過。後母也已過世了。

葛麗特攤開圍裙，珍珠寶石隨即嘩啦啦地散落一地。接著，漢賽爾也從自己的口袋中，將珍珠寶石一把一把地掏出來。有了這些，就用不著再過苦日子了。樵夫一家從此過著幸福快樂的生活。

故事到此結束。你瞧，有隻老鼠在那裡走來走去呢！誰來捉住牠，替我做一大條毛皮頭巾吧！

1 各色各樣脫離母親的方式

〈漢賽爾與葛麗特〉（或作〈糖果屋〉）的故事堪稱為格林童話中的傑作，在全世界廣為人知。我想，不知道這故事的人應該是寥寥無幾吧？筆者之所以會挑選這篇故事，是因為相較於前一章〈特魯德夫人〉裡那位極其駭人、超乎人性而令人難以抵抗的母親原型模式，在此所描述的母親原型模式不僅稍微具有人性，也更明白指出我們該如何與之對抗。

這篇故事的特點之一，便是主人翁為漢賽爾與葛麗特兄妹兩人。一般而言，童話的主人翁都是一個人，設定成兩個人的相對少見。即便在格林童話中，這般設定也甚為罕見；其他以兄妹為主人翁的故事，就只有〈兄與妹〉12而已。

〈漢賽爾與葛麗特〉在格林兄弟的初稿中，原本是命名為〈兄與妹〉，後來才在初版中改名，並收錄另一篇名為〈兄與妹❶〉）的故事❷。

順道一提，主人翁為兄妹的組合，也讓人聯想到日本著名故事〈安壽和廚子王丸〉中的姊弟。一邊是兄妹，另一邊是姊弟的組合，相當耐人尋味。再者，這兩種組合也擁有不少相互對比的要素。因此，我期望重新閱讀過〈漢賽爾與葛麗特〉的讀者，可以將〈安壽和廚子王丸〉視為範例來閱讀，相信一定能發現到許多含意深遠的對比。

若將童話視為人類內心世界的表露，那主人翁所展現出的，便是人類的自我，又或是塑造全新自我的可能性。至於主人翁有兩個人的情況，尤其像〈漢賽爾與葛麗特〉這樣，主人翁是年幼的兄妹時，所展現出的則可說是男性與女性尚未分離之前的舊我狀態。因為年紀幼小，這個自我還無法明確斷定是屬男性特質還是女性特質。

關於這部分的論述，同樣也適用於〈兄與妹〉之中。〈兄與妹〉的故事，是從一對飽受後母凌虐的幼小兄妹不得不逃家開始說起的，與〈漢賽爾與葛麗特〉的主題十分相似；換言之，都是在處理有關孩子脫離母親獨立的主題。

格林童話中的〈杜松子樹〉47，主人翁雖是一名男孩，但他有位同父異母的妹妹，故事情節的發展也與〈漢賽爾與葛麗特〉和〈兄與妹〉雷同。〈杜松子樹〉同樣是在描述後母的駭人之處：這名後母趁著男孩打開木箱箱蓋，彎下身正想取出蘋果之際，猛地闔上箱蓋，斬斷他的頭顱，殺死了男孩。

這三篇故事都可說是在描寫前一章所提到的母親的負面，以及與之對抗的孩子們的自我。

至於〈安壽和廚子王丸〉，令人印象深刻的是，不同於格林童話的故事，孩子們與母親的分離乃是出自命運的逼迫。安壽與廚子王丸的母親從頭到尾都是一位好母親，沒有展現出負面形象。即便如此，命運的力還是拆散了他們母子，終究難以避免分離。

2 當孩子一旦看清父母的陰影

讓我們再回到〈漢賽爾與葛麗特〉，這篇故事一開始的人物組成，就是完整的一家人，有樵夫、妻子以及兩名孩子。童話最初的人物組成極富暗示，有時只有父親和兒子，少了母親；有時則是一對沒有孩子的老夫婦，總會明白顯示出某項「欠缺」。

因此，從這項欠缺「如何被填滿、整體的組成又有何變化」的角度來觀看故事情節的發展，相當有意義。雖說〈漢賽爾與葛麗特〉最初的人物組成並無「欠缺」，但故事一開始就告知讀者，樵夫是個窮人，而且還遇上了大饑荒。

如貧窮和饑荒等的物質性欠缺，就心理層面來看，可說是代表心靈能量的欠缺。人類的自我需要與其活動相符的心靈能量。但有時也會遇到這份心靈能量從自我流向潛意識，以致自我所能利用的心靈能量變少的情形。此現象被稱為心靈能量的退化。

若處於這種退化狀態，人不僅無法活動，思維也會變質成較少受到意識控制的空想，而幼兒欲望也會強出頭。一旦陷入退化狀態，我們會對他人略帶親切的態度感到極其可貴，而對其稍嫌冷漠的態度感到極其殘酷。雖說這脫離了現實，但換個角度來看，也可說是以擴大的形式掌握到更多的真實。

在大饑荒的異常狀態下，家族成員的概念會被擴大呈現。於此，母親向父親提議拋棄孩子，顯露出母性的負面。或許會有讀者對於母親這番言論甚感驚訝，不過，在故事之後的段落中，便指出孩子們「聽到了後母向父親所說的這番話」，若無其事地表明了這位母親是後母。於是，不少讀者就因著「後母」這詞彙，變得比較能夠接受這一切而感到心安。

話說回來，如眾所皆知的，在這篇故事的初稿中，母親其實是生母，直到了一八四〇年的改版，格林兄弟才將母親改為「後母」，這和白雪公主的母親也是相同的情況——受嫉妒心驅使而打算殺害女兒的王后，其實是白雪公主的生母。針對這類的改寫，研究格林兄弟的著名學者，高橋健二表示：「或許還是得這麼做吧，生母因嫉妒女兒的美貌而心生殺意，未免也太駭人聽聞了。❸」

這個問題若再繼續深入探究下去，將會是個相當複雜的議題。實際上，我們知道有生母將孩子遺棄在投幣式置物櫃的例子，也有後母將孩子養育得很好的例子。在此先不考慮生母或後母，就母親的存在而言，誠如前一章所說，總是同時擁有正面與負面。其中，只有正面被視為母親的本質，受到人們的認同並以此作為文化或社會的根基；負面則一直存在於人類的潛意識中，不斷威脅著我們。

如實描述出這般作用的童話，自然也會將這一切視為「母親」來加以記述。換言之，並非是某位母親或我的母親等這類屬於個人的母親，而是所有的母性都擁有這樣的負面部分。由於要有意識地接受這樣的事十分困難，因而就把母性的負面全都視為後母的所作所為，以致後母的意象遠比實際情況還壞得多。這也就是說，藉後母之名，來背負母性所有的負面特質。

如此想來，將漢賽爾與葛麗特的母親，或白雪公主的母親設定為生母，就潛意識的層面而言，反倒是可想而知的事。不過，若在意識層面上，將之設定為後母，是否真的比較容易被接受呢？

特魯德夫人是超人類的存在，但是故事中女孩父母親的話語，卻讓人感到十足的人情味。至於〈漢賽爾與葛麗特〉的故事，樵夫雖然是位會擔心孩子的溫柔父親，然而最終還是在提不出任何具體對策的情況下，被母親說服。

父親若軟弱，母親就不得不強悍。母親反倒成了男性原理的執行者，同時也是過苛的執行者。與其四個人一塊餓死，不如讓兩個人有機會存活下來的想法，正是基於男性原理的思考模式。

在此，兩名孩子，尤其是漢賽爾的英勇表現，成了他們最大的救贖。葛麗特雖然只是哭個不停，但靠著漢賽爾的機智，孩子們得以逃過一劫。即便如此，他們偷聽父母談話的事實也極富暗示。

不少孩子都是藉由偷聽父母的談話，明白雙親的陰影所在，來踏出邁向獨立的一步。不過，陰影所造成的衝擊若過於強大，孩子們便會走上墮落之道。另外，在前往森林的途中，其親子之間的對話也十分有趣。漢賽爾東張西望的行為，受到了父母的斥責。他們認為漢賽爾竟然將東升至煙囪上方的朝陽錯看成貓，實在蠢得可以。但事實上，漢賽爾是在做別的事。明白父母親陰影所在的孩子，其心中有了雙親所不知道的世界，是因為他正一步步地走上獨立的道路。

縱使已逃過一劫，同樣的危機又再度來訪。故事中出現了童話特有的「重複」情節，而有關這部分，筆者將於其他章節詳加論述。面對第二次的危機，漢賽爾所做的努力最後全化為泡影。因為他用來作為路標的麵包屑，都被數千隻的鳥兒給啄光了。那麼，我們不妨來試著思考這些鳥兒所代表的意義。

3 靈魂之「鳥」

鳥兒在這篇故事中扮演著極為重要的角色。啄光漢賽爾用來找路的麵包屑的，是鳥兒；引領孩子們去到糖果屋的，也是隻「全身雪白的美麗鳥兒」；最後，當他們走出魔女的森林時，前來幫助他們的，則是隻白色的鴨子。

榮格常說鳥兒是靈魂、精神的象徵。我想鳥兒不同於人類、能夠在天空自由飛翔的事實，正是喚起這般想像的最大要因吧。或者說，鳥的含意容易跟靈光一閃、思緒或空想等連結在一起❹。

在世界各地的許多故事中，都可以看到以鳥兒來象徵靈魂的例子。好比說，方才舉例的〈杜松子樹〉，後母殺了男孩子後，便把他煮成湯，端給不知情的父親吃（這實在是駭人聽聞！）。妹妹瑪麗亞將男孩子的骨頭埋在杜松子樹下，結果有隻鳥兒從樹上飛了出來，很明顯就是死去男孩的靈魂。

鳥兒也是靈光一閃的象徵，這類靈光是存在於潛意識中的心靈內容，是突然出現在意識中而產生的。當靈光產生時，自我就得想辦法去掌握它，並與既存的意識體系連結。

然而，潛意識的活動若過於強烈，靈光就會四處散亂，讓自我不知該如何去掌握及運用。而無數的鳥兒滿天飛舞的光景，便是這種狀況最貼切的呈現，同時也象徵著非建設性空想的片段。夜裡現身的數千隻鳥兒，啄光了所有的麵包屑。這意味著是明顯的退化造成紛亂的空想，並喪失了方向性。

親臨潛意識領域的大母神，也常與無數的鳥兒連結在一起。例如，〈約林德和約林格〉69故事中的巫婆，喜歡將少女變成鳥兒關在籠中飼養；而她所飼養的鳥兒竟多達七千多隻。

筆者再舉個例子，說明大母神與鳥兒的連結是如何出現在現代人的夢境裡面。這是一個曾患有懼學症無法上高中、畢業後又飽受對人恐懼症之苦的女性所做的夢。

「我看似待在自己家裡，卻覺得渾身不對勁、毛骨悚然。我很想逃離那裡。現場還有其他女人在，總覺得她們像是被迫做工的。我為了逃跑而裝扮成天主教修女。沒過多久，一名看似巫婆的老婆婆追了過來。她使用法術變出滿天的褐色小鳥，阻擋在我面前，我寸步難行。結果，就被抓回去了……（後略）」

這個夢境真實呈現出大母神與鳥兒的連結，以及無數鳥兒現身於眼前的可怕狀況。

筆者一再強調，日本近年來與日俱增的懼學症，是出自日本社會的母性特質❺。這個夢境清楚呈現出飽受懼學之苦的孩子，是如何受到大母神力量的阻擋，以致無法走出外頭。

這名女性為了從大母神身邊逃走，甚至還變了裝。不過，由於有無數的鳥兒阻擋在前，使她寸步難行，一切努力就這樣化為烏有，又被大母神給抓了回去。

漢賽爾與葛麗特也同樣因鳥群而迷路，闖入森林的更深處。這也表示他們喪失了由意識所掌控的方向。離家後的第三天，他們遇見了令人印象深刻的鳥兒。在此出現了童話中常見的數字「三」，但在此就不討論這部分的論述。深受鳥兒吸引而緊跟在後的孩子們，最後發現了糖果屋。

這隻成為路標的鳥兒，不同於先前出現的那數千隻鳥兒，牠具有一個方向性，只不過這是個可怕的方向，與日後帶孩子們回家的白鴨具有的方向性成了對比。

開始進行的退化一旦超過某個程度，我們就會到達潛意識的更深處。故事開頭所描述的後母意象，雖屬於負面，但仍保有人的感覺；而後來出現的老婆婆，其所呈現的，則是更為普及的負面母性意象。換言之，就是食人巫婆。

這名巫婆就住在會讓孩子們欣喜若狂的糖果屋裡。因為「這間小屋竟是用麵包搭蓋而成的。屋頂是餅乾，窗戶則是閃閃發亮的砂糖」，想當然耳，漢賽爾與葛麗特自是開心極了。那麼，這間糖果屋究竟有何含意呢？

4 「糖果屋」的孩子們

據說大母神與食物有著切也切不斷的關係❻。從到目前為止所提到的大母神特性來看，是可以馬上理解的。

例如，與特魯德夫人同樣被視為大母神之一的〈荷勒太太〉24故事中，在前往荷勒太太家的途中，曾出現麵包塞滿烤爐，大喊著：「快把我拉出去，我快被烤死了」的景象；也曾出現蘋果掛滿枝頭，高喊著：「快把我摘下來，大家都已經熟透了」的景象。除此之外，前去拜訪荷勒太太的少女也是「每天都盡吃著美味佳餚，快樂過日子」。

〈漢賽爾與葛麗特〉中的糖果屋，是壞魔女為了引誘孩子們而蓋的。在父親家的飢餓狀態，跟魔女家的豐富食物，是明顯的對比。魔女所準備的豐盛甜點，也會讓人聯想到母親的過度保護。**過度保護會妨礙孩子們的獨立**。漢賽爾與葛麗特在短時間內先後體驗了極端的拒絕（被丟棄在森林裡）和過度保護。說起來，拒絕和過度保護是同一類的。

因為筆者是臨床心理師，常有機會跟患有懼學症的孩子或其父母親談話，當下總會覺得〈漢賽爾與葛麗特〉並非是古老的故事。當然，懼學症的情形有很多種，無法一概而論；不過，典型的父母不外乎是如下所述的組合。

母親很認真看待孩子的事。只要是為孩子好，不管是什麼事都會為他做，哪怕是蓋出一間糖果屋也不成問題。而相對於母親強勢到足以震懾整個家的態度——或者是說，因為這個緣故——父親就顯得軟弱。父親多半只會照母親所說的去做，因此，為了掩飾父親的軟弱，母親多少必須兼任父親的角色（先前已指出了漢賽爾母親的父親性的性格）。於是，一心為孩子好的母親，開始扮演起父親的角色，要求孩子得更用功或取得好成績。

如此一來，由於母親身兼可比擬為潛意識之大母神的保護職責，以及父親的強勢角色，屬於人性的母親角色便越發薄弱，既無法溫柔地對待孩子，也無法察覺到孩子的心情。雖然軟弱的父親有注意到這個現象，覺得孩子們「很可憐」，卻還是如同漢賽爾與葛麗特的父親那樣，到頭來還是辯不過母親的論調。

孩子們一方面體驗到過度保護，另一方面則因欠缺與人接觸，而體驗到了強烈的拒絕。當然，這類的母親並不會像漢賽爾與葛麗特的母親，將患有懼學症的孩子帶到森林裡丟棄。不過，事實上有許多母親都表示「為了孩子好」或「為了孩子著想」，想將孩子送去某個不錯的機構。這究竟是極端的與孩子合為一體？還是完全的放手？不僅如此，更有不少母親表示：「我想跟這孩子一起死。」而大母神就住在死亡國度。

既然話題已偏離，就容我再多說一句！在這般情況下，大多數的人只會單方面針對母親的行動，勸說：「過度保護是不好的，要試著對孩子多放手。」然而，這並不是一種好的方式。**物質性過度保護的背後，往往潛藏著人類愛的欠缺**。若沒注意到這一點，只是單純叫母親對孩子放手，也無濟於事。要克服這道障礙，不是叫母親別再過度保護這麼簡單，而是得讓她親身經歷如同爐火燒身般的痛苦，以及死亡與重生的過程。

題外話已洋洋灑灑地寫了一大篇，有關過度保護的論述就先到此為止，我們再回到原先的主題。當孩子們正為了糖果屋感到開心不已時，魔女隨即露出了真面目。

故事中寫道：「所謂的魔女，一般都是紅眼且視力不佳，但擁有如野獸般的靈敏嗅覺，只要一有人類靠近就會知道。」看來，這個魔女的眼睛也很不好呢！

5 西洋的弒母，東洋的盲母

有「視覺動物」之稱的人類十分重視視覺。對人類而言，「看見」甚至可說是「知道」的先決條件。當然，也有人是屬於聽覺型的，但相較於視覺型，人數相當稀少。

魔女的視力不佳、嗅覺發達，這顯示了她的動物性。她雖然無法藉由「看見」來知道，卻擁有敏銳的直覺。誠如「盲目的愛」等形容，這裡的盲目是用來表示「缺乏已知證明」，而這大多被視為有負面意涵。若說有哪則故事是從母與子的關係來描寫「知道」的悲劇，並會讓人去思考盲眼含意的，就是著名的伊底帕斯了。

伊底帕斯在不知情的情況下殺了父親，並且娶了母親，大家都曉得這個悲劇，我想在此沒有重述之必要。伊底帕斯不知道發生在自己身上的事，執意要追查出一切真相，結果一位盲眼先知泰瑞西亞斯現身於眼前，自言自語道：「啊！『知道』是件多麼可怕的事啊！」拒絕向伊底帕斯揭露祕密。

盲眼智者的意象，清楚顯現了盲眼的雙重含意。這也就是說，因眼盲而朝內在開啟的眼睛，遠比明眼人看得更多也知道得更多。再者，他的這番話也表明了沒看見（不知道）比看見（知道）來得幸福。但是，盲眼智者的願望還是落空了。當伊底帕斯知道了一切真相，就刺瞎了自己的雙眼。

佛洛伊德引用伊底帕斯的悲劇，認為這故事是在描述孩子與父母親之間永遠的糾葛，而創造出了伊底帕斯情結（Oedipus complex，也稱「戀母情結」）一詞。相對於此，榮格則認為，這類問題並非僅侷限在家族之間的人際關係，反倒是與個人集體潛意識中的父親原型、母親原型有關連。

孩子自出生以來，便受到母親的保護及照顧，透過這段期間與母親的接觸，有了與母親原型相關的體驗。換言之，這是接納孩子所有的一切，並給予自己所有一切的母親意象。不過，當孩子逐漸長大，就會認識到母親原型的負面，亦即阻礙獨立的力量，而不得不與之分離。

於是，作為成長階段之一的弒母主題就此產生。這便是漢賽爾與葛麗特擊退魔女的行動。當然，這只會在孩子的內心進行，並不是針對現實中的母親。即便如此，這場內心劇依舊血腥，如同先前所提到的〈杜松子樹〉，母親砍斷孩子的頭，拿他煮湯，而化身成鳥兒的孩子靈魂，則以石臼砸死了母親。

在自我確立的過程中不可欠缺的弒母主題，是西方社會的一大特色，卻不易在東方社會發展。在此舉一個可以看出東方社會特色的夢境為例。這是筆者曾分析過的某位獨身東方男性所做的夢。

「我正愛撫著我的美國女友時，母親突然闖了進來。我發現母親瞎了眼，不禁悲從中來。擔心她是否有察覺到我跟某個女人在一起。」

這個夢讓當事者聯想到自己家鄉的民間故事。想結婚的年輕男女遲遲結不了婚，最後好不容易結了婚，母親卻成了盲人。男性結婚或有了情人，都是獨立的明顯表現，且多半會與弒母主題連結。不過，在這個夢境中，則是藉由母親自然瞎了眼，從「知道」的危險中脫身，來謀求共存之道。因此，當事者所感受到的「強烈悲傷」，正是為逃避弒母所需付出的代價。

夢境中盲眼母親的可憐模樣，會讓我們聯想到另一名盲眼母親，那就是〈安壽與廚子王丸〉中的母親。這瞎了眼、只能強忍對孩子的思念、不斷趕著麻雀——在此也出現母親被鳥群包圍的景象——的可憐模樣，著實打動了我們的心。但這不也正是廚子王丸在長大成人的過程中所必須歷經的嗎？

盲眼母親衍生不出弒母的主題。話雖如此，在廚子王丸成長的背後卻有著安壽的死。**個人的成長經常是死亡與重生的輪迴**。若以這觀點來看，在廚子王丸的成長過程裡，或許無法避免死亡的產生。至於安壽的死，我們該如何看待？由於這是個大問題，所以在此就先不作任何討論，留到以後有機會再探究。

不過，在此我想稍微提一下小川未明[7]的〈到港的黑人〉[8]。因為這篇故事不僅跟安壽之死的問題有關，也與到目前為止我們所談到的姊弟、鳥兒，以及盲眼等主題相連。

這是個有關盲眼吹笛男子與其姊姊的故事。這名男子很會吹笛子，姊姊會隨著他的笛聲跳舞，來賺得金錢。「他們姊弟倆沒了父母，無所依靠；在這寬廣的世界中，相依為命的兩個人歷經了種種艱難困苦」，堪稱是世上難得一見的姊弟情深。

然而某日，一名自稱是受大財主差遣而來的陌生男子出現在眼前，希望姊姊能撥出一個鐘頭前去見大財主。於是，姊姊吩咐弟弟在原地等她一個鐘頭後，就跟著陌生男子離去。由於姊姊並沒有在說好的時間內回來，弟弟便透過吹笛來傾訴思念之苦。

在那當下，正好有隻在北方大海歷經喪子之痛的白鳥飛過。牠被弟弟的笛聲深深打動，情不自禁地飛了下來。白鳥十分同情弟弟的遭遇，將他變成了一隻白鳥。兩隻白鳥就這樣一同飛往南方的國度。不久後，姊姊回來了。她得知弟弟失蹤的消息，慌得四處找尋，卻怎麼也找不著。

有一天，有艘來自外國的船到港。在登陸的人群中，有「一名身材如同矮人般短小的陌生黑人」。他一見到姊姊，便告訴她一件出人意外的事。黑人表示，他曾在南方的島嶼看到一名長得很像姊姊的女子，伴著一名盲眼男子的笛聲歌唱舞蹈。姊姊不禁悲從中來，後悔萬分地說：「想不到這世上還有另一個我。我想她肯定比我還親切良善吧？就是她帶走弟弟的。」姊姊向黑人詢問了島嶼的位置，黑人答說，島嶼遠在好幾千里之外，「不是那麼容易到得了的」。

這是個很有意思的故事，但本書已沒有篇幅來撰寫庸俗的「解釋」了。期待讀者們能自行以姊弟、鳥兒，以及盲眼等主題的觀點來稍作思考。只不過，故事中並沒有母親登場。這是因為母性的負面面向，並非以擬人化（如化為魔女之姿等）的方式顯現，而是以極其殘酷的命運形式迫臨在姊弟倆身上。再者，這篇故事也不像〈漢賽爾與葛麗特〉那般，出現與魔女相鬥的主題，而是由貫通故事整體的「哀傷」情感所構成。這與方才所舉的夢境一例中的「強烈悲傷」是共通的。

6 母親意象與孩子的人格

由於話題已經偏離，得趕緊下結論。當魔女露出真面目，抓走漢賽爾後，接下來就是葛麗特大顯身手了。那個以前只會哭泣的葛麗特，憑著機智和勇氣，將魔女推進了麵包烤爐裡。

麵包烤爐在〈荷勒太太〉的故事中也有出現，堪稱為最佳的母性象徵。作為「產下」麵包的母體，也可以將之比喻為大母神的子宮，尤其是用來強調其透過火來改變生命的機能❾。這一點在〈漢賽爾與葛麗特〉之中更加明顯。魔女透過火得到了救贖。例如，兩個孩子在魔女家中找到的寶石，或是後來遇見的白鴨，都可說是母性轉變成正面的象徵。

魔女之所以會自行鑽入麵包烤爐，是極富含意的。當然，葛麗特的機智和在背後一推也是原因之一；然而，魔女自行選擇了自我毀滅的事實也很重要。這與東方社會的母親們藉由變成盲人來使自己退化的作法，或許可說是如出一轍。即便二者之間的呈現有著極大的差異。

在魔女的力量達到最高峰的那刻，發生了特徵上的反向轉化，進行了殺人者與被殺者、操作麵包烤爐者與被放進麵包烤爐者的角色互換。葛麗特成為操作麵包烤爐的女性，展現出自身的女性特質。反向轉化是人生中甚為常見的現象。**達到極點的事物必然會走上自我毀滅之道**。

於歸途中幫助兄妹倆的白鴨，在這般情境下，象徵的是母性的正面特質。例如，格林童話中的〈森林中的三個小矮人〉[13]，便述說了一位被後母扔進河裡的王后，自第二天起，每到晚上就會化身為一隻鴨子，前去自己孩子的所在之處哺乳的故事。

另外，當漢賽爾坐上鴨子的背，要葛麗特也一塊坐上時，她卻表示：「我們兩個人對鴨子先生來說太重了，得請牠輪流載我們過河。」並讓漢賽爾先行渡河。這相較起故事前半段那個只知道哭泣、一切都交由哥哥的葛麗特，簡直判若兩人。在進行過不容忽視的角色互換後，葛麗特變成了擁有女性化的體貼及堅強的人格。

而在他們回到家之際，後母已死的事實也揭露了隱藏在後母與森林中老婆婆之間的同一性❿。藉由後母之姿所呈現的負面母性意象，在故事中歷經了許多的變遷，若再考量到葛麗特的態度在這當中的變化，那麼，以葛麗特為主人翁的角度來閱讀〈漢賽爾與葛麗特〉，我覺得或許會更容易懂吧。

1－譯註：由於兩位主人翁的年紀大小不明確，亦有二人為姊弟之說；大多數的中文版均譯為〈小弟弟和小姊姊〉。

2－高橋健二《格林兄弟》新潮社，一九六八年。

3－高橋健二，同前書。

4－C. G. Jung, Psychology and Alchemy, The Collected Works of C. G. Jung Vol. 12, Pantheon Books, 1953.

5－拙著《榮格心理學入門》培風館，一九六七年。《母性社會日本的病理》中央公論社，一九七六年。

6－Hedwig von Beit, Symbolik des Märchens, Francke Verlag, 1952.

7－譯註：日本小說家，兒童文學作家，被譽為「日本兒童文學之父」，1882-1961。

8－《日本童話集　中》日本兒童文庫，ＡＲＳ，一九二七年。

9－Erich Neumann, The Great Mother, Loutledge and Kegan Paul, 1955.

10－Hedwig von Beit, 同前書。

第4章

懶惰孕育出創造

三個懶人

三個懶人 Die drei Faulen

國王有三個兒子。對國王而言，這三個兒子都很優秀，所以遲遲無法從中選出王位繼承人。

後來，國王臨終時，他把三個兒子叫來床邊，說道：「我親愛的兒子們哪！有件事我從很早以前就一直放在心上，現在我就把這件事告訴你們吧！你們聽好了，等我死後，我打算把王位傳給你們當中最懶惰的一人。」

大王子隨即答道：「父王，若是如此，那王國就是我的了。說起我懶惰的程度，當我躺在床上準備入睡時，即便碰巧看到水滴就快滴到眼睛，我也懶得把眼睛閉上。」

接著，二王子也跟著說：「父王，王國是我的。說起我懶惰的程度，當我坐著烤火時，寧願燙傷腳後跟，也懶得把腳縮回來。」

最後，三王子則說：「父王，王國是我的。說起我懶惰的程度，當我即將被吊死，眼看繩索已套上脖子，這時即便有人塞了一把鋒利小刀在我手裡，告訴我可用這把刀割斷繩索，我也懶得把手舉到繩索旁，寧願就這樣被吊死。」

國王一聽，便說：「你懶得最徹底。我就把王位傳給你吧。」

1 因為懶所以成功?!

童話中充滿了許多悖論。對於期望總是能從童話中讀到勸善懲惡式教誨的人而言，童話的悖論有時會令人深感困惑。例如本章所要探討的「懶惰」，便是其中之一。

格林童話中的〈三個懶人〉151是篇耐人尋味的故事。膝下有三個兒子的國王，臨終前表示想將王位傳給他們當中最懶惰的一人。大王子說：「即便碰巧看到水滴就快滴到眼睛，我也懶得把眼睛閉上。」二王子則說：「當我坐著烤火時，寧願燙傷腳後跟，也懶得把腳縮回來。」

不過，三王子懶得更是徹底。因為他說，眼看繩索已套在脖子上，即便自己手中握有能割斷繩索的小刀，也懶得舉起手，寧願就這樣被吊死。國王也對三王子的說詞讚佩不已，決定將王位傳給他。

這篇故事令人百思不解的是，為什麼懶惰會獲得如此高的評價？為了查明這點，我們將針對童話中的懶人們進行調查，瞭解故事發展。

首先，是格林童話中的「懶人」。好比說，在〈三個紡紗女〉14中，主人翁就是一位懶惰的女孩。她好吃懶做，厭惡紡紗。由於這女孩實在懶到令人生氣，因而遭到母親的責罵，不禁嚎啕大哭。

想不到王后正好從旁經過，問起女孩為何在哭？母親連忙扯謊說，因為女兒熱愛紡紗，總是工作過頭。剛剛為了叫她休息而斥責她，結果她就哭了。王后信以為真，表示她很需要如此勤勞的幫手，打算帶女孩回城堡，讓她盡情紡紗。被帶回城堡的女孩不知該如何是好，不禁又哭了起來。這時，有三名外貌怪異的女子現身，開口說她們很喜歡紡紗。第一個人負責踩紡紗機的踏板，所以腳掌很大；第二個人負責把線含溼，所以嘴唇很厚；第三個人負責捻紗，所以拇指很寬。

這三名女子告訴女孩說，她們會幫她紡紗，不過，當她受到嘉獎，得以跟王子結婚時，希望她能招待她們參加婚禮。女孩答應了，於是三個人隨即開始工作。王后看到成果大為欣喜，誠如那三名女子所預言的，決定讓女孩嫁給王子。

到了婚禮那天，女孩也信守承諾，招待了那三名女子。王子對於她們怪異的外貌深感詫異，便逐一詢問其原因。三名女子分別表示，她們是為了紡紗才變成這個樣子。王子一聽，不禁大驚失色，開口宣布今後絕不再讓自己的新娘紡紗。最後，故事是這麼結尾的：「於是，女孩從此用不著再去做那討厭至極的紡紗工作了。」也就是說，在這篇故事中，懶人也順利獲得了成功。

自古以來，紡紗就是很重要的女性工作之一，也是女性特質的象徵❶，具有一定的分量；而討厭這項工作到哭的女孩，最後竟然跟王子結了婚，由此可看出這篇故事簡直是違反常理。

格林童話中，還有另一篇名為〈懶惰的紡紗女〉128的故事。故事的主人翁也是個懶人，她遭到丈夫的斥責，要她把紡好的紗纏繞好。但這名妻子相當能言善道，她反駁說，這是因為家裡沒有線軸，所以才無法工作，並請他去森林砍樹做個線軸回來。於是，丈夫就往森林去，而懶惰的妻子則尾隨在後。

當她看到丈夫正想砍樹做線軸時，立即從藏身處出聲威脅道：「砍了我的樹的傢伙，可是會死的喔！」丈夫不禁心生恐懼，決定放棄砍樹返家，妻子見狀也抄了近路先行趕回家，一臉若無其事地等待丈夫歸來。

故事的後續發展在此省略不提，最終結果就是，懶惰的妻子靠著詭計得以不用再工作。或許是故事太過分了吧，敘述者最後甚至還加了這麼一段話：「不過，這樣真的好嗎？這根本就是女性中的廢渣啊！」

除了懶人的成功外，若再加上善用詭計的智慧，日本人馬上會聯想到的故事，大概就是〈三年睡太郎〉吧。這篇故事的版本甚多，筆者在此所舉之例，是自山梨縣西八代郡蒐集來的版本❷。

話說從前某地方有兩戶人家。東邊的人家是大財主，西邊的人家卻是貧窮人。西邊人家的父親已過世，僅存母親與獨生子相依為命。然而，這名獨生子生性懶惰，只知吃飽睡，睡飽吃，因此大家都叫他「懶蟲」。

到了二十一歲那年，「懶蟲」突然開始大顯身手。他扮成神主❸的模樣，潛入東邊的大財主家，隱身於神龕之上，直到晚飯時間才一躍而下，揚聲宣告：「吾乃當地氏神❹，汝家之女須與西家之子結為夫妻。」

「懶蟲」的這項詭計十分成功，他如願娶得大財主的女兒，也將房子改建成了豪宅。

這是民間故事中的懶人，而日本還有不少類似的故事。好比說，御伽草子❺中的〈懶太郎〉等，堪稱代表作。日本文學研究者佐竹昭廣針對這個部分，提出了甚有意思的文學解析❻，感興趣的人不妨可參考看看。

雖說筆者的論點也跟佐竹的論點，以及其文中所介紹之岡部政裕的論點有重疊，但筆者在此只想將焦點鎖定在「懶惰」的含意上，透過參考其他童話的方式來論述。

2 潛意識的願望

有關懶人的成功故事常見於童話之中的現象，任誰都會想到的假說，大概就是願望滿足吧。

大家都知道佛洛伊德發表了《夢的解析》（*Die Traumdeutung*）一書，他於該書中主張，夢具有滿足某項個人潛意識願望的含意。而童話，如本書第一章敘述的，是出自民眾內心深層的產物；因此，我們可以說童話也同樣具有滿足人願望的機能。

如此想來，在一般人必須視奮發向上為德性、不斷努力打拚的時代下，人們的潛意識中會產生出渴望偷懶的強大願望，也是理所當然。

中世紀的歐洲，尤其在從事重度勞動的庶民或農奴之間，強烈存有著一種亦被喻為「懶人天堂」的烏托邦式意像，此為眾所皆知的事實。例如，從畫家布勒哲爾（Pieter Bruegel the Elder）的畫作中，便得以感受到那活生生的形象。

每日疲於紡紗的女性們，將各自的願望寄託在方才提到的故事中，或從童話的幽默感中得到慰藉、開心聆聽故事的光景，我們也能感同身受，並在心中描繪出來。好比〈懶惰的紡紗女〉，最後加上的那一句話，說不定是後世的某人因為害怕這般傾向會過於強大而添加上去的吧？但大眾的心肯定拋開了這樣古板道德的重量，也接受了將懶惰女性要小聰明不用工作視為笑料這點。

另一個這項觀點相符的童話故事，是在格林童話中，編排在〈三個懶人〉之後的〈十二個懶長工〉[151]。

這篇故事是以「從前有十二個長工。由於他們一整天都不做事，即便太陽下了山，也提不起幹勁，只知閒躺在草地上，吹噓自己發懶的程度」為開端，接著便逐一讓這群長工吹噓起自己既可笑又詭異的發懶程度。每個長工所說的事蹟，不僅令人捧腹大笑、一天的疲勞就這麼煙消雲散，也呈現出方才所提的、存於中世紀歐洲的烏托邦式意像的零星片段。

作為笑話的懶人故事，日本也有不少類似的。譬如，在長野縣下伊那郡所蒐集到的〈兩個懶人❼〉等，便是代表之一。

從前在某個地方有個懶惰的男子。他將飯糰綁在脖子上，兩手放進懷中上街去。後來，他肚子餓了，卻懶得從脖子上取下飯糰，心裡盤算著看看有沒有人可以幫他取下。

這時，他看見有個張大嘴巴的男子走了過來。因為他肚子實在餓慘了，便拜託對方說：「你好，我脖子上綁著飯糰，因為懶得伸出手取下，如果你願意幫我取下，我就把飯糰分一半給你。」

結果，那個張大嘴的男子告訴他說：「我從剛剛就因為斗笠的繩子鬆了而煩惱不已，因為懶得動手重新綁過，正想看看有沒有人可以幫我一把，所以才這樣張著大嘴，以防斗笠掉下來。」

讀了這樣的笑話，耳邊彷彿可以聽見以前的人爽朗地哈哈大笑。不過，如先前所提到的〈三個懶人〉，以及日本的〈三年睡太郎〉等故事，若單單只用願望滿足來說明，似乎稍嫌不足。

事實上，即便對這類懶惰有所渴望，現實依舊嚴苛、無法隨心所欲。縱使渴求這類懶惰的願望，被視為存在於民眾潛意識中的陰影，也無法稱之為民眾的智慧或潛意識的智慧。關於這點，除了可視為上述的懶惰笑話外，必定還有更深一層的含意。在此，筆者將試著以格林童話中的〈懶惰的海因茨〉164為例來說明。

3 「無用之用」的教導

海因茨是個懶人，他有一隻山羊，卻嫌每天要放牧很麻煩，便與名為崔妮的女子結婚。這是因為崔妮也有山羊，如此一來便可讓她一起放牧自己的山羊。然而，崔妮也是個不亞於海因茨的懶人，她嫌照顧山羊麻煩，便向海因茨提議，將山羊換成蜜蜂。因為蜜蜂比較不用費心去照顧。

後來，他們取得了不少蜂蜜，就用罐子盛裝，擺在置物架上。崔妮為了驅趕老鼠，放了一根棍子在床邊。海因茨怕崔妮會獨自一人把蜂蜜舔光，因此提議賣掉蜂蜜去買鵝。崔妮不想顧鵝，表示這件事得等到有了可以幫忙顧鵝的孩子後再說。海因茨回說，現在的孩子根本不會聽父母親的話。崔妮一聽不禁激動起來，邊說不聽話的孩子就該拿棍子揍，邊抓起用來驅趕老鼠的棍子並大力揮舞。結果，她不小心擊中了裝滿蜂蜜的罐子，罐子飛向牆壁，撞成碎片落滿地。

在那當下，海因茨的說詞相當有趣。他說：「罐子沒掉落在妳頭上，真是不幸中的大幸。這是天賜的好運，絕不可就此放棄。」接著，他發現還有些許的蜂蜜殘留在罐子的碎片上，又說：「我說妳啊，不如就把這點蜂蜜舔光吧。待舔完之後，就稍微休息一下，讓自己冷靜冷靜，方才所受的驚嚇可不小呢！」崔妮完全同意海因茨的提議，就這樣心滿意足地舔光了所剩無幾的蜂蜜。

說起這篇故事令人印象深刻之處，無須多言，就是夫妻倆目睹裝滿蜂蜜的罐子摔破時，既不生氣也不哀嘆，反倒慶幸罐子沒有砸到頭，並且還心滿意足地舔光那一丁點蜂蜜的段落吧。

這樣的態度或許可以稱為「享受命運」。雖說人必須與命運搏鬥、抗爭才能有所成就是事實；但懂得坦然接受命運，也是很重要的課題。至於後者這種想法的典型例子，那就是眾所皆知的老莊思想。

《莊子》〈人間世篇〉中所提到的「無用之用」令人印象深刻。筆者在此試著簡單介紹一下。

匠人石在旅途中看見一棵被當作神木祭拜的巨大櫟樹，樹幹之粗達百尺，樹梢之高可俯瞰山嶺，樹蔭之廣甚至可供數千頭牛休憩。然而，匠人石卻連瞧也不瞧上一眼。因為他知道這棵樹用來造小船必定會沉，用來做棺木必定會朽爛，用來做柱子則必定會遭蟲蛀，根本就是一棵無用的大樹。

結果，就在匠人石回到家的那一晚，櫟樹現身於他的夢中說道，你說我沒用，想必是相較於對人類有用的樹木所下的定論吧。但如果仔細想來，會結果子的樹因果子的緣故，被人摘下果子、折斷樹枝，以致無法終享天年。到頭來，自己的長處反倒縮減了壽命。所以說，讓自己成為有用之樹實為愚蠢。對此，我是努力讓自己成為無用之樹。

「且予求無所可用久矣，幾死，乃今得之，為予大用。使予也而有用，且得有此大也邪？」聽了櫟樹的這番話後，匠人石總算領悟到了無用之用的含意。

人類的意識總是努力不懈地在追求進步、追求最大效益。但這很容易會變成片面之舉，喪失穩定性。反之，匠人石從櫟樹那裡所學到的，則是**活著就要懂得坦然滿足於自己的命運**；完全不去想自己該為了什麼而活的生存方式，究竟有多偉大呢？這便是無為的思想。而老子所強調的無為的重要性，也是以同樣的思考為基礎發展的。《老子》第四十八章是有關無為的論述，也提到了「無為而無不為」的悖論。

如此看來，相對於在東方思想中常論及無為的，乃至懶惰的含意，西方的知性則是將重點擺在成就某件事，以及提升效率。因此，西方童話中會有如〈懶惰的海因茨〉這類的故事，的確相當耐人尋味。就像筆者一再強調的，這也證實了童話對於其所屬文化或社會的公眾思考方式，亦即榮格所說的集體意識，具有某種補償作用。

接下來，我們將根據到目前為止所提到的論述，試著來解讀一開始的〈三個懶人〉。

4 病態的退化，創造性的退化

〈三個懶人〉的開頭，提到了國王與三個兒子，但王后在此並沒有出現。換言之，這是個僅有男性的世界，沒有女性存在。

人生當中有許多相互對立的原理同時運作，而男性原理與女性原理正是其中之一。有關這部分，後續還會再多次提起；現在，我們就以方才所提到的對於命運的態度，來說明這兩種原理。

會跟臨到自己身上的命運積極搏鬥的，是男性原理。反之，會坦然接受命運的，則是女性原理。我們沒辦法說哪個才是正確的，而且也難以兼顧二者。

另外，在此之所以用男性原理、女性原理稱之，確實是因為男性對於前者的想法和態度較容易理解，而女性則對於後者較有親切感；但這並不是說，男性應當或非得選擇前者，而女性應當或非得選擇後者。若能讓這難以兼顧的原理，在一個人的人格之中整合為一，或許才是最為理想的。

話說回來，故事中的國王瀕臨死亡，究竟有何含意？這表示僅由男性原理構成的王國，其規範正面臨一項危機，也清楚顯示出，以往的最高原理已崩解，唯有透過引進新的原理，才能進行真正的更新。

大多數來找我們臨床心理師的人，也是處於同樣的狀態。由於自己向來遵循的信條崩解，而不知如何繼續生存下去，便來找臨床心理師諮詢，期望我們能夠提供好的生存方式。面對這般個案，我們所能做的就是「無為」，而這也是最佳的辦法。

無法自行找出解決辦法、同時也明白自己無法仰賴心理師、真的完全束手無策的人，將體驗到退化現象。向來都是自潛意識流向意識的心靈能量，開始反過來從意識流向無意識。

這是因為意識以往所遵循的規範已經無法信賴，與之對立的事物便在潛意識中形成，擾亂了心靈能量的流向，以致產生逆流。這時，當事者將處於「懶惰」的狀態，即便有所行動，也只會做些愚蠢、幼稚的事。

就臨床心理師的角度來看，若能熬過這般退化現象，在達到其頂點的當下，能量的流向就會產生回轉，將潛意識中的心靈內容帶回到意識中，指引出新的創造性生存方式。

那麼，請容我在此針對退化這部分多作說明。剛開始有精神分析之際，退化被視為人在生病時所產生的現象，並且只強調它的負面性。對此，榮格則很早就認為，退化也具有如上一段所述的創造性，主張**「退化」可分為病態的退化，以及創造性的退化**。

退化若轉為永續性，沒有產生回轉現象，那就是屬於病態的。但創造性的退化，則並非為意識完全輸給潛意識的力量，而是接下來必須要有足以產生整合的堅強自我。這是榮格的見解，同時他也指出這樣的創造性退化適用於許多創造性活動❽。

例如，日本首屈一指的數學家岡潔博士，在發現多複變數函數論之前，每天都會去友人吉田洋一博士的家拜訪，並在沙發上睡一整天。吉田夫人還因此替他取了「嗜睡性腦炎」的綽號。岡潔博士的這段插曲便真實地呈現出創造性退化的運作❾。

說起懶惰促成創造性退化的呈現手法，有的故事是懶人聽見動物的聲音，或善用偶然的機運而成功的。好比說，在日本的〈燈台樹的話語❿〉故事中，主人翁是個懶人，他想吃柿子卻懶得爬樹，因此就在柿子樹下鋪了草蓆，仰躺其上，張大嘴睡覺。簡直就是「有福之人不用忙⓫」的翻版。後來，這個懶人聽見了兩隻烏鴉的對話，他便照著去做，而成了大富翁。

故事重點在於，其他人都沒聽到烏鴉的對話，唯有懶人聽到。在日常世界中忙著打拚的人，是無法聽見來自天上的聲音的。但懶人的耳朵是向天開啟的。這也讓我不禁想起許多「以工作之名行逃避之實」的現代人。

如此一來，〈三個懶人〉的國王之所以在臨終時要將王位傳給最懶惰的兒子，這個謎團在此也總算解開。僅由男性原理構成的王國需要新的變革，而最有可能引進變革所需的女性原理的，便是那個最懶惰的人。所以，唯有懶到連命都可以不要的人，才有資格繼承王位。

若從這樣的觀點來看，不僅能夠讓我們理解這篇充滿悖論的故事，也讓我們得以瞭解日本故事主人翁睡太郎，在贏得美人歸之際所採取的貿然行動。存在男性與女性結合之前的懶惰含意，以及這浪漫的情節發展，這些在艾辛多夫（Joseph von Eichendorff）的著名小說《窩囊廢的浪漫情史》（*Aus dem Leben eines Taugenichts*）中，獲得了美妙的歌頌。

接著，筆者在此想針對出現在〈三個懶人〉中的「三」的含意稍作探討。例如〈三年睡太郎〉，也跟三有關；其他又如〈三個紡紗女〉也是如此。如果把格林童話的目錄拿出來看，就會發現，「三」這個數字占了壓倒性的多數。

有關其象徵的含意，首先想到的是，以正反合（thesis, antithesis, synthesis）的圖式為基礎、針對事物之間的對立所進行的整合；而這部分在與基督教三位一體的象徵結合後，就更加強調其所呈現的是精神層面的整合。

對此，榮格主張透過夢境的分析，以出自潛意識的象徵來看，反倒多以「四」來表示完全的整合，而「三」則是反映到達這境界之前的動力狀態⓬。

從本章所舉例的故事確實可看到與榮格主張一致的描述。例如，三個兒子的三，是代表獲得王位之前，亦即在找到某位女性作為王后之前的階段；又如睡太郎所睡掉的三年歲月，則是用來敘述他採取求婚行動之前的狀態。像這樣，在童話之中，可以找出以「三」作為上述含意之象徵的例子不勝枚舉。

總結來說，懶人童話是從反映大眾單純願望滿足的內容之中，去闡述相對於人類有意識努力的無為思想；同時，它也描述了當意識與無意識交會之際，人類是如何進入一種想要成就嶄新創造、實現自我的高度準備狀態。

5「懶惰」的另一面

雖說有關童話中懶惰含意的探究，已達到懶人倍受禮讚的境界；但我並非全然忘了懶惰的負面。

先前提過的男性原理與女性原理，人生是由多項相互對立的原理微妙糾葛建構而成，不大可能有適用任一情形的原理存在。

以此觀點來看童話會發現，有的主人翁因信守約定而成功，有的主人翁則因打破約定而成功；又或者有的主人翁因勇於面對危機而成功，有的主人翁則因逃避而成功。像這樣，必定會有完全相反的情形。

關於這點，馮．法蘭茲斬釘截鐵地說道：「在童話中絕對找不出唯一對策。」

懶人的情形也是如此。童話中也有不少描述懶人最後失敗、失意的故事。不過，這反而比較像是按常理進行的故事。就像格林童話〈懶人與勤勞人〉便是一例。

另外，前述提到的佐竹昭廣，也舉了一篇有趣的童話為例——話說有個懶蟲不斷在尋求不必工作就有飯吃的理想國度，結果卻遭到欺騙，被倒吊在梁柱上，並且在其正下方生火，榨光他身上的油[13]。

從天堂到地獄的瞬間墜落，如佐竹所指出的，這是主人翁掌握現實的力量過於薄弱所導致的結果。為了讓退化轉為創造，能夠看清現實的自我力量也必須夠強。

童話中會有描述懶人倍受禮讚、事事順利的故事，也一定會有描述其負面的故事。自我若不夠堅強，太過仰賴當時的狀態，難得的懶惰也會變得毫無意義。日本民間故事中的〈登天之子[14]〉就是最好的例子。

一名年輕男子由於懶惰成性被父母親斷絕關係。四處去找工作的他，碰巧看到有一群人在拔牛蒡，便請求道：「請僱用我吧！」結果，他一使勁拔牛蒡，整個人就被彈飛，一路飛到桶鋪街去，就此在桶鋪工作。如此這般，一再被彈飛的年輕男子，甚至曾登上天，也去了龍宮。他每到一個地方，都會拜託對方雇用他，但工作卻無法做得長久。後來，他在龍宮打掃庭院時，被漁夫釣到，漁夫便送他回國去。

結尾是這麼說的：「從此之後，這名男子便乖乖聽父母的話，辛勤工作。但這也是很久以前的事了。」這類的童話特徵就是會在故事的最後，放入教訓意味的結語。

登上天的年輕男子，甚至連龍宮也去了，最後卻沒有任何創造，就這樣回到原來的地方。

再者，即便是懶惰，若不是積極的懶人，只是在模仿他人，從放棄自我創造性這點來看，也可說是消極的懶惰。不過，就如眾所皆知的，童話對此是以相當嚴苛的態度待之。像是〈摘瘤爺爺〉中，第一個爺爺成功了，第二個爺爺卻失敗了。與其說是失敗，不如說是受到瘤變成兩顆的懲罰。情節相似的故事還有許多，而且都會針對兩名主人翁的明顯對比，以及最後受到懲罰的部分加上合理的解釋，表明後者是壞人或太過貪心，才會有如此下場。

然而，有很多故事的原始版本並沒有這類的修飾[15]。也就是說，產生創造的積極性懶惰，模仿就是其反面的表現，也就是放棄創造時，就會受到嚴厲的懲罰。

1 — M.-L. von Franz, The Feminine in Fairy Tales, Spring Publications, 1972.
2 — 關敬吾編《桃太郎、剪舌麻雀、開花爺爺——日本童話 II ——》岩波文庫，一九五六年。
3 — 譯註：日本神社的祭司。
4 — 譯註：土地神之意。
5 — 譯註：泛指日本室町時代至江戶時代前期的通俗性短篇小說集。

6 佐竹昭廣《下剋上的文學》筑摩書房，一九六七年。

7 關敬吾編，同前書。

8 對於榮格的這般想法，佛洛伊德派當初是不大認同的；然而，近年來，在佛洛伊德派中有一群自稱為自我心理學家（ego psychologist）的人們，他們透過藝術的精神分析，也開始有了這般想法。克里斯（Ernst Kris）和哈特曼（Heinz Hartmann）等人，則以創造性退化（creative regression）、自我退化（regression in the service of the ego）等詞來稱之。

9 岡潔《春宵十話》每日新聞社，一九六三年。

10 關敬吾編，同前書。

11 針對「有福之人不用忙」的部分，佐竹昭廣也有提出耐人尋味的論述。雖說佐竹的論述也適用於這個例子，但在此擱置不談。佐竹昭廣〈有福之人不用忙這事〉（《民間故事的思想》平凡社，一九七三年）

12 榮格的這項論說在他的著作中隨處可見：例如，C. G. Jung, Psychology and Religion : West and East, The Collected Works of C. G. Jung Vol. 11, Pantheon Books, 1958.

13 佐竹昭廣，同前書。

14 關敬吾編《一寸法師、猴蟹大戰、浦島太郎——日本童話 III——》岩波文庫，一九五七年。

15 關敬吾編《摘瘤爺爺、喀嚓喀嚓山——日本童話 I——》岩波文庫，一九五六年。

第5章

陰影的自覺

兩兄弟

兩兄弟 Die zwei Brüder

從前在某處有兩個兄弟，一個是富人，另一個則是窮人。富人是金飾工匠，心腸惡毒；窮人則以製作掃帚維生，個性良善老實。窮人有兩個孩子，他們是長相如同一個模子刻出來的雙胞胎兄弟。這兩兄弟不時會去富人伯伯家，也常分到伯伯家所剩的食物。

有一天，窮人去森林撿拾樹枝，看到了一隻鳥。那是隻金色的鳥兒，打從他出生以來，從未見過如此美麗的鳥兒。於是，窮人撿了小石子丟過去，雖說很幸運地擊中了，但鳥兒只掉落一支金羽毛就飛走了。

窮人撿起那支羽毛，拿去給哥哥。哥哥目不轉睛地盯著羽毛直瞧，說了句：「這是純金的。」便付給弟弟一大筆錢買下羽毛。

隔天，窮人爬上了白樺樹，正想折下兩、三根粗樹枝時，昨天的鳥兒突然飛了出來。窮人在樹上仔細地找了找，隨即發現一只鳥巢，裡頭還有顆蛋。那是顆金色的蛋。窮人把蛋帶走，拿去給哥哥。哥哥同樣說了句：「這是純金的。」就付給弟弟一筆等值的報酬。

但金飾工匠最後還是忍不住說了：「真希望下次可以得到那隻鳥。」

於是，老實的窮人去了森林第三趟，再度看見那隻鳥兒就停在樹枝上。他連忙撿了石子，將鳥兒擊落，帶去給哥哥。哥哥這次付給了他堆積如山的金幣。窮人心想：「有了這些錢，我也能過好日子了。」就這樣開開心心地回家去。

金飾工匠是個狡猾多詐的男人，他很清楚這隻鳥是什麼樣的鳥。他喚來妻子，說：「把這隻金鳥整隻火烤。小心點，可別弄丟了任何一個部分。我要一個人吃光完完整整的一隻鳥。」

其實，這隻鳥不同於一般的鳥，據聞吃了牠的心臟和肝臟的人，每天早上都會在枕頭下發現一枚金幣，是隻神奇的鳥。於是，妻子將鳥兒做了處理，然後以鐵籤串起，放到火上燒烤。

然而，在烤鳥的途中，妻子因有其他事要忙，不得不離開了廚房。她前腳一走，窮人家的孩子們後腳就踏進了廚房。他們站在爐火前，將烤鳥翻轉了兩、三圈。結果，有兩小塊不知是什麼的肉塊從鳥兒體內飛出，正好掉進鍋子裡。其中一個孩子說道：「我們把這兩小塊肉塊吃了吧！我肚子已經餓扁了，我想不會有人發現的。」兩個人就各吃了一小塊肉塊。

這時，妻子剛好返回廚房，看見孩子們嘴巴嚼個不停，便開口問道：「你們在吃什麼？」孩子們回答：「我們只是吃了從鳥兒體內掉出來的兩小塊肉塊。」「那是心臟和肝臟。」妻子不禁心裡一震，因為要是有少了什麼，丈夫肯定會氣炸的。她連忙殺了一隻小公雞，取出心臟和肝臟，塞進金鳥的肚子裡。烤熟金鳥後，妻子便端去給丈夫吃。金飾工匠將整隻鳥吃得一乾二淨，完全沒有殘留。隔天一早，他伸手往枕頭下一探，期待會摸到金幣。怎知枕頭下一如往常，他什麼也沒摸到。

至於那兩個孩子，渾然不知好運找上門。隔天一早，當他們起床時，似乎有什麼掉落在地，發出清脆的噹啷聲響。他們撿起一瞧，竟是兩枚金幣。孩子們把金幣拿去給父親看，父親嚇一大跳，說：「這到底是怎麼一回事？」結果，再隔天一早，孩子們同樣又找到了兩枚金幣，而接下來的每天早上都是如此。因此，父親便去了哥哥家，說起這件奇妙的事。

金飾工匠馬上就知道這是怎麼一回事，原來是那兩個孩子吃了金鳥的心臟和肝臟。

他原本就是個嫉妒心強又不通情面的人，在盛怒之下，便對孩子們的父親說：「你家的孩子們成了惡魔的同夥了。千萬別拿那些金幣。至於孩子們也不可以再讓他們待在家裡。要是讓惡魔隨心所欲，到時連你也會被拖進地獄。」

父親一聽到惡魔，不禁渾身顫抖。他飽受痛苦的煎熬，帶著雙胞胎兒子到森林深處，按捺著內心的悲痛，不得不將他們丟棄在那裡。

兩個孩子就在森林裡繞來繞去，想找到回家的路。然而，別說找到回家的路了，他們越走反倒越迷失方向。在絕望之際，他們遇見了一位獵人。獵人開口問道：「你們是誰家的孩子？」孩子們回答：「我們是貧窮掃帚師傅家的孩子。」並且又告訴獵人說，因為他們每天早上都會在枕頭下分別發現一枚金幣，所以父親表示他們不能再待在家裡。

獵人聽了，便對他們說：「這並不是壞事。你們很老實，只要別成為遊手好閒之徒就行了。」好心的獵人很喜歡孩子們，因為他自己沒有孩子，就將兩個人帶回家去，說：「我會成為你們的父親扶養你們的。」

孩子們跟著獵人學習了狩獵的技巧；至於他們每天早上起床都會發現的金幣，獵人也一一替他們存起來，以備不時之需。

孩子們長大成人後，某天養父獵人帶他們到森林裡去，告訴他們說：「今天我要測試你們的射擊技術。表現好的話，就表示你們已習得我畢生的狩獵技巧，是個能獨當一面的獵人了。」於是，兩個人跟著獵人來到埋伏之處，但他們左等右等，就是不見野獸的蹤影。

獵人抬頭望天，正好看見一群排成鉤形隊伍的白雁從頭上飛過。他隨即對其中一個孩子說：「分別將排在隊伍兩端的白雁射下。」那孩子遵照獵人的指示，成功地射下白雁，通過測驗。

不一會兒，又有一群白雁飛過，這次的隊伍是呈「之」字形。獵人同樣要另一個孩子分別將排在隊伍兩端的白雁射下，而這個孩子也順利通過了測驗。

養父對他們說：「我畢生的狩獵技巧已全數傳授給你們，你們已是能獨當一面的獵人了。」兩兄弟一聽，馬上結伴往森林走去，看似在討論某事，並做出了決定。

當天晚上，兩兄弟對他們的養父說：「我們有個請求，在您答應我們之前，我們絕不碰餐具，不吃任何東西。」

「你們有何請求？」獵人問道。孩子們回答：「既然我們已長大成人，也該出去試試身手。所以，可以請您准許我們離開這裡，去外頭闖蕩一番嗎？」

老邁的獵人一聽，不禁深感欣喜，答道：「了不起！這是夠格的獵人才會說出口的話。你們的請求正是我早就在期望的事。你們就出去闖一闖吧！一定會很有收穫的。」如此這般，三個人便開開心心地吃喝一頓。

到了預定離開的那一日，養父獵人送給兩個孩子一人一把上等的獵槍和一隻狗，又讓他們從存了多年的金幣中，各自帶走自己所需的數量。獵人陪他們走上一小段路後，終於要道別了。他交給孩子們一把磨得閃閃發亮的短刀說：「假如你們哪一天要各分東西，就將這把短刀插在離別路旁的樹上。當其中一人回來時，看了短刀就會明白另一個兄弟的狀況。若對方死了，面向他離去之路的刀面就會銹掉；若他還活著，則會保持閃閃發亮。」

兩個人直往前走，最後走進了某座森林。由於這座森林大到無法在一天之內走出去，因此他們就在森林過夜，並吃了事先放在獵物袋中的食糧。

然而，他們第二天又走了整整一天，還是走不出森林。如今食糧早已吃光，其中一個孩子便說：「我們來獵些鳥獸吧。我已經餓到受不了了。」

於是，兩個人取出獵槍填了子彈，環視起四周。這時，正巧有隻上了年紀的兔子一躍而出。他們一舉起獵槍，兔子連忙出聲喊道：「獵人哪，請別殺我！我會帶兩名孩子來獻給你們。」

說完，兔子便又跳進草叢裡去，不一會兒就帶來兩隻小兔子。看著小兔子們活蹦亂跳、天真無邪的模樣，獵人們實在不忍心下手，便決定將牠們帶在身邊，小兔子們也就跟在兩個人身後一起走。

不久，有隻狐狸鬼鬼祟祟地從他們眼前經過。兩兄弟又再次舉起獵槍，狐狸連忙出聲喊道：「獵人哪，請別殺我！我會帶兩名孩子來獻給你們。」

說完，狐狸果真帶來了兩隻小狐狸。獵人們這次同樣不忍心下手，便讓牠們加入兔子們的行列。不久，有隻狼從草叢中現了身。兩兄弟一舉起獵槍，狼連忙出聲喊道：「獵人哪，請別殺我！我會帶兩名孩子來獻給你們。」

獵人們也讓兩隻小狼加入動物們的行列，跟在他們身後一起走。接著，現身眼前的是頭熊。因為熊還想四處遨遊，連忙出聲喊道：「獵人哪，請別殺我！我會帶兩名孩子來獻給你們。」

兩隻小熊也加入了大夥的行列，這樣一來就共有八隻動物了。那麼，最後又會出現什麼動物呢？這次是頭獅子甩動著鬃毛走了出來。但獵人們一點也不害怕，隨即舉起獵槍瞄準獅子。結果，獅子也開口說了同樣的話：「獵人哪，請別殺我！我會帶兩名孩子來獻給你們。」

結果，獅子也帶來了兩隻小獅子。獵人們就這樣有了兩頭獅子、兩頭熊、兩隻狼、兩隻狐狸，以及兩隻兔子作伴。雖說有動物們隨行服侍他們，肚子餓的問題還是沒有解決。因此，兩個人對狐狸說：「喂，鬼靈精，設法幫我們張羅些食物吧！你們不是有滿肚子壞主意的惡徒嗎？」狐狸答道：「離這裡不遠之處有座村子，我們常會從那裡抓走小雞，就讓我們來帶路吧！」

兄弟倆便去了那個村子，並在那裡買了食糧，也餵動物們吃飽後，又繼續踏上旅程。因為狐狸們相當清楚哪個地方有養小雞，所以無論到哪去，都會為獵人們帶路。

他們就這樣四處晃了好一陣子，卻遲遲無法找到可以讓兩個人待在一起的工作。因此，兩兄弟說好：「再這樣下去也不是辦法，看來我們只能分道揚鑣了。」他們各別領了一頭獅子、一頭熊、一隻狼、一隻狐狸和一隻兔子，相互道別，並發誓兩個人到死都要當好兄弟。最後，他們將養父交給他們的短刀插在一棵樹上，一個人就往東走，另一個人則往西去。

弟弟帶著動物們來到某座都城，發現都城到處都掛滿黑布。他走進一間旅店，詢問店主能否讓他的動物們一同住下？店主便將馬廄借給他們住。馬廄的牆壁有個小洞，兔子從小洞鑽出去，叼了一顆高麗菜回來。狐狸也從小洞鑽出去，抓了一隻母雞回來；牠把母雞吃光後，又去抓了一隻公雞。狼、熊和獅子因為體型太大，沒辦法從小洞鑽出去。店主就帶牠們到有頭母牛躺臥在地之處，讓牠們飽餐一頓。

待照料完動物，獵人總算向店主問起為何都城到處掛滿服喪的黑布？店主回答：「因為國王的女兒明天就要死了。」

「她病得那麼嚴重嗎？」獵人問道。

「不，」店主回答：「公主身體好得很，但是卻非死不可。」

「這又是為什麼？」獵人問道。

「在都城外有座高山，山上住了一隻龍。這隻龍每年都要我們獻上一名清純的處女，不然就要大肆破壞。如今，國內的處女全都被龍帶走了，最後就只剩下國王的女兒。我們一再懇請龍放過我們，卻還是得將公主獻給牠。而明天就是要將公主獻給龍的日子了。」

「你們為何不殺了那隻龍呢？」獵人又問。

「怎會沒有。」店主回答：「到目前為止，不知有多少騎士前來屠龍，卻都斷送了性命。因為國王答應要將公主嫁給成功殺掉龍的人，並且等他死後，還要讓那個人繼承王位。」

獵人沒有再繼續追問下去。

第二日，他帶著動物們爬上了龍所居住的高山。山上有間小教堂，祭壇上擺著三只盛滿酒的杯子，一旁寫著：「喝完這杯酒的人，就是世界第一的大力士，得以拔出埋在大門門檻前的劍。」獵人沒喝酒，就先跑出去找那把埋在地裡的劍。但無論他怎麼使勁拔，劍連動都沒動一下，只好再折回去喝光杯裡的酒。這下有了力量，獵人輕易地拔出劍，揮起劍來也毫不費力。

終於到了獻祭公主的時刻，國王、大臣及隨從們一路相送到都城外。公主遠眺龍所居住的高山，看見山上的獵人，誤以為那是龍正在等著她，實在不願上山。但她若不去，都城就會被摧毀殆盡，所以只能拖著沉重的步伐前行。

國王與隨從們滿懷著悲傷返回城內，僅留輔佐國王的大臣在現場，吩咐他站在遠處從頭到尾看完整個過程。

公主來到山上，發現在那裡等著她的不是龍，而是一名年輕獵人。獵人安慰公主，說他是來救她的，便帶公主到教會裡並鎖上了門。

突然間，一陣可怕的鼻息聲伴隨而來，一隻擁有七顆頭的龍現身於前。龍看到獵人覺得奇怪，便問：「你在這山上想幹什麼？」

獵人說：「我是來跟你一決勝負的。」

龍回應道：「命喪此地的騎士多不可計，我也會收拾掉你！」接著，七張嘴一張口就吐出了火焰。

火焰燒及乾草，獵人被火焰和濃煙團團圍住，眼看就要死定了。霎時，動物們衝了過來，隨即踏滅了火。龍再次朝獵人撲了過來，獵人連忙舉起先前從地上拔起的劍，在空中揮舞，一連砍下三顆龍頭。

龍怒性大發，牠伸直身軀，從獵人頭上吐出熊熊烈火，從高處襲來。獵人再次揮起劍，又一連砍下三顆龍頭。

怪物雖已筋疲力竭，卻仍打算發動襲擊；而獵人則用盡所剩的力量，一劍砍斷龍的尾巴。如此一來，龍的戰鬥力也完全喪盡。

獵人喚來動物們，最後由牠們將龍咬成碎片。戰鬥結束後，獵人打開教會的大門，發現公主倒在地上。原來她在獵人與龍戰鬥的那段時間裡，因為過於擔憂害怕而昏了過去。

獵人將公主抱到外頭。好不容易待公主恢復意識，睜開雙眼，獵人便指著被撕咬成碎片的龍，告訴她，妳已經得救了。公主不禁大為欣喜：「那麼，你就是我的丈夫了。父王曾說過，要我嫁給替我們殺掉龍的勇士。」說完，她隨即取下掛在脖子上的珊瑚項鍊，分送給動物們作為獎賞；其中，只有獅子拿到了金製的項鍊扣頭。

接著，公主將繡有她名字的手巾送給獵人。獵人走到龍的屍處，從七顆龍頭上割下龍舌，並以公主贈送的手巾包起來，謹慎地收好。

待事情都處理好後，因剛剛與火纏鬥的緣故，獵人實在累壞了。他對公主說：「我們兩個人都累了，不如稍微休息一下吧！」公主也同意他的提議，他們便就地躺下。獵人吩咐獅子說：「你負責守夜，以防我們熟睡中遭人偷襲。」沒多久，兩個人就睡著了。

獅子趴在獵人與公主身旁守夜，但自己也因參戰而累壞了。牠喚來熊說：「你來趴在我旁邊，我想稍微睡個覺。有事再叫我起來。」熊就在獅子身旁趴下，但自己也累壞了。於是，牠喚來狼說：「你來趴在我旁邊，我想稍微睡個覺。有事再叫我起來。」狼就在熊身旁趴下，但連狼也累壞了，所以牠喚來狐狸說：「你來趴在我旁邊，我想稍微睡個覺。有事再叫我起來。」狐狸就在狼身旁趴下，但連狐狸也累壞了。然後牠喚來兔子說：「你來趴在我旁邊，我想稍微睡個覺。有事再叫我起來。」兔子就在狐狸身旁趴下，可憐的兔子即便牠也累壞了，卻沒對象可拜託幫忙守夜，結果就這麼睡著了。最後，無論是公主、獵人、獅子、熊、狼、狐狸，還是兔子，大夥兒全都睡了，沒半個人或動物是醒著的。

受託在山下遠觀一切過程的大臣，因為遲遲不見龍帶走公主，又發現山上一片沉寂，便鼓起勇氣爬上山去。想不到竟看見散落一地的龍殘骸，而公主就跟獵人及其動物們，就躺在不遠之處熟睡著。

大臣見狀，向來心存歹念且不畏報應的他，隨即舉起劍斬斷獵人的腦袋，一把抱起公主下山去。待公主清醒過來，不禁大吃一驚。大臣對她說：「妳已經是我的了。聽好了，殺死龍的，可是本人我喔！」

「這怎麼行！」公主回應道：「殺死龍的，是那名不知從哪兒來、帶著一群動物的獵人啊！」

大臣隨即拔出劍，威脅公主：「妳若不乖乖聽話，我就殺了妳！」強迫公主得照他的話去做。就這樣，大臣連忙帶著公主去見國王。國王看到原以為已被怪物帶走的女兒，現在竟又活生生地站在自己眼前，不禁欣喜若狂。

大臣對國王說：「是我殺了龍，救了公主和這個王國。因此，照您之前承諾的，請將公主嫁給我吧！」

國王詢問公主：「他所說的，都是真的嗎？」

公主答道：「確實不假，但我希望婚禮一年後再舉行。」因為她心想或許能在這段期間得到那位獵人的消息。

至於山上，動物們依舊與早已身亡的主人並排熟睡。一隻大蜜蜂飛來，停在兔子的鼻頭上。兔子用前腳趕走蜜蜂後又沉沉入睡。蜜蜂第二次飛來，兔子同樣用前腳趕走蜜蜂後又沉沉入睡。當蜜蜂第三次飛來，這次則往兔子的鼻頭輕輕地刺了一下。兔子總算醒了過來，兔子一醒來便立即叫醒狐狸，接著，狐狸叫醒狼，狼叫醒熊，熊叫醒獅子。

獅子一睜開眼，發現公主不見，主人死了，不禁揚聲怒吼：「這到底是誰幹的好事！熊仔，為何不叫醒我？」

熊一聽就問狼說：「為何不叫醒我？」

狼一聽就問狐狸說：「為何不叫醒我？」

狐狸一聽就問兔子說：「為何不叫醒我？」

只有可憐的兔子不知該如何回答，獨自扛起了所有的罪過。眼看大夥就要撲過來，兔子連忙求饒，說：「請饒我一命。我會試著讓主人起死回生的。我所知道的一座山上有一種草，只要將它的根含在口中，無論什麼樣的疾病或傷勢都能夠治好。只不過，那座山遠在單趟路程二百小時的距離外。」

獅子說：「我限你在二十四小時之內，把那種草的根帶回來。」於是，兔子飛快地往那座山跑去，在二十四小時之內帶回了草根。獅子將主人的頭擺好，待兔子一把草根放入主人口中，主人便隨即恢復原狀，心臟也開始怦怦地跳動，死而復活。獵人睜開眼，發現公主不見了蹤影，不禁心想：「她是想逃離我，所以趁我熟睡時趕緊溜掉的吧！」

其實，因為獅子的不留神，將主人的頭給擺反了。而主人一心只想著公主，也沒注意到這件事。直到中午想吃點東西時，獵人才發現自己的頭竟是朝向身後。他一頭霧水，便詢問動物們在他熟睡時究竟發生了什麼事？

獅子告訴他，因為大夥都累壞而睡著，一醒來就發現主人斷頸而亡。兔子連忙帶回生命草的根，卻因自己不留神，把主人的頭給擺反了。不過，只要再重新擺一次就行了。於是，獅子隨即又扭斷獵人的腦袋，確實擺回正面後，兔子再次把草根放入他口中，讓獵人恢復原狀。

獵人就這樣懷著悲痛的心情四處漂泊，靠著動物們跳舞表演來維生。一年過後，獵人又來到他從龍手中救出公主的都城。這一次，只見都城到處都掛滿了紅布。獵人詢問旅店店主說：「這是怎麼一回事呀？一年前的都城到處掛滿黑布，但為何現在換成了紅布？」

店主回答：「一年前，本國的公主差點被龍抓走，幸虧有大臣奮勇屠龍。因為明天即將舉行大臣與公主的婚禮，一年前掛的是服喪的黑布，今天則掛上慶祝的紅布。」

到了隔天，也就是舉行婚禮的日子。中午時分，獵人對店主說：「我說老闆哪！今天我打算在你這裡享用國王御膳用的麵包，你相信嗎？」

「這有意思。」店主說道：「那我就拿百枚金幣來賭此事絕無可能。」

獵人也決定參與賭注，拿出了同樣裝有百枚金幣的錢袋。隨後，他喚來兔子：「小蹦跳，麻煩你跑一趟，替我帶回國王御膳用的麵包吧！」

由於兔子是動物群中身分最低微的一個，牠也無法將工作強塞給其他夥伴，只能親自跑這一趟。兔子不禁心想：「像我這樣獨自上街，肯定會引來狗群的追殺。」果真如牠所擔憂，很快就有狗群追上，作勢要撕裂牠漂亮的皮毛。不過，兔子拚命地跳啊跳，趁士兵們不注意時，跳進了哨兵站。

狗群也追了過來，想把兔子拖出去，卻反遭謹守崗位的士兵們以槍托猛打，只能哀鳴不斷地落荒而逃。待周遭恢復寧靜後，兔子這才跳進城堡，直接到公主所在之處。牠蹲俯在椅子底下，輕踹了一下公主的腳踝。

「到那邊去！」公主出聲喊道。她以為是家犬在搗亂。兔子又輕踹了一下。「我說到那邊去！」公主仍以為是家犬在搗亂。兔子不慌不忙地又踹了第三下。

這次，公主總算彎下身一探究竟。她一看到兔子身上的珊瑚項鍊，立刻明白牠就是那位獵人身邊的兔子。公主一把抱起兔子，帶回房間，問道：「小兔子，請問有什麼事嗎？」

兔子回答：「我那位殺了龍的主人來到此地，差遣我過來帶回國王御膳用的麵包。」

公主一聽，便喚來麵包師傅，要他拿國王所吃的麵包過來。這時，兔子又說了：「不過，還得請麵包師傅跟我一起回去。因為要是在半路被狗群追殺那就糟了。」於是，麵包師傅便帶著麵包，跟兔子一起來到旅店門口。接著，兔子以後腳站立，用前腳接過麵包，帶回到主人那裡去。

獵人對店主說：「我說老闆哪，你看看，這百枚金幣是我的了。」店主整個人都看呆了。獵人隨後又說：「既然麵包有了，接下來我倒想吃國王的烤肉呢！」

店主答腔說：「我也很想瞧瞧國王的烤肉。」但他已不想再打賭了。獵人喚來狐狸，說：「狐狸啊！麻煩你跑一趟，替我帶回國王御膳用的烤肉吧！」

赤狐很會抄近路，所以一路上都沒碰上任何狗群。牠穿過轉角處，蹲俯在公主的椅子底下，並輕踹一下她的腳踝。公主隨即彎下身一探，靠珊瑚項鍊認出了狐狸，就帶牠回房，開口問道：「小狐狸，請問有什麼事嗎？」

狐狸回答：「我那殺了龍的主人來到此地，差遣我過來帶回國王御膳用的烤肉。」公主便喚來廚師，要他烹煮國王所吃的烤肉，然後陪同狐狸送到旅店門口。一回到旅店門口，狐狸就從廚師手上接過盤子。接著，牠甩了甩尾巴，先趕走停在烤肉上的蒼蠅後，這才將烤肉帶回到主人那裡去。

「老闆，你看看。現在麵包和烤肉都有了，接下來我倒想吃國王御膳裡作為配菜的蔬菜呢！」獵人便喚來狼道：「狼啊，麻煩你跑一趟，替我帶回國王御膳裡作為配菜的蔬菜吧！」

於是，狼就這麼直接進了城堡，因為一路上沒有任何會危害到牠的威脅。狼來到公主房間前，從公主身後輕扯了一下她的裙襬。公主隨即回過身，靠珊瑚項鍊認出了狼，就帶牠回房，開口問道：「狼先生，請問有什麼事嗎？」

狼回答：「我那殺了龍的主人來到此地，差遣我過來帶回國王御膳裡作為配菜的蔬菜。」公主便又喚來廚師，要他烹煮國王御膳裡作為配菜的蔬菜，然後跟著狼送到旅店門口。一回到旅店門口，狼就接過盤子，帶回到主人那裡去。

「老闆，你看看。現在麵包、烤肉和蔬菜都有了，不過我還想吃國王御膳的甜點呢！」獵人喚來熊：「熊啊！你不是最喜歡吃甜食嗎？麻煩你跑一趟，替我帶回國王御膳的甜點吧！」

因此，熊搖搖擺擺地往城堡走去。這一路上，牠所遇到的每個人都自動讓了路；到了哨兵站，士兵們一見到熊紛紛舉起槍，不准牠進城堡。這時，只見熊緩緩站直身軀，以前肢左右揮擊個兩、三下，士兵們就全被擊倒在地。熊很快來到公主的所在之處，站在她身後輕吼了一聲。

公主一回過身，認出了熊，就帶牠回房，開口問道：「熊先生，請問有什麼事嗎？」熊回答：「我那位殺了龍的主人來到此地，差遣我過來帶回國王御膳的甜點。」公主便喚來甜點師傅，要他製作國王御膳的甜點，然後跟著熊送到旅店門口。一回到旅店門口，熊先舔了掉落的炒糖豆後，便緩緩站直身軀，接過盤子帶回到主人那裡去。

「老闆，你看看。」獵人說道：「現在麵包、烤肉、蔬菜和甜點都有了。最後我還想喝國王所飲用的酒呢！」他喚來獅子：「獅子啊！你不是很愛喝一杯嗎？麻煩你跑一趟，替我帶回國王飲用的酒吧！」

獅子悠哉悠哉地走上街，人們一見到牠，無不驚慌失措地逃之夭夭。到了哨兵站，士兵們依舊不准獅子通過。這時，只見獅子大吼一聲，士兵們就全被震飛了。獅子最後來到國王的房間前，甩起尾巴敲了敲門。公主走過來，一看到獅子嚇得差點腿軟。直到她看到項鍊的扣頭，才明白這是那位獵人身邊的獅子，便帶牠回自己的房間，問道：「獅子先生，請問有什麼事嗎？」

獅子回答：「我那殺了龍的主人來到此地，差遣我過來帶回國王飲用的酒。」於是，公主喚來侍酒師，要他準備國王飲用的酒給獅子。結果，獅子開口道：「我也一起去，確保你準備的酒真是國王所飲用的。」便跟著侍酒師來到了位於地下室的酒窖。

一走進酒窖，侍酒師正想盛裝隨從們所飲用的酒給獅子時，獅子出聲喊道：「且慢！先讓我嚐個味道。」接著，牠便盛了約半瓶酒，一口氣喝光，說：「不行，這不是國王飲用的酒。」

侍酒師白了獅子一眼，走向另一只酒桶，打算盛裝大臣所飲用的酒給牠。獅子又喊了一句：「且慢！先讓我嚐個味道。」同樣盛了約半瓶酒，一口氣喝光，說：「這酒雖然比剛才的好很多，但仍不是國王飲用的酒。」

侍酒師一聽，不由得吼道：「你只不過是隻野獸，哪裡懂得酒的味道！」結果，獅子從旁揮了一拳，侍酒師便整個人被擊倒在地。好不容易站起身後，侍酒師只是不發一語地領著獅子進入一間小小的特別房間。

這裡所珍藏的酒，全是國王所飲用的酒。除了國王外，誰都不准拿來喝。獅子依舊先盛了約半瓶酒試了試味道。「我想這應該就是國王所飲用的酒了。」說完，便讓侍酒師裝了六瓶酒。就這樣，他們一起回到地面上，但獅子一走出酒窖，便跌跌撞撞地站不穩腳步，原來牠有點喝醉了。

侍酒師只好提著酒，特地陪牠回到旅店門口。獅子用嘴叼住提籃的手把，將酒帶回主人那裡去。

獵人說道：「老闆，你看看。現在麵包、烤肉、蔬菜、甜點和酒，國王的整套御膳都湊齊了。那麼，我就要來跟動物們一起享用大餐了。」獵人隨即於餐桌前就座，在大快朵頤之餘，也不忘與兔子、狐狸、狼、熊和獅子一同分享。他的心情好極了，因為他知道公主至今仍對他念念不忘。

飽餐一頓後，獵人告訴店主：「我說老闆啊，我已經像國王一樣大吃大喝了一頓。

接下來，我要到國王的城堡去，請他把公主嫁給我。」

店主忍不住反駁道：「哪可能讓你如此隨心所欲。公主的丈夫不僅早已決定好人選，而且婚禮就是今天了。」

獵人取出手巾，那是一年前在龍所居住的高山上，公主送他的贈禮，怪物的七枚舌頭就包在裡頭。獵人開口說：「我手中的這樣東西，必定會派上用場的。」

店主盯著那手巾直瞧：「先不說別的東西，光靠這個就要讓國王相信，根本不可能。就算要我拿房子來賭也行。」

獵人一聽，隨即拿出裝有千枚金幣的錢袋擺在餐桌上，說道：「那麼，我就用這個作為賭注吧！」

而在城堡的餐桌上，國王問了公主：「今天有一群動物在城堡進進出出，牠們跑來找妳到底有什麼事？」

公主答：「這我不大方便說。不過，您只要派人去邀請那群動物們的主人過來就行了。」

於是，國王派了一名隨從前去旅店邀請那名素未謀面的男子。隨從抵達旅店時，獵人正好在跟店主打賭。獵人對店主說道：「老闆，你看看，國王已經派人來請我了。但我不能就這樣過去。」他轉過頭對隨從說：「我對國王陛下有所請求，希望他能送來國王的服飾、六頭馬車，以及服侍我的隨從們。」

聽了隨從的回報後，國王詢問公主：「這到底是怎麼一回事？」公主回應：「您只要照他所請求的，邀請他來就行了。」於是，國王又派人送去了服飾、六頭馬車，以及服侍獵人的隨從們。獵人看著國王送來的迎賓禮，對店主說道：「老闆，你看看。這下總算能照我自己所期望的樣子去見國王了。」說完，獵人便換上國王的服飾，帶上包著龍舌的手巾，往城堡出發。

國王看到獵人已抵達，又問公主說：「我們該如何迎接他呢？」公主回答：「您只要親自去迎接他就行了。」

國王為此親自去迎接獵人，引領他進入城堡，動物們則跟隨在後。國王讓獵人跟他和公主並排就座，而對面坐的，恰好就是一身新郎裝扮的大臣；但大臣即便看到獵人，也沒認出他來。現場只見七顆龍頭排成一排，國王開口說道：「這七顆龍頭是這位大臣從龍身上砍下來的。所以，我今天要把女兒嫁給他。」

獵人一聽，立即站起身，扳開七顆龍頭的嘴巴，說：「請問七枚龍舌到哪去了？」大臣心裡猛然一震，臉色發白，不知該如何回答。最後，他忍著劇烈的心跳說：「龍本來就沒有舌頭。」

「說謊者或許沒有舌頭，但龍的舌頭正是屠龍者的最佳證明。」獵人邊如此說著，邊攤開公主送給他的手巾，展示出當中的七枚舌頭，接著又將七枚舌頭一一放進龍嘴裡，結果，所有的舌頭都很吻合地接起來。

之後，他拿起繡有公主名字的手巾，尋問公主這條手巾她究竟送給何人？公主回答：「我送給了打倒龍的那個人。」

接著，獵人喚來動物們，分別取下牠們身上的項鍊，以及獅子身上的扣頭，又問公主：「這是誰的東西？」

公主答道：「這條項鍊和扣頭都是我的。我分送給了協助打倒龍的動物們。」

獵人接著開口：「在我因戰鬥而累到睡著的這段時間，大臣爬上山來，斬斷我的頭，抓走了公主，並謊稱龍是他殺死的。」不僅如此，他也將動物們如何以神奇的草根救活他、這一年來與動物們四處漂泊，以及最後又回到這座都城，並從旅店店主口中得知大臣撒謊的事，一五一十地說了出來。

國王聽了之後，向公主問道：「殺了龍的，確實是這個男子嗎？」

公主回：「確實是他。如今我總算也能揭露大臣的陰謀了。我因為受到大臣的威脅，一直不敢說出這件事。但這一次，不用我出聲，真相自然就已水落石出。我之所以會要求一年後才舉行婚禮，也是為了等到這一刻。」

國王隨即喚來十二名顧問，請教有關大臣的判決。顧問們決議要以四頭母牛將大臣分屍。大臣遭到了制裁，而國王不僅將公主嫁給了獵人，也讓他作為自己的代理人，幫忙治理王國。

婚禮相當盛大，年輕國王招待了自己的生父和養父，還送給他們堆積如山的寶物。當然，他也沒忘了旅店的店主。

他招待了店主，對他說：「老闆，你看看。我確實已跟國王的女兒結了婚，你的房子我就收下囉！」

店主答道：「就依您的吩咐。」

但年輕國王又說了：「話雖如此，我對於你今後的生活深感同情。房子你就留著吧！

而且，我還會再賜予你千枚金幣。」

就這樣，年輕國王與王后自此過著幸福美滿、不虞匱乏的日子。說到國王，因為熱愛狩獵，經常外出，而動物們每次一定都會跟著去。正巧城堡附近有座森林。傳言那座森林不大安寧，要是迷了路，很可能就再也無法走出來。年輕國王極度渴望能去那裡狩獵，就在他多次積極的遊說下，老國王總算點頭答應了。

年輕國王騎著馬，率領大批隨從往森林去。一抵達森林，他赫然看見森林裡有隻全身雪白的母鹿。他吩咐隨從們說：「你們在此等候。我獵到那頭美麗的母鹿後就會回來。」便騎馬入林追鹿去了。而跟上前去的，僅有動物們。

隨從們在原地一直等到晚上，仍不見國王回來，只好先返回城堡，向王后稟報：「年輕國王陛下為了追一頭白色母鹿，進了魔之森林後就沒再回來了。」

王后不禁對國王的安危感到憂心忡忡。

年輕國王跟在美麗母鹿身後不停地追趕，不知追趕了多久，就在他認為自己應該可以射殺到牠時，母鹿突然飛奔而起，一下子就跑遠了。

追丟了母鹿的國王，這時才驚覺自己已闖到森林深處。他舉起號角吹了吹，卻毫無回應。因為聲音根本傳不到隨從們的所在地。如今天色已黑，看來今天是趕不回城堡去了。於是，國王下了馬，在一棵樹旁生起火堆，決定在森林裡過一夜。

他坐在火堆邊，而動物們也各自橫臥一旁。突然間，似乎有人的聲音從某處傳來。國王環視四周，卻什麼也沒見著。不一會兒，似乎又有喘息聲從頭頂上傳來，國王抬頭一看，只見一名老婆婆坐在樹枝上，直發著牢騷說：「唔、唔、怎會這麼冷哪！」

國王開口說道：「如果覺得冷，不妨就下來烤烤火吧！」

老婆婆卻回：「不行。你帶的那群動物肯定會咬我。」

「牠們什麼都不會做的。老婆婆妳就下來吧。」國王說。

其實，這老婆婆是個魔女，她告訴國王：「我現在把一根細樹枝丟下去。你只要用那根樹枝打一下動物們的背，牠們就不會對我出手了。」接著就拋下一根小樹枝。

國王用那根樹枝往動物們背上輕輕一拍，動物們頓時全都石化了。魔女瞧見動物們沒了威脅性，便跳了下來。她拿起樹枝，輕碰一下國王，國王同樣也瞬間石化了。魔女不禁咯咯地笑出聲來，將國王和動物們拖進洞穴裡去。在那洞穴之中，早已堆滿了石像。

由於年輕國王遲遲未歸，讓王后越發擔憂與不安。恰巧，兩兄弟離別時選擇往東走的雙胞胎哥哥，這時也來到了這個王國。哥哥因找工作受挫，四處漂泊了好一陣子，只靠動物們跳舞表演來維生。這段期間，他突然想起兩兄弟離別時插在樹上的短刀，很想知道弟弟是否安好。

結果，哥哥回到那棵樹一看，發現朝向弟弟那邊的刀面已生鏽了一半，僅剩一半還保持光亮。他嚇一大跳，心想：「弟弟一定是遇到危險了。既然刀面有一半是光亮的，說不定還有機會可以救他脫離險境。」因此，哥哥就帶著動物們往西走。當他來到城堡門口時，哨兵隨即靠過來問：「需要我通知王后陛下嗎？」

「由於國王陛下您這幾天遲遲未歸，王后陛下甚為擔憂，深怕您已死在魔法森林裡了呢！」看來哨兵是把哥哥誤認成國王了。再怎麼說，他們不僅長相相似，身邊也同樣都帶著一群動物，會認錯也是正常的。

哥哥雖然有意識到哨兵所說的國王就是弟弟，但他心想：「不如就先暫時佯裝成弟弟好了，這樣也方便我去救他。」於是，哥哥就跟著哨兵走進城堡，受到極為盛大的迎接。

年輕王后也以為哥哥就是自己的丈夫，直問他為何丟她一個人在城堡都不回來？哥哥回答：「因為我在森林裡迷了路，不管怎麼繞都繞不出來。」

當天夜裡，哥哥躺上國王的床，卻在他自己和王后之間放了一把雙刃劍。這是什麼咒術嗎？王后看得一頭霧水，卻也忘了詢問。

哥哥就這樣在城堡裡待了二至三天。待調查完魔法森林的情況後，他告訴老國王和王后說：「我想再去那座森林狩獵一次。」

雖說老國王和王后都很想勸他打消這個念頭，但哥哥無論如何都堅持要去，依舊帶著大批隨從們往森林去。

一到了森林，哥哥也碰到了與弟弟當時一模一樣的情況。他看到一頭白色母鹿，便吩咐隨從們說：「你們在此等候。我獵到那頭美麗的母鹿後，就會回來。」然後就進了森林，而跟上前去的，僅有動物們。

哥哥遲遲追不上母鹿，最後闖進了森林的最深處，不得不在那裡過上一夜。他生起火堆，突然間聽見頭頂上傳來了直嚷著：「唔、唔、怎會這麼冷哪！」的喘息聲，連忙抬頭一看，只見上回的那個魔女就坐在樹枝上。

哥哥開口說道：「如果覺得冷，不妨就下來烤烤火吧！」

老婆婆回應道：「不行。你的那群動物肯定會咬我。」

哥哥說：「牠們什麼都不會做的。」

老婆婆則揚聲喊著：「我現在把一根細樹枝丟下去給你。你只要用那根樹枝打一下動物們，牠們就不會對我出手了。」

獵人一聽，不禁覺得這事很可疑，便對老婆婆說：「要我打牠們，抱歉我辦不到。妳就下來吧！不然我就拉妳下來囉！」

「你想幹嘛？你以為你動得了我嗎？」老婆婆高聲大嚷。

獵人只是又說一句：「妳再不下來，我就開槍囉！」

老婆婆反而叫囂起來：「你要開槍那就試試看啊！我才不怕你的子彈呢！」

獵人隨即瞄準目標，「砰」地開了一槍。然而，對手是魔女，鉛製子彈根本傷不了她。

魔女狂笑不止，向他喊道：「憑你這種本事，想殺我還差得遠呢！」

但獵人也不是好惹的，他從外衣上頭扯下三顆銀製鈕扣，裝進獵槍。因為魔女的法術對銀製子彈是起不了作用的。獵人「砰」地又開了一槍，老婆婆「哇啊！」地慘叫一聲，從樹上摔了下來。

獵人對魔女投以輕蔑的眼神，說道：「妳這老太婆，我弟弟到底在哪？妳要是不快說的話，我就把妳舉起來丟進火裡燒死！」

老婆婆心裡一震，連忙求情：「你弟弟和他那群動物都已變成石頭，被我丟在洞穴裡。」於是，獵人逼迫老婆婆帶他到洞穴去，威脅她道：「妳這臭老太婆，還不趕快讓我弟弟和躺在這裡的所有人都活過來！不然我馬上就把妳丟進火裡燒死。」

魔女連忙取出一根細樹枝，一一輕觸所有的石像。獵人的雙胞胎弟弟與動物們當下全都活了過來。緊接著，洞穴內的其餘人們，有商人、工匠及牧羊人等，大家也都紛紛站起身，向救命恩人的哥哥表達謝意後，便各自回家去了。

兩兄弟能夠像這樣再次相見，不禁開心得相互親吻。之後，他們合力捉住魔女，將她綁住並丟進火裡。待魔女完全燒成灰燼後，森林便自動開了天頂，隨著陽光的灑落，連遠在三小時路程之外的城堡也得以看見。

兩兄弟結伴踏上歸途，一路上不停聊著彼此這段日子以來所遭遇到的事情。當弟弟說到自己現在是治理這個王國的國王代理人時，哥哥隨即表示：「這件事我知道。因為當我抵達這座都城時，大家都以為我就是你，一直把我當成國王看待。年輕王后也以為我是她丈夫，不僅跟我同桌吃飯，還讓我睡你的床呢！」弟弟實在聽不下去了，在嫉妒心的作祟下，他不由得怒火中燒，劍一拔起便砍下了哥哥的腦袋。

不過，當他面對哥哥的屍體，看見鮮紅的血汩汩流出，立即感到後悔萬分。「哥哥把我從魔女的法術中解救出來，但我對他的回報竟是殺了他！」他如此說著，不禁悲從中來。

這時，跟在弟弟身邊的兔子上前來說牠這就去摘回生命草的根，然後便匆忙上路，並在時限內將草根帶了回來。於是，已死去的哥哥又活了過來，甚至完全沒有察覺到自己受傷一事。

兩兄弟再度踏上歸途。快到城堡時，弟弟提議道：「哥哥長得跟我一模一樣，身上穿的也是跟我同一套的國王服飾，甚至連帶在身邊的動物們也都一樣。不如我們各自從城堡的前後門進去，走不同的路線，然後同時在老國王那裡會合。」兩兄弟也就各自往城堡的前後門走去。

不久，前門哨兵與後門哨兵同時前來通知老國王說，國王帶著動物們狩獵回來了。老國王表示：「這怎麼可能？前後門之間的距離，光走路就要走上一個小時。」這時，各自從前後門進來的兩兄弟已於城堡庭院會合，一同登上了台階。

國王向公主問道：「妳告訴我，究竟哪個人是妳丈夫？他們兩個人簡直就是同一個模子刻出來的。」

公主看著站在眼前的兩兄弟，著實慌了神，一時之間也不知該如何辨別。不過，她後來想起自己送給動物們的項鍊，再仔細一瞧，便發現其中一方的獅子脖子上掛著一付金扣頭。

公主不禁暗自叫好，大聲宣告：「這隻獅子所跟隨的主人就是我真正的丈夫。」年輕國王一聽，也開心地笑了：「沒錯，就是我。」夫妻倆終於再度相聚，同桌吃喝，度過一段快樂的時光。

當天夜裡，年輕國王一躺上床，王后便問他說：「這幾天晚上你都在床上放一把雙刃劍，究竟是為了什麼？我還以為我會被你殺了呢！」年輕國王這下總算明白哥哥的為人有多麼崇高了。

1 真實與謊言

筆者於第三章提及〈漢賽爾與葛麗特〉時曾說過，童話的主人翁設定為兩個人的情形非常少見。而本章的〈兩兄弟〉，若單從篇名來看，會讓人以為主人翁也是兩個人。可是，一旦讀了故事，我們就會知道其實很難如此簡單地下定論。

篇名雖然提及「兩個人」，但故事主人翁僅為其中一人的明確例子，還有格林童話中的〈忠實的費迪南與不忠實的費迪南〉126。這篇故事的主人翁，顯而易見就是忠實的費迪南。

兩位費迪南性格的差異，從名稱上便可看出端倪。一個憨厚老實，另一個愛打壞主意，任何風聲都逃不過他的耳朵。兩個人都在國王底下做事，忠實的費迪南有好幾次都被不忠實的費迪南逼到走投無路，但他總能順利脫險，最後還與王后結婚，成為國王。換言之，在這般情形下的兩個人，一個是主人翁，另一個則是主人翁黑暗面的顯現。

世界各地隨處可見兄弟二人對比明顯的童話故事。至於其古老形式，目前已證實早在西元前十二世紀的埃及便已存在❶。這篇書寫於埃及莎草紙上的故事，哥哥名為「真實」，弟弟名為「謊言」，兩兄弟的性格對比是再明顯不過了。

這對兄弟為了誰比較厲害而爭論不休。由於弟弟扯謊說他擁有一把刀身如山高、刀柄如樹粗的巨刀，導致哥哥輸了這場爭論，被弄瞎了雙眼。後來名為「真實」的哥哥表示，他擁有一頭巨牛。這頭牛若站在阿蒙湖上，尾巴就會在紙莎草原上，而且一支牛角在西山，另一支牛角在東山。

名為「謊言」的弟弟對此加以質問，甚至將他帶到眾神的法庭。結果，哥哥「真實」反倒向眾神申訴弟弟「謊言」以前所說的巨刀是否真的存在？於是，眾神便弄瞎「謊言」的雙眼，作為他說謊的懲罰。這就是埃及版〈兩兄弟〉的故事。

萊恩也有介紹埃及另一篇撰寫於西元前一三〇〇年的兄弟故事——有關亞諾與巴茲兩兄弟的故事，在此則省略不提❷。總之，兩兄弟故事存在久遠的事實，在在顯示這類主題與人類的內心狀態緊密相連。

接著，讓我們將目光轉至日本的兩兄弟故事。在關敬吾所著的《日本童話集成》一書中，收錄了兩篇具代表性的兩兄弟故事及其變體❸。

話說有一對兄弟因遭繼母憎恨而離家出走。哥哥說他打算成為東天子的養子，弟弟則說他打算成為西天子的養子。兩人相互說好，要是彼此的弓弦斷了，就表示對方已死，接著便各奔南北。

弟弟在某地工作十年，獲得一把刀。這是一把神奇的刀，只要舉刀指向對方的鼻尖，就能殺死對方。弟弟以這把刀打敗鬼怪，取得鬼怪的寶物「生鞭」。

所謂「生鞭」，是條只要一揮，便可讓死人復活的神奇鞭子。某日，弟弟的弓「啪」地斷了弦，他連忙飛奔到東天子那裡。趕到時，哥哥的葬禮正好要開始。弟弟立即舉起生鞭一揮，讓哥哥起死活生。兩個人就這樣如願地，「哥哥成了東天子的養子，弟弟則成了西天子的養子，度過安逸快樂的一生」。

這篇故事與格林童話的〈兩兄弟〉十分類似，但在此是以弓弦作為生命指標，相當耐人尋味。那麼，我們再來看同樣收錄於《日本童話集成》的另一篇兩兄弟故事。這是從沖永良部島上蒐集來的故事。

從前在琉球有戶有錢人家，家中有兩個男孩子。由於母親過世，兩兄弟便休了學，從事農務。後來，他們從學校老師那裡各拿到了一把上等的弓，兩個人就放著農務不管，只顧練弓，結果遭到父親責罵，他們也因此決定離家出走。

兩兄弟來到了某村落，看見一名美麗的姑娘在哭泣，原來她明天就要被鬼怪吃了。這鬼怪是 Usyunto 山上的梨樹精。兩兄弟說好要同心協力，擊退梨樹精。

「弟弟對哥哥說，哥哥你朝鬼怪的根部射箭，我會朝牠軀幹的正中央射箭。而箭一射出後，哥哥你就跳下左邊的懸崖，因為我力氣大，比較有辦法脫逃。」

當他們擊退鬼怪，弟弟要哥哥跟那個姑娘結婚，然後把父親接過來照顧，自己則獨自踏上了旅途。後來，弟弟也在下一個村落擊退鬼怪，與那裡的姑娘結婚。從此之後，兄弟兩家往來頻繁，過著比以前更好的生活。

這篇故事出現了上一篇故事所沒有的結婚主題，卻沒有生命指標的主題。若將兩篇故事合起來看，就相當於格林童話的〈兩兄弟〉了吧？再者，格林童話的兩兄弟是練習槍法，而這篇故事則是練習射箭，也相當有意思，都是屬於男性的戰鬥技能。

另外，有關日本的兩兄弟故事，完全看不出兄弟二人的性格有何差異。只能說，無論哪一篇，都是弟弟較為積極、活躍。至於格林童話的兩兄弟，也同樣完全看不出他們的性格差異。不過，在故事的開端倒是有提到兩兄弟的父親跟其兄的性格是完全相反的。所以，我們接下來將針對這類性格完全相反的對比問題稍作探討。

2 陰影——任誰都會有黑暗面

格林童話〈兩個旅人〉[107]的登場人物也是性格相反的兩個人，不僅如此，這篇故事的開場白也令人印象深刻：「山與谷用不著擔心會相遇；但人類這種生物，雖然也有善惡之分，卻總是會聚在一起。」人會物以類聚是真理之一；不過，性質完全相反者「總會聚在一起」，也是真理之一。

我們只要試想自己周遭的朋友或夫妻等關係，就會意外發現，最佳拍檔中不乏有兩個人的性格是完全相反的。為了說明這種現象，心理分析學家榮格提出了在人內心運作的互補原理。也就是說，**人心有一種傾向，就是讓性質相反的事物互相補足彼此的欠缺，藉此塑造出一個整體性**。

人心的互補原理，相較起兩人之間的關係，一開始會先在個人的心中運作。當個人的意識態度單方面形成時，用來與之互補的態度就會在潛意識中形成。好比說，性格懦弱、不敢主張自我的人，醉後會有令人料想不到的強勢發言，這便是他潛意識中所形成、與意識完全相反的態度，在自我控制因醉酒而變弱時，浮出了表面。

這般傾向如果再戲劇化些，就成了眾所皆知的雙重人格現象。**所謂「雙重人格」，是指在同一個人身上有兩個截然不同的人格交互顯現，且二者之間並不具有意識的連續性**。自十九世紀後半葉起，直到現在二十一世紀初，關於這類現象，先後已有不少個案研究問世。

其中，筆者在此想針對莫頓．普林斯（Morton Prince）所發表的碧尚小姐個案來論述。碧尚是二十三歲的女大學生，其人格具有道德、良心及宗教心等特質，幾乎可以用「聖人」稱之。然而，這個碧尚會突然變成另一個截然不同、自稱莎莉的人格。莎莉俏皮爽朗、很孩子氣，喜歡過碧尚絕對想像不到的享樂生活。

碧尚不知道有莎莉的存在，她在莎莉出來活動的期間，完全處於失憶狀態。但莎莉卻知道碧尚，也很愛做些事後會讓碧尚困擾的事。

雙重人格全然是種異常現象。不過，仔細想想，**第二人格其實就是第一人格的補償**。人心為了恢復整體性，甚至可以讓「雙重人格」這種異常現象跑出來。

榮格針對這類現象進行夢的分析，結果發現，**在許多人的夢境中，常會出現其特質是本人拒絕接受或相當抗拒的人物**。

如同在上一節提到的童話，忠實的費迪南跟不忠實的費迪南結伴同行；又如在〈兩個旅人〉中，樂觀活潑的裁縫師也跟連玩笑話都當真、總是皺著眉頭的鞋店老闆結伴同行。因此，**榮格將這類被個人的自我所否定、難以接受的所有一切，稱之為個人的「陰影」，因為這是自己的黑暗面。所有人都有「陰影」**。

《莊子》的〈罔兩問景〉是篇相當有意思的故事。罔兩，意指影子外圍顏色較淡的部分❹。罔兩批評影子行走又停住，坐著又站起，怎麼那麼沒有自主性？對此，影子答道：「你指責我隨著主人動作，但真是這樣嗎？主人的行動，是否真的是由自己的意志掌控呢？搞不好是受到其他事物控制。雖然外形猶在，但只是個空殼子罷了。所以，我們根本不可能知道自己為什麼要行動。」

乍看之下，影子是跟著主人的動作而行；不過，主人是否憑著自己的意志在行動？影子表示我們無從知曉。在此，若套用上雙重人格的現象，對於影子的回答，便可讓人豁然開朗。

其實，我們都曾有過自己的行動彷彿操控在陰影手中的體驗。例如，明明我們沒有這樣打算，卻與他人相爭或扯謊。在這當下，行動的主體不就是我們的陰影嗎？

陰影並非就是不好的。對內向的人而言，外向的生存方式就是其陰影吧。然而，外向不是壞事，努力讓自己兼具外向的一面，更能使生命豐富。

在〈兩個旅人〉的故事中，當裁縫師和鞋店老闆一走出森林，出現在他們眼前的是兩條岔路；一條要走上七天，另一條只要兩天即可走完。當下，兩個人為了麵包該準備多少天份而起了爭執。

樂觀的裁縫師認為，只要準備兩天份就好；而悲觀的鞋店老闆覺得，應該要準備七天份。爭到最後，兩個人決定各自帶各人所需的分量上路。結果，由於他們走上了需要七天才走得完的路，眼看裁縫師就要餓死了，多虧有鞋店老闆在才得以得救。若從故事後續的發展來看，雖說鞋店老闆的確具有強烈的反派要素，但在此救了主人翁的，就是陰影。

如此想來，陰影可說是相對的存在。就這篇故事而言，裁縫師是鞋店老闆的陰影，鞋店老闆也是裁縫師的陰影。不僅如此，二者之間誰善誰惡，也不是那麼容易就能下定論的❺。

不過，個人沒有活出來的另一面，也可能具有殺人這類的惡念。因此，榮格認為，陰影也有個人陰影與集體陰影之分。對某人而言，與其性格相反的特質是屬於個人陰影；而集體陰影則是萬人共通的，等同於所有人都難以接受的惡。在童話中，這類集體陰影多半以惡魔之姿出現。

方才說過，我們每個人都具有陰影。對於這點，榮格表示：「如果想讓活著的型態有如雕像般立體，就需要很深的陰影；若少了陰影，不過就是平板的幻影罷了。❻」陰影雖然是個麻煩，但要是沒有它，人就會少了人情味。那麼，關於如此重要的陰影，我們從〈兩兄弟〉的故事中，究竟可以學到什麼呢？

3 「二」的心理學探究

故事開頭所描述的兩兄弟之父與其兄的性格，可說是完全的對立：富有卻惡毒的哥哥，以及貧窮卻良善的弟弟。然而，這對兄弟並非故事發展的重心，他們只在故事的開頭出現，後續則是以弟弟的孩子們為主。話雖如此，兩個孩子們的性格並沒有明顯對比，他們是雙胞胎，「長相如同一個模子刻出來」。兩個人的關係很難以主人翁和陰影的關係來簡單說明。

即便後面發展大為活躍的是雙胞胎兄弟，但在此為故事鋪路的，卻是其父與其伯父這對兄弟的性格對比。老實的弟弟幸運地發現金鳥，並且拿牠的羽毛、蛋和鳥本身跟哥哥換取金幣。雖說這樣的交易看似有些不公平，但兄弟倆之間確實有了能量的交流。

能量會流往與之相反的地方，近乎同等的事物不會有能量的交流。好像要為了彌補交易的不公，老實弟弟的孩子們在不知情的情況下，吃了金鳥的心臟和肝臟。「金鳥」代表著與超自然屬性的連結；雙胞胎既然吃了牠的心臟和肝臟，便成了名符其實的神聖雙子❼（Die göttlichen Zwillinge）。

對此勃然大怒的富人哥哥逼迫弟弟將雙胞胎趕出家門，可說是為後續的英雄旅程所做的安排。陰影在不知不覺中為英雄的成長鋪好了路。但說起來，這條路往往也潛藏著將英雄引向死亡的危機。

〈兩兄弟〉的故事十分強調「二」這個數字。篇名就是如此，甚至連動物們也是成雙成對地出現。有關二的象徵性，榮格引用了中世紀哲學家的思想，認為對人類而言，最早出現的數字不是一，應該是二才對❽。換句話說，如果只有一的話，我們就不會意識到有「數字」的存在。正因為一開始存在的整體在某種意義上產生分割，讓我們意識到和它對立或並存的「二」，才會衍生出「一」的概念。

誠如上述，二是被分割出來的，並且被假設成與一彼此對立，自然容易陷入糾葛。就這層意義來看，二這個數字也跟陰影有很深的關連。而當正、反的動態形式存在，就會有新事物從中被創造出來。因此，下個衍生出的「三」便具有高等之意。關於這部分，已在第四章論述過了。

另外，與「二」這個主題有關連的「重複表現」，也是這篇故事的特點。例如，打從故事開始，在兩兄弟之父與其兄之間，就有一再用鳥羽毛、蛋和鳥本身換取金幣的重複交易；接著在後來出現的獅子、熊、狼、狐狸和兔子等動物之間有各種重複的行動；到了故事尾聲，在雙胞胎兄弟與魔女之間，也有重複的互動。

在盧西介紹的、一篇來自瑞典的相似故事中，其拯救公主、擊退怪物的情節甚至還重複出現了三次，設想更為周到❾。有關該篇故事中的重複表現，盧西指出其含意，說：「用詞幾乎沒有改變的重複表現，最合乎童話嚴格的體裁。……童話蘊含的體裁屢屢要求要有依樣畫葫蘆的重複表現。」同時，他也提出警告：「文字的重複確實為童話增添了宗教儀式的氛圍。因此，當編輯與譯者為了迎合現代讀者，針對這一部分的表現從寬處理或進行微調，是最大的危害。」

盧西是從文藝學的角度來論述童話中的重複表現。那麼，若從心理學的角度來看又是如何呢？

我們臨床心理師在諮詢者述說自己一生的遭遇時，常會發現同樣的事一再發生——有人老是出意外，有人總是連連吃虧。對於這些一再重複的事，有人自己也察覺到了，但有人則是經我們指出後才猛然驚覺。不僅如此，這些一再重複的事，還會跨越親子兩代。

這個事實的存在，就成了讓所謂因緣或附身等民間信仰觀念更加蓬勃發展的根源。不過，對我們臨床心理師而言，只能說，這是因為在人的潛意識中，具有迫使其一再重複的傾向。佛洛伊德稱這種傾向為強迫性重複，甚至還進一步發展出玄奧難解的死亡驅力論。

無論是否認同強迫性重複的事實，在此，我們試著從不同於佛洛伊德見解的角度來看待這類現象。好比說，這也是佛洛伊德所關注的，那就是曾在戰爭中有過駭人體驗的人，總會一再夢見當時的可怕景象。

在夢境中重複不愉快的體驗，並不合乎佛洛伊德所提出的願望滿足論，因此他在百般困惑下，又提出了強迫性重複論。但我們不妨試著這樣來思考：戰場上的經驗如果過於駭人，我們的自我不會視為自己的體驗而加以接受。也就是說，**為了反芻那尚未消化完全的體驗，我們才會在夢境中反覆經歷**。

而榮格認為，實際上只要跟臨床心理師談過該夢境，並試著去接受，夢境的重複現象就會停止。

戰爭的經驗是外在給予的。然而，存於我們內心深處的原型，在某種意義上則會被活化。一旦對意識造成影響，就會一再重複顯現，直到個人的意識能夠明確掌握到其含意為止。如同華格納音樂劇中的主題動機，將不斷在人生的關鍵場面重複出現。

4 為了重生而死

雙胞胎兄弟離家後，跟著獵人學射擊。相對於他們父親對壞心哥哥言聽計從，這個養父則具有像射擊這樣技能的強烈男性特質。這與沖永良部島上的兩兄弟從老師那裡得到弓的情形是相同的。在此顯現出了父親的二重性。

一位是身為人類的父親，但另一位則顯示出了更高位的父性，並結合了超凡的功能。雙胞胎兄弟與高位父性接觸後，便遇到了動物。主人翁為了達成之後的重大任務，亦即擊退怪物，然後和公主結婚，單只有父性的強悍是不夠的，還需要有動物的協助；而動物與其說是主人翁的陰影，不如說是其本能的呈現。這於童話中十分常見，主人翁與動物結伴同行的情節，像是日本的〈桃太郎〉也是如此。

帶著動物的雙胞胎兄弟，到了某一天便各奔前程。自此，成了主人翁的弟弟開始大為活躍。至於日本的兩兄弟故事，也是由弟弟擔任較為積極的角色。

離別之際，兩兄弟留下了一把作為生命指標的短刀。我想，這或許是在暗示這對雙胞胎兄弟最後將共享同一個生命吧。因為他們既是兩個人，也是一個人。接著，弟弟經歷了堪稱故事核心的屠龍事件。然而，在此有個非常大的問題，但因本章的著眼點在於陰影的部分，所以這次先不討論，留待日後有機會再討論。

屠龍之後，不僅主人翁睡著了，連受託守夜的動物們也相繼入眠。有關動物們一個接一個將守夜的任務強塞給弱小者後便沉沉睡去的描述，則是生動地呈現了，我們明知自己非醒著不可、卻又敵不過睡魔的過程。

人在成就大事之際很容易掉以輕心，一有疏忽，陰影就會出現。斬斷主人翁的腦袋並奪走公主的大臣，雖說是陰影，卻具有強烈的普遍意義。故事開端所描述的兄弟對比，讓人覺得比較像是個人陰影的呈現；但在此描述的大臣，則帶給人近似「惡」本身的感覺。很明顯地，這名大臣與打算抓走公主的龍是十分相似的。

後來，在兔子的積極行動下，主人翁總算接回了腦袋。不過，卻因為接錯了方向，不得不再扭斷脖子重接。而這斬首的主題，又再出現了一次。那就是弟弟對解救了自己的哥哥有所誤解，於是「在嫉妒心的作祟下，他不由得怒火中燒，劍一拔起便砍下了哥哥的腦袋」。當然，弟弟很快就後悔了，再次仰賴兔子的幫忙，讓哥哥起死回生。而如此重複出現的斬首主題，究竟有何含意呢？

對於神話或童話中常有的斬首主題，佛洛伊德派認為，這是去勢焦慮的表現。男孩漸漸長大後，會開始對母親心懷愛意，對父親產生敵意；而由於父親持有超乎想像的權力，對父親的恐懼也因此油然生起。這時，男孩子也注意到女孩沒有陽具，不禁擔心自己是否會遭父親去勢以示懲罰，變成像女孩那樣。這便是佛洛伊德所說的去勢焦慮，而斬首則可視為去勢的象徵性表現。

大臣斬去因打敗龍而暫且安心下來的主人翁腦袋，若將這段敘述視為男性在成長過程中所感受到的去勢焦慮，確實可以理解。但是，為何主人翁會被斬首兩次呢？再者，主人翁後來還斬斷了哥哥的腦袋，難不成是表示他自己斬斷了自己的腦袋嗎？

有關這點，或許可套用榮格派分析師，諾伊曼（Erich Neumann）所謂的自我去勢⑩來思考。**人類在成長過程中，在進行決定性變革之際，將會經歷死亡與重生的內在體驗**。所以，用來描述人類自我實現過程的童話，自然常會有死亡與重生的主題。

諾伊曼說，因為選擇迎向重生的死亡，英雄會自行去勢——面對超越自己的偉大存在，自我深知自己的卑微而自行去勢。〈兩兄弟〉中的弟弟，在達成屠龍的豐功偉業後，勢必要有自我去勢的體驗。一開始，他在熟睡中被斬去了腦袋，這是潛意識中的去勢體驗，很難稱得上是自我去勢。因此，當他醒過來後，必須再「有意識地」體驗一次。

後來，弟弟在嫉妒心的作祟下，殺了前來解救自己的哥哥。這一再出現的斬首情節，其原動力是出自陰影的問題。故事開頭所描述的兄弟互動，已經明確地指出哥哥正是弟弟的陰影。但弟弟卻對哥哥言聽計從到令人忍無可忍的地步，也完全看不到有任何對決。於是，這個得自行察覺到陰影的存在並與之對決的課題，就這樣被迴避掉，直接傳承給下一代，也就是弟弟的孩子們。

未經處理的課題往往會擴大，並具有集體的特質。事實上，父母的陰影問題落到孩子肩頭上的例子甚多。例如，看似聖人君子的父母，孩子卻成為所謂的不良少年。人們覺得這是很不可思議的事，但其實是由於孩子背負了父母迴避掉且已經擴大的陰影問題。

弟弟殺了哥哥後，感到後悔萬分，不禁悲從中來。在此，弟弟清楚地察覺到，也切身體驗到自己心中陰影的存在。我們必須自覺所有人都是該隱（Cain）後裔一事。唯有經歷過如此殘酷的自覺，救贖才會臨到，也才能夠與公主真正締結良緣。

5 另一個「我」

話題似乎衝得有些太快了，我們再倒回去。話說弟弟除掉大臣，與公主結婚後，又再次身陷危機之中。我們先不提誘導他的母鹿，而將他石化的老婆婆則是我們已相當熟悉的女性人物。

雙胞胎兄弟離開家，進入森林時，他們不同於漢賽爾與葛麗特的遭遇，遇見了身為父性原理施行者的獵人。之後，一路邁向成功的弟弟，到頭來還是得跟母性的負面對決。而有關弟弟被石化的石化主題，我們會在第七章〈忠實的約翰〉這個故事再來討論。格林童話〈金孩子〉85，是篇與〈兩兄弟〉十分相似的故事，當中也出現了鹿和石化現象。

哥哥因發覺生命指標有異，而協助弟弟最終化險為夷。對弟弟而言，哥哥究竟代表著什麼呢？這裡很難說是陰影。不過，這個哥哥在某種意義上，明顯是弟弟的分身。探討陰影的問題，筆者之所以不挑選單純呈現出兩個人性格對比的故事，而是選定這篇〈兩兄弟〉，也是想針對這困難的問題多作些探討。

我所知道的我、我能夠意識到的我，具有一致性，也擁有相當的主體性。榮格稱這樣的整合以及主體性中心為自我。接著，他又進一步假設**人心具有一個含括意識和潛意識的整體性，自性就存在於這個中心**。

如本章一開始所舉的雙重人格之例，當碧尚的自我過於偏頗時，自性為了維持整體性，創造出了名為莎莉的第二人格，也就是陰影。榮格思想的特點在於，從目的論的觀點來看，當時強調異常性的雙重人格這類的現象，是一種自我實現的表現。

那麼，最後展現出救贖者哥哥的意象，難道不能視為弟弟自己的意象嗎？在自我大為活躍、獲得成功的期間，哥哥的存在都不曾出現過，儼如就像個「無為」的存在。在〈金孩子〉中，兄弟的立場正好逆轉。兩個人剛踏上旅途時，曾當眾遭到嘲笑；於是，哥哥繼續踏上旅途，弟弟卻打消開創人生的念頭，回到父親的身邊去。然而，這看似無為的存在，就在主人翁面臨危機時大有作為——〈兩兄弟〉的哥哥成功解救了弟弟。

在此有個大問題，那就是弟弟因為誤解哥哥，曾一度斬下他的腦袋。身為救贖者的哥哥，對弟弟來說，一開始猶如陰影一般。出現在我們心中的「另一個我」，到底是促使自己邁向自我實現的自性意象？還是會讓自己沉淪的陰影意象？實際上，想加以分辨出來幾乎是不可能的。

馮．法蘭茲說道⓫：「當陰暗的意象出現在我們夢境中，並且有所欲求時，這究竟單單只是我們陰影部分的人格化？或是自性的人格化？還是兩者都是？我們並不曉得。這個陰暗的夥伴，到底是象徵我們必須克服的缺點，還是象徵了某種我們應該接受、具有意義的生存方式呢？而這正是我們在個體化的過程中，遇到最難解的問題之一。」

的確，我們要「事先辨別」幾乎是不可能的。弟弟藉由斬殺了以為是惡的哥哥，爾後又對此深感悲痛，憑著這樣的行為表現，達成對陰影的自覺與獲得救贖，是相當具有含意的暗示。我們的經驗教導了我們如何分辨事物。

另外，有關哥哥救了弟弟之後的發展，卻沒有半點著墨。我們只知道，弟弟從此與公主過著幸福快樂的婚姻生活，但對哥哥的行蹤一無所知。僅在自己有需求時，哥哥才會從某處現身，待任務完成後又不知消失到哪裡去了。

最後，當弟弟得知哥哥就寢時必定會在自己與公主之間放一把雙刃劍，才總算明白哥哥的為人有多麼崇高。放在床上的雙刃劍，象徵著哥哥堅決的意志。因為真正的救贖者是不得與女性有身體上接觸的。

1－萊恩《民間故事與童話》（山室靜譯）岩崎美術社，一九七一年。

2－萊恩，同前書。

3－關敬吾《日本童話集成　第二部正統童話2》角川書店，一九五三年：收錄於該書的一七八A、一七八B。

4－《莊子——中國的思想12》（岸陽子譯，松枝茂夫、竹內好監修）德間書店，一九七三年。引用文為該書譯文。

5－有關這樣的觀點，可參照M.-L. von Franz, Shadow and Evil in Fairy Tales, Spring Publications, 1974. 另外，本章引用自該書的部分將會標明清楚。

6－C. G. Jung, Two Essays on Analytical Psychology, The Collected Works of C. G. Jung Vol. 7, Pantheon Books, 1953.

7－Hadwig von Beit, Gegensatz und Erneuerung im Märchen Francke, Verlag, 1957. 該書針對許多耐人尋味的雙胞胎故事均有論述。

8－C. G. Jung, Psychology and Religion, The Collected Works of C. G. Jung Vol. 11, Pantheon Books, 1958.

9－盧西《童話的本質——從前從前在某個地方——》（野村泫譯）福音館書店，一九七四年。

10－Erich Neumann, The Origins and History of Consciousness, Pantheon Books, 1954.

11－馮・法蘭茲〈個體化的過程〉（收錄於榮格編，河合隼雄監譯《人及其象徵》下冊，河出書房新社，一九七五年）。

第6章

青春期究竟發生了什麼事？

玫瑰公主（睡美人）

玫瑰公主 Dornröschen

從前從前，在某個地方有位國王和王后。他們每天都不斷盼望著：「啊！真希望能有個孩子哪！」卻遲遲沒有子嗣。

某日，當王后在淋浴時，一隻青蛙慢吞吞地從水中爬了出來，宣告說：「妳的願望將會實現。因為在這一年內，妳會得到一名小公主。」

青蛙的預言果真實現了。王后生了一個女孩。小公主美若天仙，國王開心到不知該如何表達自己的心情，他當下立即決定要辦場熱熱鬧鬧的慶祝宴會。受邀的賓客除了親朋好友外，還有聰靈的仙女們。國王心想，仙女們必定會溫柔疼愛這個孩子。

話說，國內有十三位仙女，但很不巧地，國王手上可以用來招待賓客的金盤子只有十二盤。因此，其中有位仙女就沒有受到邀請。

慶祝的宴會相當盛大，宴會一開始，仙女們便一個接一個地給予小公主魔法的祝福。第一位給的是美德，第二位給的是美貌，第三位給的是財富……世人夢寐以求的一切，仙女們統統都送給了小公主。

然而，當第十一位仙女才剛給完她的祝福，第十三位仙女便冷不防地走了進來。她不滿自己受到排擠，打算前來報復。第十三位仙女沒向任何人打招呼，也沒看任何人一眼，隨即揚聲道：「公主在她十五歲那年，將會被紡錘刺傷倒下，就此死去。」她只說了這麼一句話便緊閉起嘴，直接向右轉身，步出大廳。

人們嚇得渾身顫抖。這時，第十二位仙女走上前來。她還沒有給出自己的祝福。話雖如此，她也無法消除剛才的詛咒，只能盡力減輕詛咒的效果。第十二位仙女開口說了：「公主不是真的死了，只是陷入了長達百年的沉睡。」

國王當然不允許讓自己可愛的孩子遭遇不幸。他隨即下詔全國，將所有紡錘盡數燒毀，一個也不能留。而集仙女們祝福於一身的公主，果真長成了一位溫柔高雅、聰明伶俐的美麗少女；任誰只要看上一眼，都會立即喜歡上她。

到了公主滿十五歲的那天，國王和王后恰巧有事外出，獨留公主一人待在城堡裡。公主興致勃勃地到每間房間走走看看，最後來到了一座古塔前。當她爬上窄小的螺旋階梯，眼前所見的，是一扇小小的門，一把生鏽的鑰匙就插在鑰匙孔裡。

公主一轉動鑰匙，門便「啪」地打開了。門後是個小房間，只見一名老婆婆手拿紡錘坐著，正賣力紡著紗。

「老婆婆，您好。請問您在這做什麼？」公主問道。

「我在紡紗呀！」老婆婆如此回答，並向公主點頭示意。

「您手上那轉個不停的有趣東西，到底是什麼呢？」公主邊問，邊伸手碰了碰紡錘，也想試著紡紗看看。就在她的手碰及紡錘的瞬間，魔法的詛咒成真了，公主被紡錘刺傷了手指。

啊！好痛。公主才剛這麼想，整個人便癱軟在小房間裡的床上，昏昏沉沉地睡去。緊接著，這股睡意開始蔓延至整座城堡。正好在這時候回來的國王和王后，才剛踏進大廳，便雙雙陷入沉睡之中。國王的隨從們也全都睡著了。馬廄裡的馬兒、中庭裡的狗兒、屋頂上的鴿子，以及停在牆壁上的蒼蠅，也一個個睡著了。是的，甚至連爐灶裡熊熊燃燒著的火焰也滅熄而眠；爐上的烤肉也不再滋滋作響。

廚師因為在他下面做事的少年捅了婁子，正氣得想扯住他頭髮，手卻突然間停住，就這樣睡著了。風靜了，城堡前的樹林也陷入一片沉寂，沒有一片葉子在擺動。

取而代的是，玫瑰開始在城堡四周攀牆生長，不消一年的時間，城堡便被蔓生的玫瑰團團包圍、層層覆蓋，完全隱身其中，就連插在屋頂上的旗幟也被遮住了。

城堡裡有位玫瑰公主的傳言在王國境內廣傳開來。人們都稱這名沉睡的公主為玫瑰公主。不時有王子聽見傳言前來，舉劍劈開花牆，打算進入城堡。不過，每個都徒勞無功。因為玫瑰彷彿有手般，緊緊地纏聚在一起，以致王子們全被困在其中無法脫逃，就此悲慘地死去。

不知過了多少年後，又有一位王子來到這個王國。他從一名老者口中得知有關玫瑰花牆的消息。

據說花牆之中有座城堡，城堡裡有位名為玫瑰公主的美麗公主，她已沉睡了百年之久。不僅如此，甚至連國王和王后，以及城堡裡所有的一切，統統都陷入了沉睡。老者還告訴王子說，他曾經聽自己的爺爺說過，至今為止，已不知有多少位王子前來，打算劈開花牆進入城堡，結果全都被玫瑰纏住，悲慘地死去。年輕的王子一聽，便開口表示：「我一點也不害怕。我要去見那位美麗的玫瑰公主。」

好心的老者雖然想極力勸王子打消念頭，但王子卻絲毫不為所動。恰巧，這一天正好是經過百年歲月後，玫瑰公主即將再度甦醒的日子。因此，當王子一走向玫瑰花牆，開滿大朵美麗玫瑰的花牆隨即往左右分開。待王子毫髮無傷地通過後，玫瑰很快地又恢復成原本的花牆。

王子走來到城堡中庭一看，只見馬兒和花斑獵犬臥地熟睡；鴿子則停歇在屋頂上，將小小的腦袋藏在翅膀下。接著，王子走進城堡裡去，看見蒼蠅停在牆上睡了；廚房裡，想抓住少年的廚師高舉著手睡著了，而女僕則手抓著一隻還沒拔完毛的黑雞睡了。

王子繼續往城堡裡邊走去，來到了大廳。只見隨從們全睡倒在地，連坐在前方寶座上的國王和王后也陷入熟睡。王子又繼續往城堡深處走去，四周一片沉寂，安靜到連自己的呼吸聲都聽得一清二楚。

最後，他登上了古塔，來到玫瑰公主沉睡的小房間前，伸手打開了門。睡在房裡的玫瑰公主實在是美得令人無法眨眼，王子不禁跪下膝來，親吻了她。王子一吻上玫瑰公主，公主便隨即睜開雙眼，甦醒過來。她直望著王子，如同看到熟人一般。

隨後，兩個人一同走下古塔。霎時間，國王先醒了過來，緊接著，王后和隨從們也紛紛甦醒，一臉愣怔地相互對望。中庭裡，馬兒站了起來，抖了抖身子；獵犬們也一躍而起，直搖著尾巴。屋頂上，鴿子從翅膀下探出頭來，看了看四周，便往原野的方向飛去。停在牆上的蒼蠅再度開始爬行；廚房的爐火也「啪」地燃起，冒出徐徐的火焰燃燒起來。於是，爐上的烤肉又開始滋滋作響。廚師因為打了少年一個耳光，少年不由得「呀」地叫了一聲；而女僕則熟練地將雞毛拔得乾乾淨淨。

不久，王子與玫瑰公主舉行了盛大的婚禮。從此之後，兩個人便一直過著幸福快樂的日子。

1 沉睡與甦醒

即便是對格林童話中這篇〈玫瑰公主〉毫無概念的人，只要提起〈睡美人〉，我想應該沒有人不知道吧？

在法國的佩羅（Charles Perrault）比格林兄弟更早就於一六九七年所出版的童話集中，第一篇故事就是〈睡美人〉。而在日本，〈睡美人〉這個故事名稱也比〈玫瑰公主〉

更廣為人知；或者也有很多人是透過柴可夫斯基的芭蕾舞音樂知道這篇故事。

蒐集這篇故事的雅各．格林（Jacob Grimm）曾在其初稿中寫上這樣的附註：「這故事似乎是從睡美人抄寫下來的。❶」若根據鮑特（J. Bolte）和波夫卡（G. Polfvka）著名的格林童話註釋，〈玫瑰公主〉的起源似乎可追溯到十四世紀❷。

其中，源自法國的故事、而後來發展出來的，便是佩羅的版本；而源自義大利的，則可從十七世紀初，由巴西耳（Giambattista Basile）編撰的《五日談》（*Pentamerone*）中的〈太陽、月亮與塔莉亞〉故事一窺究竟。

所以，〈玫瑰公主〉的故事雖然起源久遠，卻在不知不覺中被大眾所遺忘了。不過，當格林兄弟在童話集中收錄了這篇故事後，隨即打動了許多人的心，如同鮑特和波夫卡所指出的，不僅詩人爭相採用這篇故事來寫詩，童話研究者也陸續發表了不少篇相關的研究論文❸。

對此，馮．法蘭茲評道：「〈玫瑰公主〉故事本身的命運也與沉睡百年後甦醒過來的公主如出一轍❹。」著實讓人印象深刻。

這則故事似乎能引起許多人的興趣，無論是萊恩❺或盧西❻，都曾針對這故事做過論述。尤其，萊恩還以此為題材，指出多位童話研究者研究手法的差異，真的很有意思。美麗的公主沉睡百年後，因王子的吻而甦醒的故事，或許能夠挑起人們的浪漫情懷吧。這對格林兄弟來說，似乎也是如此。

相較於初稿，〈玫瑰公主〉的定稿改寫幅度相當大。據聞，在厄倫堡手稿（Ölenberger Handschrift von 1810）中，故事僅有短短的三十六行，初版的篇幅則增加了兩倍以上，至於定稿的篇幅更是增加了三倍多❼。

假設定稿的故事是格林兄弟於一八一二年從瑪莉婆婆那裡聽來的，但由於初稿是寫於一八一〇年，因此，故事的改寫就不能說全都是由格林兄弟所操刀。

那麼，筆者在此引用相澤博翻譯的初稿最後一段內容❽，給大家作個參考。

「然而，當王子一走向長滿藤蔓的牆，藤蔓便在他眼前一齊開花。王子眼裡所見的，雖然看似是花，但待他一通過，隨即又於身後恢復成藤蔓。接著，王子一進入城堡，便俯身吻了沉睡的公主。霎時間，城堡裡所有的一切全都從長眠中甦醒過來。後來，兩個人便結婚了。」

這是十分簡潔的敘述，如果跟本書中所翻譯的〈玫瑰公主〉定稿版相比，二者的差別可謂顯而易見。例如，有關公主甦醒那一刻的描述，便可以認定有增添了不少文學雕琢。說起來，若像筆者這樣僅從童話心理學層面探討，無論是以初稿為基底，還是以定稿為基底來論述，結果幾乎不會有什麼改變。因為重要的是故事大綱，這跟增添的細節並無太大關係。

只不過，由於與〈玫瑰公主〉相似的故事，以及故事變遷的事實都相當清楚明確，筆者也覺得很有意思，因而在本章開頭稍作介紹。那麼，有關這部分的論述就到此為止。接下來，讓我們把話題轉向故事解析。

2 關於「變身」

一如既往，我們先來看故事開頭的人物組成。在此提到了膝下無子、每天都不斷盼望著：「啊，真希望能有個孩子哪！」的國王和王后。國王和王后夫妻二人都到齊了，唯獨少了孩子。他們一再期待會有新的可能性，心願卻遲遲難以達成。

直到有一天，王后在淋浴時，一隻青蛙現身於前，預言王后將會生下一個小公主；

結果，青蛙的預言果真實現了。這樣的事實暗示了青蛙與出生的孩子之間有著相當密切的關係。因此，我們試著稍來探討一下關於青蛙的含意。

格林兄弟的〈玫瑰公主〉初稿中，預言孩子誕生的，並非青蛙而是螃蟹。青蛙與螃蟹的共通點就在於，二者都能在水中或陸上生活。說起水陸之間的往來，便會讓人聯想到意識與潛意識的連結，或是從潛意識中到意識層面的浮現。

榮格表示，青蛙被視為處於冷血動物階段的人類。這是因為，青蛙除了具有方才所說的特性外，牠那小小的手掌也長得很像人類的手。換言之，青蛙的意象表現出「以潛意識的衝動提供了被意識化確立的傾向[9]」。

而青蛙的這種含意，在格林童話的〈青蛙王子〉[1]中有著明顯的呈現。

在〈青蛙王子〉的故事中，當公主因金球掉進泉池裡，哭得正傷心時，出現了一隻青蛙。青蛙幫公主撿回金球後，請公主當牠的玩伴。公主明知自己絕不可能成為青蛙的玩伴，仍是輕易地答應了牠的請求。結果，想不到青蛙竟然追到了公主的住處。公主受不了青蛙的糾纏，便一把將牠抓起往牆上摔。瞬間，青蛙變成了英挺的王子，兩個人就這麼值得慶賀地結婚了。

像這樣，跟青蛙做了無力兌現的約定，結果因受不了被迫履行承諾，而將青蛙摔上牆的公主，最後竟得到了莫大的祝福，這可說是真實呈現出、先前一再被提起的童話悖論。但我們在此不討論這點，而是將重點擺在青蛙的意象上。

青蛙作為從水中世界侵入陸上世界的動物，堪稱是最合適的角色。牠那緊跟在公主身後、「啪答啪答」直追而來的模樣，不僅貼切地表現出潛意識衝動的偏執，也讓人體會到意識對此不快的感受。

在日本神話中，當少名毘古那神渡海而來時，沒有人知道他的名字，甚至連他自己也答不出來。突然，有隻蟾蜍說：「我想久延毘古會知道你的名字。」於是，透過久延毘古（稻草人）的協助，少名毘古那的出身總算真相大白。在此，以蟾蜍作為學問淵博的象徵，的確耐人尋味。

雖然有關少名毘古那的部分無法詳述，但可確定的是，他跟出雲神話中位居中心的大國主是互補關係，肩負其陰影的部分。相對於以大國主為中心、且已達一定開化程度的文化，少名毘古那是會帶來新可能性的存在；而知道這條路的，正是蟾蜍。

〈青蛙王子〉中，青蛙最後變成了王子。但一般來說，青蛙大多以女性之姿現身。

例如，日本的〈蛙妻〉[10]便是如此。這些故事都在講述青蛙的報恩，展現出其正面的部分。

反之，在中世紀的歐洲，若提到與女性相關的青蛙則多半都以負面的惡魔或魔女之姿現身，同時也跟性欲有關[11]，這是相對於基督教道德觀的存在，具有補償的含意。

3「惡」之必要

在青蛙的預言下誕生的，是個美麗的小公主。青蛙的醜陋與小公主的美麗，形成對比；而青蛙的含意也一直依附於公主背後。也就是說，因為公主貌美，想當然其母后也是個溫柔的人，身為邪惡化身的仙女便在此登場。

受邀參加慶祝宴席的仙女共有十二人，獨缺一位仙女。在〈玫瑰公主〉的相似故事中，未受邀請的仙女是不可欠缺的主題。無論是受邀的仙女人數，還是部分仙女之所以沒有被邀請的理由，都有不同的描述。

好比說，佩羅的童話提到受邀的仙女為七人，未受邀請的仙女是因為她自五十年前起，便把自己關在塔裡，世人都以為她若不是死了，就是消失了。至於十四世紀左右法國相似的故事則提到，受邀仙女人數為三人。所以呢，就是這名「被遺忘的女性」為主人翁帶了厄運。而這厄運對主人翁而言，有何含意呢？

在承受厄運前，主人翁得到了每位仙女們出自善意的祝福。格林兄弟是這麼說的：「第一位給的是美德，第二位給的是美貌，第三位給的是財富……」而佩羅則說，第一位給了美貌、第二位給了聰穎、第三位給了高雅，接著則是善於跳舞、善於歌唱，以及善於演奏樂器等能力。

像這樣，「世人夢寐以求的一切，仙女們統統都送給了小公主」。不過，在格林兄弟和佩羅的童話中所贈送的禮物略有不同，這倒也很有趣。再者，雖說這些禮物都是世人所渴求的，但還是可明顯看出，禮物仍較著重在女性渴望擁有之物。

眼看世間所渴求的一切都能獲得了，未受邀請的女性卻於此時走進來，送給主人翁一份死亡之禮。

人的確都難逃一死，但十五歲就離世也未免太早了。如同方才提到的，相似故事中的仙女人數各有所異；而格林童話的「十三」這個數字，我倒認為極富意義。

如同黃道有十二宮，十二這個數字作為「完美數字」的意味濃厚。完美的十二，再加上性質不同的一，不就能獲得真正的完整了嗎？相對於十二個的善意，再加上一個惡意，便能塑造出一個完成的意象。

實際上，正因為有這第十三個因子的侵入，〈玫瑰公主〉的故事才得以發展下去，然後畫下完美句點。所以，是惡啟動了故事。

這般傾向在童話中很常見，例子不勝枚舉。在此僅舉一例，例如白雪公主的母親（之前已說過，原本的故事是生母而非後母）也是如此。

馮．法蘭茲針對藉由惡而成就一個存在的部分，試著跟成為〈玫瑰公主〉故事背景的基督教思想連結。基督教是強調父性原理的宗教。有關這點，雖然在此無法詳述，但我會試著以簡潔的文字來說明。

說起母性宗教，只要想起前述的大母神相關論述就會明白，這是包容一切、毫無歧視地救贖蒼生的宗教。相對於此，以父性原理為根基的宗教，就會去區分誰是遵守與神約定的人、誰是不遵守約定的人；前者得著神救贖的應許，後者則被視為異教徒排除在外。高舉天父聖名的基督教，其嚴格度會因為強調聖靈這點，將與之相對立的肉體視為低等之物，所以也強烈地壓抑「性」。

在這樣的文化，相對於天—父—聖靈的結合，便有了地—母—肉體的存在；且後者很容易被視為惡。當然，為了補償這種傾向，就會轉變為強調瑪利亞的存在，榮格也認同這點。

不過，若從上述這樣的一般傾向來看，第十三位仙女在基督教文化下，或許也有可能意指被遺忘的母性女神這一面。再者，她強烈的報復心，也真實呈現出母性原理。假設將「未受邀請」斷定為惡，依父性原理，也只能（依法）判處與之相當的罪刑。

然而，第十三位仙女卻嘗試以「公主的死」來報復。這唯有在以「怨恨」這母性原理為根基的觀念下，才得以理解。怨恨召喚死亡，我們可以肯定這在情感層級上與大自然密切相關。但憑藉父性原理，就只能依法制裁。日本社會同樣也是依法而治。即便如此，我們仍切身體驗到了那超越法治、因未受到邀請或被遺忘而產生的怨恨，其可怕之處。在以母性原理為根基的觀念下，是足以拿命相抵的。

馮．法蘭茲連文化背景也考量在內的考察，真的很耐人尋味。其實，基督與十二門徒全都是男性。因此，〈玫瑰公主〉故事中出現的第十三位女性，或許也可視為以第十三位的邪惡仙女為中心、鋪陳為用來補償天上男性的安排吧。

4 命運的輕重

話題稍微擴展到一般層面去了，我們再將話題拉回到個人層面，探討有關玫瑰公主個人的部分。她被賦予了十五歲之死的命運。所幸的是，第十二位仙女將此轉化成百年的沉睡。

「她也無法消除剛才的詛咒，只能盡力減輕詛咒的效果。」這番敘述，聽在我們這群從事心理治療工作的人耳裡，格外心有戚戚焉。我們常與許多背負著苦難命運的人們見面會談。當然，我們無法消除他們的命運，但或許能夠減輕他們的負擔。很早就與父母親離別的孩子、因交通事故而失去愛兒的雙親……我們究竟能為他們做些什麼呢？

不過，我們也可以說，故事中的國王沒有十三位仙女都邀請是個錯誤。若只針對這一點來看，那麼，玫瑰公主的遭遇與其說是命運，不如說是出自父母親的疏忽。至於先前所介紹，有關巴西耳的《五日談》中的故事，其主題就不是被遺忘的仙女，而是孩子一誕生，命運便已註定。

那麼接下來，還請各位容許我這名臨床心理師再偏離一下話題。說到公主的百年沉睡，誠如後述，若將之視為一種精神官能症的現象，原因便可歸咎於父母親的心態問題（亦即邀請仙女的作法）；再不然就是認定其命運即是如此，根本找不出原因（至少對人類合理的思考而言）。或者也可能像馮．法蘭茲所說的，在文化背景的考量下，這是一種罹患了文化囿限症候群的精神官能症。

這時，對我們來說，與其回溯病患的過去，從本人或其家人的行為中探究原因，不如展望未來，找出克服的辦法才是上策。那麼，究竟有什麼樣的辦法可以克服呢？我們依舊從童話中來尋找。

首先，在〈玫瑰公主〉故事中，描述了一名致力抵抗命運的父親。國王「下詔全國，將所有紡錘盡數燒毀，一個也不能留」的作法，已經是豁出去了。然而，以一個父親的心情來說，這是理當該做的事。對此，盧西指出，正因為國王做了這樣的決定，使得公主在成長過程中從未見過紡錘，反而激起她的好奇心，在她滿十五歲時忍不住伸手去碰了老婆婆手中的紡錘。

盧西說：「極力想擺脫命運的嘗試，反倒更拉近了自己與命運的距離。⓬」此一看法令人印象深刻。

確實如此。誠如打從出生便背負弒父命運的伊底帕斯，大家都知道，他一直努力要擺脫宿命，但最後反將自己推向了命運。

所以說，究竟有何方法得以讓人擺脫命運呢？日本民間故事〈誕生之子的命運⓭〉給了我們一個方向。

話說從前，某男的妻子因懷有身孕，他便去向丹波老坂的子安地藏祈願。沒想到卻意外得知，即將誕生的孩子僅有十八年的壽命，屆時孩子將會被京城的桂川之主帶走。後來，這名男子成了負責守護京城桂川的官員，孩子對父母也十分孝順。到了孩子十八歲那年，桂川鬧水災，孝順的兒子想代替父親前去勘查水勢，父親則極力制止。故事發展至此，父親一再表示：「你絕對不可以去。」這裡嚴禁孩子到桂川去的情節描述，與〈玫瑰公主〉一樣，後續發展極其有趣。

孩子後來還是瞞著父母跑出去了。父親一知道這件事，便說：「把親戚都叫來準備辦喪事了。」妻子聽得不明不白，自是反對到底，卻仍被迫照丈夫所說的去做。

另一方面，十八歲的兒子在前往桂川的途中，因為肚子餓而繞去了麻糬鋪。一走進麻糬鋪，兒子瞧見有位漂亮的姑娘坐在一旁，便請她吃麻糬。只見姑娘拚命地把麻糬往嘴裡塞，就這麼吃掉了一百貫錢的麻糬。隨後，那名姑娘也與他同行；兩個人一到桂川岸邊，姑娘便開口說：「我乃是桂川之主。」然後又說：「你原本只有十八年的壽命，且將命喪此地。不過，你請我吃了那麼多的麻糬，我就讓你延命至六十一歲吧！」

兒子平安回到家，正在籌辦喪事的父母親見狀，不禁大為欣喜。

無論是父親一度極力制止兒子出門，卻在得知兒子跑出去後，便立即說要準備辦喪事的這種態度；還是藉由兒子順著陌生姑娘的意，請她吃了一百貫錢麻糬的情節所呈現出的、順應自然的態度，都可說是有助於改變命運的一環。

有關「享受命運」這論點，之前談到懶惰的故事時曾提起過。當中，懶惰的海因茨所說的一句話，可以說是一種隱藏在西洋文化背後的牢騷。相較之下，日本故事中的享受命運僅存於表面；至於那四平八穩坐著吃掉一百貫錢麻糬的姑娘意象，則充滿了渾然天成的幽默感，實在是教人嘆為觀止。

5 心靈成長的試煉

到了公主年滿十五歲的命運之日，國王和王后留下她一人出門去。十五歲的少女在童話中相當常見，是象徵進入青春期的年紀。青春期是命運的重要時期。那麼，明知對公主而言，十五歲是重要的年紀，國王與王后卻留她一人外出，他們為何這麼做呢？

這或許有兩種解釋——一是父母親知道孩子有可怕的命運而不敢鬆懈，因此可能在過度提防之下，對孩子的注意卻陷入了一種任誰都曾體驗過的「空洞」現象。

有位祖母擔心上幼稚園的孫子會遇上交通事故，所以每天親自接送。即便幼稚園表示不必這麼做，但祖母無法放心，依舊每天親自接送。有一天，被工作絆住的祖母忘了去接送孫子，結果孫子就遇上交通事故。這就是過度擔心導致防備產生了「空洞」。

而另一種解釋，則是將父母親的不在視為內在現象。換言之，對十五歲少女而言，父母再怎麼小心翼翼地跟前跟後，終有一天還是會遇上伴隨著危險的「孤獨」之日。少女在成長過程中，必定得歷經危險的孤獨。孤獨會刺激好奇心，因此在此也產生了之前分析〈特魯德夫人〉時，所談到的「少女的好奇心」這個主題。

受好奇心驅使的少女登上古塔，遇見正在紡麻紗的老婆婆。紡紗是女性的工作。自古以來，命運女神便不停地紡著命運之紗。紡紗的老婆婆掌控了少女的命運，顯示出她與第十三位仙女之間隱含著同一性。少女對此毫不知情，伸手觸碰了紡錘，命運無視國王與之抵抗的努力，就這麼實現了，公主自此陷入百年的沉睡。

起自紡錘一刺的百年沉睡，給予了我們許多啟發。關於少女沉睡的主題，因為北歐神話中也有相同的故事，所以又稱作布倫希爾德母題（Brynhild Motif）。在北歐神話中，觸怒奧丁的布倫希爾德被火焰包圍，陷入長眠，直到英雄齊格菲登場，她才能甦醒。

另外，又如格林童話中，白雪公主沉睡於玻璃棺柩內，也可說是同樣的母題。白雪公主是吃了惡毒母后所給的蘋果而長眠不醒。

有關賜予玫瑰公主厄運的仙女，我們已從基督教文化與母性原理相互對立的觀點討論過了。但我在此將從玫瑰公主身為十五歲少女的個人問題切入，思考其長眠的含意。

很顯然，白雪公主的母后和玫瑰公主故事裡的邪惡仙女，二者都是母性負面面向的表現。**當女兒具有負面母親情結時，存有兩個危險的方向：一是渴望盡早離開母親的心情過於強烈，以致提早與男性發生關係。有時這會造成往肉體世界沉淪，亦即與地母融**

為一體，最終成為負面母性的犧牲品。

另一方面，由於對母親過度抱持著負面情結，而讓女兒害怕成為母親，甚至想加以否定自己所擁有的女性特質。像這種情況，我們常接觸到的臨床案例，就是所謂的青春期厭食症。這些少女完全拒絕進食、整個人瘦到虛弱無比，有的甚至因而死去。

另外，躺在玻璃棺柩內的少女，也會讓人聯想到人格解體（depersonalization）。所謂的人格解體，意指真實感變得薄弱，無法生動地感受到自己或他人的情感；同時也覺得外在世界猶如一幅畫般，簡直就像有道玻璃牆存在自己與外在世界之間。

當然，所有的青春期厭食症及人格解體，無法單單用負面母親情結來說明。然而，在這些症狀的背後，我們多半可以斷定出這種心理機制。

在此須留意的是，就像先前已說過的，這樣的情況不一定能夠立即還原到當事者的幼時經驗或與母親之間的關係。玫瑰公主的母親是個溫柔的人。但無論母親再怎麼溫柔，女兒仍有可能在內心更深處背負著集體母性的問題。

紡錘的一刺帶給公主一覺長眠；但這有時也會帶來死亡。負面母性的可怕，早已在〈特魯德夫人〉一章中有清楚的說明，而受好奇心所驅使的少女在瞬間就被推向死亡。

相較於前去拜訪特魯德夫人的少女，玫瑰公主擁有雙親強力的保護，她是在雙親的大力保護與自己想要獨立的傾向所形成的微妙平衡中成長茁壯，當平衡瓦解，身為女兒的玫瑰公主若不是墮入性的狂宴，就是被閉鎖在玻璃棺柩裡的世界。

像這樣，試著從女性青春期發展的角度來看，便會意外發現〈玫瑰公主〉所描寫的，或許可說是所有正常女性心理發展的過程。一到十五歲的年紀，就算所有的少女都曾一度思考過死亡，也沒什麼好奇怪的。換言之，這表示孩童的時代已結束，女孩就此蛻變為可以結婚的少女。那麼，成為契機的紡錘一刺又有什麼含意呢？

大多數的女性從女孩蛻變成少女時，想必都曾經歷過紡錘的一刺吧。當然，這可以有很多種解釋。在生理層面，這可以解釋為女性的初經，或是第一次被男性搭訕、在書包裡意外發現情書等經驗；至於在心理層面，這也可以解釋為來自女性心中的男性傾向的刺激。為何男性和女性要有所區別？女性不也可以跟男性一樣獨立、工作嗎？……諸如此類的問題，是許多這年紀的女性會去思考的。

女性心中的男性與母性是敵對的。即便有個好母親，青春期的女性還是會常對母親感到厭惡。這是超越個人情感的感受，更是成長過程中不可或缺的一環。

不過，在這之後，少女非得睡上一覺。玫瑰的刺會守護著少女，直到其女性特質成熟的「那時」到來為止。沒有玫瑰刺守護的少女是不幸的。雖說百年的時間稍嫌漫長，但若將少女沉睡視為此發展過程中的必要環節，〈玫瑰公主〉便更貼近一般女性的經驗。

萊恩曾提及，未開化民族會將初經來潮的女孩暫時關起來的風俗，可用來解釋如格林童話〈長髮姑娘〉12中的少女被關在高塔中，或是玫瑰公主陷入長眠等，其實都是意指同樣的事⑭。他的這番論述，跟筆者在此所提出的意見是不謀而合。

6 「時期」已滿！

若以上述的論點來看公主的沉睡，也可說是在女性的成長過程中，一個必要時期的到來。有關這部分，佩羅的童話是描述說，當公主陷入沉睡時，國王和王后考慮到百年後的事，便拜託那位親切的仙女讓隨從們也跟著公主一起都睡著；然後，他們兩個人就出城去了。這是個十分耐人尋味的敘述。

也就是說，父母親在完成有助於女兒成長的所有工作後，就無聲無息地離去。在那之後，肩負起守護公主之職的是玫瑰，而國王和王后也對此深信不疑。

筆者讀了這篇故事後，不禁想起某位曾經來諮商的女性雙親。他們為了女兒的幸福，做了非常多的努力，努力到甚至有時會讓人覺得他們太過勉強自己了。後來，女兒果真獲得了幸福，但過沒多久，這對父母就在同一天雙雙病死。當我得知這件事，對父母之於孩子的角色意義有很深的感觸，也十分感動。

百年過後，一位英挺的王子出現了。王子一走向玫瑰花牆，花牆便自動往左右分開，讓王子毫髮無傷地抵達公主的所在地，以親吻喚醒她。故事告訴我們，早在這名王子成功喚醒公主前，便有許多人前來挑戰，一心想要進入城堡，卻落得慘死的下場。若就這點看來，最後這名王子真的很幸運。

無論是男性或女性，在走到結婚這一步之前，都得做好相當的「準備」，這是童話中常有的主題。而王子在此沒做任何事，就得以跟公主結婚，雖然令人感到有些意外，但這篇故事要強調的，終究還是在於百年沉睡，以及「時期」已滿的含意。

我們可以在童話中看到有關「時期」的強調。像前一章的〈兩兄弟〉，哥哥正好就在弟弟遭逢危機時出現。盧西對此不禁感嘆，童話中的主人翁總會在最好的時機出現⓯。

話雖如此，其實我們的人生也存有這類的「時期」。我們必須辨別由時鐘所測量而得的時間（Chronos），以及無關時鐘的指針，在我們心中達成的時機（Kairos）。老是執著於時鐘上時間的人，將會錯失重大的時機。

格林童話中，對於初次見到王子的公主是這麼敘述的：「她直望著王子，如同看到熟人一般。」至於佩羅的童話描述得更具戲劇性——甦醒過來的公主一看到王子便甚感懷念地開口說：「就是你嗎？王子殿下，我等你很久了。」

面對初次見面的人，之所以能夠如此確信地說出：「就是你嗎？」必須要有歷經百年成熟的智慧以及時機。若是如此，百年之久的時間很顯然就不是可以測量的時間，而是等待時機到來的內在時間長度。

佩羅的童話在王子和公主結婚後還有驚人發展，那就是王子的母親其實是個食人魔。這也可以解釋成負面母性的強大影響力尚未平息。不過這更有可能是佩羅結合其他故事改編。不過由於筆者只想針對少女沉睡的主題探討，故不打算討論這個部分。

1 高橋健二《格林兄弟》新潮社，一九六八年。

2 J. Bolte und G. Polivka, Ammerkungen zu den Kinder-und Hausmärchen der Brüder Grimm, 5 Bde, Leipzig, 1913-32.

3 鮑特和波夫卡，同前書。

4 M.-L. von Franz, The Feminine in Fairy Tales, Spring Publications, 1972.

5 萊恩《民間故事與童話》（山室靜譯）岩崎美術社，一九七一年。

6 盧西《童話的本質——從前從前在某個地方——》（野村泫譯）福音館書店，一九七四年。

7 高橋健二，同前書。

8 相澤博《童話的世界》講談社，一九六八年。

9 von Franz, 同前書。

10 關敬吾編《日本童話集成》角川書店，一九五三年。

11 von Franz, 同前書。

12 盧西，同前書。

13 關敬吾編《一寸法師、猴蟹大戰、浦島太郎——日本童話 III——》岩波文庫，一九五七年。

14 萊恩，同前書。

15 盧西，同前書。

第7章

騙子的作用

忠實的約翰

◆忠實的約翰 Der treue Johannes

從前在某個地方有位老國王，他生了病，心想：「看來我離死亡已不遠了。」於是他吩咐人說：「去把忠實的約翰叫來。」

忠實的約翰是國王最喜愛的隨從，因為他盡其一生都對國王忠心耿耿，所以才有了這樣的封號。

當忠實的約翰來到枕邊，國王便對他說：「忠實的約翰哪！我大概已經快不行了。唯一讓我放心不下的，就是我那個兒子。他年紀還輕，沒辦法獨當一面，所以你要答應我，不論如何你都會好好輔佐他，代替我成為他的父親，不然我死也無法瞑目。」

忠實的約翰隨即答道：「臣怎會棄王子殿下於不顧呢！臣以性命擔保，必定誓死效忠王子。」

「這樣我就能安心地去了。」說完，老國王又接著說：「等我死後，你就帶著王子巡視整座城堡。無論是大房間、小房間，還是收藏在地下倉庫的寶物，全都帶著他看過一遍。唯獨位於長廊盡頭的那個房間，絕不可讓他進去看。因為那裡收藏著一幅黃金館公主的畫像。王子若看到那幅畫像，便會對公主一見傾心，愛得死去活來，甚至為了公主讓自己陷入險境之中。你務必要格外謹慎小心，千萬別讓此事發生。」

當忠實的約翰再次緊握著老國王的手，發誓他一定會照做後，國王便閉了口，往枕頭上一躺，就這樣嚥下最後一口氣。

待老國王下葬，忠實的約翰便向年輕國王說了他與先王的約定：「臣一定會謹守諾言，如同侍奉先王那般，永遠效忠您，哪怕要臣賠上性命也在所不惜。」

不久，喪期結束後，忠實的約翰告訴國王：「現在該帶您前去巡視您所繼承的一切了。就讓我們去您父王的城堡走走看看吧！」

於是，他就帶著國王在城堡裡爬上爬下，看盡所有的寶物和金碧輝煌的房間；唯獨沒有打開那間收藏著危險畫像的房間。說起那一幅畫像，正好就擺在門一開便可直接看到的位置上，再加上畫作唯妙唯肖的筆觸，任誰看了都會以為那是活生生的人，不禁讚嘆這世間怎會有如此令人愛憐的美麗女子。

年輕國王注意到有扇門，忠實的約翰總是過而不入，便問他：「你為何一次都沒打開這扇門呢？」

約翰回答：「因為這裡頭擺了會令人生懼的東西。」

「城堡的每個角落我都已經看過了，這裡頭所擺的東西我也很想知道是什麼。」國王話一說完，就逕自往那扇門走去，想試著打開它。

忠實的約翰連忙制止國王，說：「您父王臨終時，臣曾答應他絕不會讓您看這個房間裡的東西。要是看了，您跟臣都很可能會陷入險境。」

「真有此事？」年輕國王答道：「若沒讓我進去看，我才會痛苦致死呢！除非我用我這雙眼睛把裡頭的東西看得清清楚楚，不然我早晚片刻都無法安心。我會一直站在這裡，直到你把門打開為止。」

忠實的約翰看出事情已無轉圜的餘地，不禁心情沉重地連嘆好幾口氣，從一大串鑰匙中找出那個房間的鑰匙。他打開門時，原本打算由自己先走進去，假裝要讓國王觀看房間內部，實則要以身體擋住那幅畫。但這怎麼可能管用呢？因為國王早已踮起腳尖，越過約翰的肩頭，看到了那幅畫。國王一看到那幅由璀璨的黃金寶石綴飾而成的美麗少女畫像，頓時昏厥倒地。

約翰連忙將國王抱起，搬到床上去，擔心得不得了。「糟了糟了，事情嚴重了。接下來究竟會怎樣呢！」他一邊如此心想著，一邊讓國王喝下葡萄酒提神。

不一會兒，國王總算清醒過來。他一睜開眼便喊道：「啊，那畫中的美人究竟是誰啊？」

「是黃金館的公主。」忠實的約翰回答。

國王又接著說：「我已經不能自拔地愛上她了。就算樹林裡所有的葉子全都變成我的舌頭，也訴不盡我對她的愛戀。我誓死一定要得到她。你既然是比任何人都忠實的約翰，想必會站在我這邊吧？」

這下該怎麼辦呢？忠心耿耿的隨從沉思甚久。再怎麼說，光是要讓公主看上國王就不是件簡單的事。最後，約翰好不容易想到了一個辦法，他如此告訴國王：「那位公主平時所用的物品清一色是黃金做的。無論桌子、椅子、盤子、酒杯、碗，還是日常用品，統統都是由黃金鑄造而成。而國王您目前手頭的寶物中，共有五噸的黃金；我們不妨拿其中的一噸，交由國內的金飾工匠加工鑄造成各類器皿用品，以及各類鳥獸珍禽等金像，相信如此一定能討得公主的歡心。我們就帶著這些黃金製品一起去試試運氣吧！」

於是，國王立即召集國內所有的金飾工匠，要他們日以繼夜地趕工，鑄造出堪稱絕世極品的各類用品擺飾。當這些黃金飾品全都搬上船後，忠實的約翰便換上商人的衣服；而國王為了隱藏身分，也換上比較平易近人的服裝。兩個人就這樣登船出航，歷經長途的海上旅程，終於抵達黃金館公主所居住的都城。

這時，忠實的約翰懇請國王留在船上等候。「我或許有辦法將公主帶過來。所以，還請您吩咐人先做好萬全的準備，將黃金製品一一擺出來，裝飾好整艘船。」語畢，他便於圍裙口袋裡塞滿各類金飾，一上岸就直接往王宮去。

當約翰走來到城堡的中庭時，看見泉池旁有位美麗的姑娘，手上拿著二個黃金提桶正在汲水。後來，當姑娘提水準備離去之際，一回過身便察覺現場有位陌生男子。「你是哪位呢？」她開口問道。

「我是個商人。」約翰邊回答，邊攤開圍裙，展示出裡頭的各類金飾。姑娘一看，不禁驚嘆道：「哇啊，這些金飾漂亮極了！」她隨即放下手中的提桶，逐一端詳起每件金飾。「這些金飾一定要讓公主殿下瞧瞧。因為她最喜歡黃金了，說不定會全買下來呢！」姑娘連忙拉起約翰的手，引領他到城堡裡去。原來這位姑娘正是公主的侍女。

公主看了之後很中意那些金飾，說：「這些金飾真的很漂亮，我就全數買下吧！」然而，約翰不愧是約翰，他如此回答：「不，我只不過是某位大商人的助手罷了。我所帶來的這些金飾，比起主人那塞滿一整艘船的各類黃金製品根本不算什麼。他那些黃金製品才稱得上是難得一見的工藝傑作呢！」

公主聽了，便表示希望約翰可以將那些黃金製品全都搬來。但約翰卻說：「這會花很多時間。因為那數量可不是普通的多。再說，若要一一擺出來，也需要很多間大廳，甚至連這座城堡也擺不下。」

公主越聽就越想一睹那些黃金製品，最後她總算這麼說了：「既然如此，那就請你帶我到船上去吧！就讓我親自去仔細瞧瞧你主人的那些寶物吧！」

於是，忠實的約翰便引領公主到船的所在處，內心雀躍不已。

國王一見到公主，發現她本人遠比畫像還來得美，心臟怦怦地狂跳，令人不禁擔心是否就會這麼撞破胸口衝出來。只見公主終於上了船，國王連忙領她進入船艙內，約翰則留在船舵旁，吩咐船員迅速啟航：「船帆全開！讓船如飛鳥般乘風飛馳吧！」

而船艙內，國王正帶著公主參觀各類黃金製品，從盤子、酒杯、碗，到鳥獸珍禽等金像，一個一個地拿給她看。要看完全部的黃金製品，勢必得花上很長一段時間，但公主卻開心到連船已經啟航都沒有察覺。待看完最後一件寶物，公主便謝過商人準備回王宮去。當她走到船舷處，這才發現船早已離港，在距離陸地甚遠的海上揚帆奔馳。

「這下糟了！」公主心裡猛然一震，驚聲喊道：「我受騙了。我竟然會遭人擄走，落到商人手裡，那倒不如死了算了。」

這時，國王拉起公主的手說：「我並不是商人。其實我是一位國王，自出生以來，身分便與妳同樣高貴。這次會用計把妳帶出來，全因為我非常愛慕妳。我第一次看到妳的畫像時，甚至還心動到昏厥倒地呢！」聽了國王這番話，黃金館的公主總算鬆了一口氣。她也不禁被國王吸引，表示樂意成為他的王后。

然而，當船還在海上航行時，發生了一件事。忠實的約翰坐在船頭彈奏樂曲，看見空中有三隻烏鴉飛了過來。約翰隨即停止彈奏，側耳傾聽烏鴉們的對話。因為他確實聽得懂烏鴉所說的話。

第一隻烏鴉鳴叫道：「唷，那傢伙將黃金館公主帶回國去了呢！」

「是這樣沒錯啦。」第二隻烏鴉回應：「但這不表示公主已經得手了。」

第三隻烏鴉便說：「怎會呢？他不是已經得手了嗎？公主就在船艙內，正坐在那傢伙身旁啊！」

第一隻烏鴉隨即插嘴說：「這根本無濟於事。等他們一上岸，就有一匹栗色的馬朝那傢伙奔馳而來。他要是看到馬就會很想駕馭，但他若真的騎上去，馬最後會連人一起帶走，消失在空中。那傢伙就別想再見到可愛的公主了。」

「難道沒法子救他嗎？」第二隻烏鴉問道。

第一隻烏鴉答：「當然有囉！只要其他男子早一步跳上馬，抽出掛在馬鞍旁的手槍，將馬射殺，年輕國王就得救了。不過，又有誰會知道這件事呢！況且，如果有人知道還把這事跟國王說，那個人從腳尖到膝蓋的部分就會變成石頭。」

接著，第二隻烏鴉又說：「我知道更多事呢！就算馬被殺了，也不表示年輕國王能夠娶到新娘。當他們一同走進城堡，新郎襯衣便已織好，盛在一只大盤子上。襯衣看似是以金和銀織成的，其實是用硫磺和瀝青做成的。一旦穿上身，國王就會著火，連骨髓都燒得精光。」

「難道沒法子救他嗎？」第三隻烏鴉問。

第二隻烏鴉回：「當然有囉！只要有人戴著手套一把抓起那件襯衣丟進火裡燒掉，年輕國王就得救了。不過，這又有何用呢！如果有人知道還把這事跟國王說，那個人從膝蓋到心臟部位的半個身體就會變成石頭。」

然後，第三隻烏鴉也開口：「我還知道接下來會發生的事喔！就算新郎襯衣燒毀了，年輕國王仍然無法擁有新娘。待婚禮結束後，大家會開始跳舞。年輕王后一旦跳起舞，臉色便會突然發青，如死了般地倒下。這時，除非有人抱起王后，從她右邊的乳房吸出三滴血並吐掉，否則她就會死。不過，如果有人知道這件事還說出來，那個人從頭到腳，整個身體就會變成石頭。」

烏鴉們說完這些話後就飛走了。忠實的約翰每句話都聽得清清楚楚，一想到等在前頭的遭遇，心情便不由得沉重起來。如果不跟國王說自己所聽到的事，國王就會遭遇不幸。然而，要是說了，就會丟了自己的小命。約翰想了又想，最後如此喃喃自語道：「還是救國王要緊，哪怕得賠上自己的性命也無妨。」

就這樣，一行人上岸後，烏鴉們的預言果真實現了。只見一匹栗色的駿馬直奔而來。「太好了，我就騎這匹馬載公主回城堡吧！」國王一說完話，便打算騎上那匹馬。

誰知忠實的約翰竟搶先一步跳上馬，然後抽出掛在馬鞍旁的手槍，將馬射死。那些從以前就對忠實的約翰看不順眼的其他隨從們，瞧見約翰的作為全都異口同聲地嚷道：「簡直豈有此理！那傢伙竟然殺了國王原本可以騎回城堡的駿馬。」

不過，國王卻說：「住口。他想怎麼做就隨他去做。他可是忠實的約翰哪！你們怎會知道他做這事是毫無意義的！」

接著，當一行人走進城堡後，只見大廳放了一只大盤子，裡頭擺著一件已織好的新郎襯衣，表面上看起來就跟用金和銀織成的衣物沒兩樣。年輕國王毫無顧忌地走上前去，正想拿起襯衣時，忠實的約翰連忙把國王推開，用戴著手套的手搶過襯衣，立即丟進火裡燒掉。其他的隨從們又再度發起牢騷：「你們看看，那傢伙這次竟然連國王婚禮要穿的襯衣也燒掉了。」

而國王依舊表示：「你們怎會知道他做這事是毫無意義的！他想怎麼做就隨他去做。他可是忠實的約翰哪！」

婚禮順利地辦完了，終於來到跳舞的時刻，新娘也跟國王跳起舞來。

忠實的約翰就站在一旁，緊盯著新娘的臉瞧。突然，只見新娘臉色發青，如同死了般倒在地上。約翰連忙衝上前一把抱起新娘，將她抬進其他房間裡去。約翰讓新娘躺下，自己則屈膝湊向她胸前，從右邊的乳房吸出三滴血並吐掉。霎時，新娘隨即又有了呼吸，也恢復了元氣。

年輕國王目睹這整個過程，遲遲想不透忠實的約翰為何要這麼做，不由得勃然大怒，大喊道：「把這傢伙給我關進牢裡。」

隔天一早，忠實的約翰被判了死刑，就這麼上了吊刑台。他站在吊刑台上，準備受刑時，開口說道：「每個即將受死的人，在死前都有最後一次發言的機會。我想我應該也有這權利吧？」

「那好吧，我准許你說。」國王如此答道。

於是，忠實的約翰便說：「臣不該受到這般刑罰。臣對國王陛下一直都是忠心耿耿的。」然後，他便將自己在海上聽到烏鴉們對話的事，以及為了解救國王而不得不做的事，全都一五一十地說出來。

國王一聽，立即喊道：「喔，忠實的約翰哪，我饒恕你，我饒恕你了！來人，快把他放下來。」

然而，忠實的約翰才剛說完最後一句話，便氣絕倒地。因為他已變成一尊石像了。

國王和王后無不陷入莫大的悲痛。「啊！約翰對我如此忠心耿耿，而我竟對他做了那麼過分的事！」國王吩咐人扶起石像，將之擺在自己寢間的床旁。

每每看見石像，國王總不禁潸然淚下，直說：「我忠實的約翰哪！如果有辦法讓你活過來真不知該有多好。」

時光匆匆，王后生下了一對雙胞胎，兩個都是男孩子。看著孩子們逐漸長大，帶給他們夫妻倆甚多喜樂。

某日，王后去了教堂，兩個孩子就在國王身旁玩耍。國王又不禁望著石像感傷起來，深深嘆了一口氣說：「我忠實的約翰哪！如果有辦法讓你活過來真不知該有多好。」

結果，想不到石像竟開口說了話：「當然有辦法，您可以讓我再次活過來。只要您願意拿出您的最愛來幫助我復活。」

國王連忙喊道：「我願意拿我所擁有的任何東西來幫助你復活。」

石像續說：「您只要親手斬斷兩個孩子的腦袋，用他們的血塗抹在我身上，我就會活過來。」

國王想到要親手殺害自己的孩子，心裡頓時猛地一震。但當他又想起約翰那無人可比的忠誠之心，想到約翰為了他不惜犧牲自己的性命，隨即拔出了劍，斬斷孩子們的頭，用他們的血塗抹在石像上。瞬間，石像便有了氣息，忠實的約翰就這麼恢復原狀，神采奕奕地站在國王面前。

約翰對國王說：「您所展現的這片真心會有回報的。」於是，他撿起孩子們的腦袋，擺回身體上，再以他們的血塗抹在傷口上。當下，孩子們便活了過來，彷彿什麼事都沒發生般，又跑又跳地繼續玩了起來。國王開心極了。

不久，國王看見王后往寢間走來，連忙將忠實的約翰和孩子們藏進大櫥櫃裡。待王后一走進來，國王便對她說：「妳去教堂禱告嗎？」

「對。」王后答道：「不過，禱告時，我一直在想忠實的約翰。想到約翰為了我們竟遭遇到那樣的厄運。」

國王開口問道：「妳知道嗎？我們有辦法讓他活過來喔！只不過，要這麼做就得犧牲我們的兩個孩子。」

王后心裡猛地一震，臉色也一陣慘白。即便如此，她仍對國王說：「只要想到他那無人可比的忠誠之心，我還是願意這麼做。」

國王一聽，知道王后的心意也跟自己一樣，便毫不猶豫地走向櫥櫃，打開櫥櫃的門，讓孩子們和忠實的約翰出來。

他對王后說：「值得慶幸的是，約翰得救了，而孩子們也回到我身邊了。」便將剛才所發生的事從頭到尾說給王后聽。從此，他們就一同過著幸福快樂的日子，直到世界末了。

1 不可窺看的房間

老國王生了病，心想：「看來我離死亡已不遠了。」是〈忠實的約翰〉故事的開頭。在臨終時，國王喚來忠臣，將身後所留下的兒子交託給他。

開頭提及老國王臨終的童話不在少數。例如，我們已探討過的〈三個懶人〉便是一例。那章有稍微提到，國王的死是表明該世界規範性的瓦解。尤其對未開化民族而言，國王不止是政治上的首長，也是集道德、宗教等於一身的世界之長，是近乎於神，或是神之化身的存在。因此，有關國王之死及王位繼承的問題是非同小可的。

未開化民族認為，國王若是自然死亡，就表示其靈魂已離去，不再返回。這對整個部族來說，將會引發重大的危機。所以，他們想到了一個辦法，那就是在國王的勢力衰微之前殺了國王，再找尋適當的繼承者來接任王位。如弗雷澤（James George Frazer）曾詳細介紹過的、為了王位繼承而舉行弒王的儀式❶。當然，這般駭人的儀式已隨著歷史消失殆盡，取而代之的，則是王權世襲制度的確立。不過如此一來，王位的繼承又有了不同的難題。

在世襲制度下，即便王位的繼承者相當明確，但該名繼承者最後能否勝任那個體現規範的角色，卻是個問題。再者，王位繼承者要是過於弱小，忠臣的存在就顯得十分重要。也就是說，就算王子繼承了王位，繼承規範者也要由忠臣來暫代。

老國王在臨終時，將兒子託付給約翰，並說：「你要答應我，不論如何你都會好好輔佐他，代替我成為他的父親，不然我死也無法瞑目。」於是，約翰發誓說：「臣以性命擔保，必定誓死效忠王子。」這才讓國王得以放心。

這般光景，別說是童話了，就算在現實生活中也相當常見。不一定是國王，不少膝下有年少兒子的父親，也會在臨終時拜託某人作為兒子的監護人。不僅如此，面對兒子年少不懂事、想做壞事的企圖，最後靠著繼承其亡父意志的忠臣拚死保衛，而讓事情平安落幕的例子也相當多。

在日本，這是傳說和故事偏愛的主題，但耐人尋味的是，這樣的主題卻沒辦法於童話中找到。或許因為這是路上隨處可見的主題，所以沒有寫成童話或民間故事的必要吧。又或許是因筆者孤陋寡聞，不知有這樣的故事。說起來，這篇故事的忠實的約翰，就像後續所見，展現了有別於一般忠臣的作用。

國王臨終時，因為有了約翰作為繼承規範者，讓他放心。不過，他還是留下了奇妙的囑咐。國王表示約翰可以帶王子去看城堡內所有的房間，唯獨絕不可窺看位於長廊盡頭的那間。而「不可窺看的房間」正是童話裡的拿手絕活，是其最擅長的主題。

榮格對此表示：「再也沒有什麼比禁止更能激起好奇心的了。這也就是說，**禁止是故意挑撥人有違背之舉的最可靠辦法**。❷」禁止會激起好奇心，好奇心會招來危險性。

至於戰勝這個危險性獲得極大成功的例子，以及陷入危險之中慘遭毀滅的例子，我們都已看過了。

〈忠實的約翰〉故事中，也發生了同樣的事。不同的是，老國王早已深知這危險是什麼。因為在那個房間裡收藏著一幅黃金館公主的畫像，王子只要看上一眼，很可能就會不可自拔地愛上她。

那麼，老國王究竟為何要將如此危險之物收藏在房間裡呢？對老國王來說，那幅畫就像是無法納入自己規範之內的要素。他早預料到了這個必要性，所以才把畫像放在身邊。然而，越是知道其危險性，就越沒辦法有所行動。

臨終的國王對兒子的期待，乃是具有兩難困境。他一方面在意識上，期望兒子持有跟自己同樣的規範性和統合性，讓他的王國可以維持現狀，永續留存；另一方面，他在潛意識中，則是期待兒子會中了他暗中所設計的誘導而打破禁令，完成他無法達成的工作，也就是將黃金館公主帶到自己的王國來。

而身為忠臣的約翰，同樣也背負著國王的兩難困境，不得不採取帶有雙面性質的行動。那麼，在探討約翰的作用之前，我們先針對老國王所藏匿的公主畫像，稍作論述。

2 「畫像妻」的誘惑

老國王死後，約翰對年輕國王誓死效忠，等喪期一結束，便帶著他參觀城堡內部。想當然耳，年輕國王勢必會想進入禁止窺看的房間。忠實的約翰因為有老國王的命令在身，原本要制止年輕國王進入，但終究還是被迫屈從年輕國王。約翰的忠誠是對老國王？還是對年輕國王？陷入兩難困境的他，最後是屈從年輕人強烈的欲望。存於年輕人心中的強烈衝動，往往會摧毀掉老舊的事物。

約翰雖然打開了門，卻仍想用自己的身體擋在公主畫像前。然而，「國王早已踮起腳尖，越過約翰的肩頭，看到了那幅畫」。國王看到畫像的瞬間，便昏厥倒地；好不容易清醒過來，當下就向約翰表明了他對公主的強烈愛意。

我們或許可以這麼說，在所有男性內心的某個角落，都持有一幅少女的畫像。當哪天遇到了與那幅畫像相似的女性，便會不禁怦然心動，渴望追求對方。這樣存於男性心中的女性畫像，歌德稱為「永遠的女性」。

榮格注意到在男性夢中現身的女性含有深遠的意義，認為這是心靈或靈魂的意象，進而假設出這些意象的原型，並命名為阿尼瑪（anima）。在榮格嚴格定義下的阿尼瑪，是存於潛意識深層中的原型，我們根本無法得知。唯有當這原型被視為一種意象，烙印在以某文化或社會為背景的個人意識中，我們才能得知這就是阿尼瑪的意象。因此，嚴格說來，黃金館公主的畫像也應當說是阿尼瑪的意象之一。國王只看了一眼就深受吸引到昏厥，換言之，那畫像奪走了國王的靈魂。

一名男性為了活下去，必須表現出身為男性應當要有的樣子。他不該輸了就哭，也不該羨慕別人。他得靠自己的力量積極行動。不能迷惘太久，必須立即下定決心。然而，在成就這些事的過程中，他也勢必得扼殺掉許多情感。

在貫徹男性角色之際，他封閉於心中的情感就這樣不斷地一再積累，最後形成了一個人格意象。這就像老國王藏匿於秘密房間裡的公主畫像，被形塑成女性意象。又如同畫像成了引領年輕國王找到黃金館公主的指引那般，這個意象也扮演著引領男性前往更深層未知世界的仲介者。

事實上，多數男性都會從女性那裡得到創造性活動的刺激。阿尼瑪會引領男性前往未知的世界，但這卻是一條危險的路。男性因女性的誘惑而身敗名裂的例子俯拾即是，不過，這並不是只意味著來自現代女性的誘惑。一旦存於內在的女性面取得優勢，男性就會屢屢敗退。在男性想下定決心、斷然行動之際，其女性面就會碎碎細語令他迷惘的話。於此，男性將被迫站在分別通往創造與毀滅的岔路上。

第五章論述的「陰影」，也被用於表現無法生存下來的另一面。如果意識到陰影，倒還容易整合。至於與阿尼瑪意象之間的關係，我們將會遇到更大的困難。

在日本〈畫像妻〉之中，對於由阿尼瑪所引起的價值觀顛倒所帶來的危險性，有相當精彩的描述。根據新潟縣中蒲原郡的故事❸敘述，有個名叫「憨傻權兵衛」的男子跟「擁有世間罕見美貌」的女子結了婚。

權兵衛非常喜歡自己的妻子，即便下田工作也對妻子念念不忘，常常為了看妻子一眼而跑回家，以致完全無法工作。於是，他乾脆將妻子的畫像帶到田裡去，邊看著畫像邊工作。有一次，一陣大風吹來，颳走了畫像，最後掉落在領主家的庭院裡。見到畫像便傾心不已的領主，便差派隨從找出權兵衛的妻子，帶回來作為自己的夫人。

權兵衛雖悲痛難耐，但仍依照妻子的吩咐，於年末之際，扛著門松到城堡前叫賣。領主看到夫人聽見叫賣聲而有了笑容，便將權兵衛喚進來。後來，發現夫人看到門松小販就會開心的領主，於是又跟權兵衛交換了身上的穿著，扮演起小販，邊走邊喊著：「賣門松唷！賣門松唷！」

待他一走出城堡，夫人隨即吩咐隨從把門關上。驚覺有異的領主連忙大叫，但為時已晚。從此之後，權兵衛與妻子就在城堡裡過著幸福快樂的日子。

那麼，若從被畫像擄獲其心的領主立場來看這篇故事又如何呢？他對畫像中的女子深深著迷，非體驗與門松小販交換身分這麼極端的價值顛倒不可。

深受阿尼瑪的吸引，他不得不放棄領主的地位。如此想來，在〈忠實的約翰〉中，臨終的老國王不願讓年輕王子看到公主畫像的顧慮，我們也得以理解。

想必老國王自己在深受公主畫像吸引的同時，也明白其危險性，所以才會將畫像藏匿於房間。但年輕王子卻違背父親的用意，看到了那一幅畫像。他藉由違背父親的意識，背負起為了成就那出自潛意識的願望的命運。只不過，要克服其危險性，單靠他一個人根本不可能。因此，他必須要有忠實的約翰援助。

在論述約翰的作用之前，還得再提到一件事。那就是，存於女性心中的男性意象，也同樣具有深遠的意義；榮格將之命名為阿尼姆斯（阿尼瑪的男性形）。對女性而言，與阿尼姆斯之間的關係也是既危險又重要。這部分在第十章會有更詳盡的論述。

另外，前一章所提到的〈玫瑰公主〉，公主最後得到王子的吻，這也跟阿尼姆斯的問題有關。為了獲得阿尼姆斯，她所成就之事，亦即長達百年的無為沉睡，堪稱是一項偉大的工作。而男性為了獲得阿尼瑪，必須更加積極工作。那麼，接下來我們就來針對這點探討吧！

3 住在心中的騙子

對於老國王的意志與年輕國王的意志，渴望對二者都效忠的約翰，體驗到了強烈的糾葛。而他所想到的解決辦法，便是在打開房門的同時，用自己的身體擋住公主的畫像。就違背年輕國王想一睹公主風采的心願這個立場來看，約翰可說是其「陰影」；再者，他作為老國王的意志體現者，也兼具父親意象的含意。即便如此，年輕國王還是越過父親及陰影的肩頭、踮起腳尖，看到了阿尼瑪的身影。

兒子踮起腳尖，一心想超越父親。激起他這股力量的，正是阿尼瑪。看到公主的畫像後，年輕國王所做的表白：「就算樹林裡所有的葉子全都變成我的舌頭，也訴不盡我對她的愛戀。我誓死一定要得到她。」真實地呈現出男性深受阿尼瑪吸引的心情。

忠實的約翰為了滿足年輕國王的心願，想到了一個辦法。他注意到公主喜歡黃金，便讓自己與國王偽裝成販售黃金製品的商人，利用船將公主擄走。這項奇計相當成功，連一開始以為自己被商人所騙而打算尋死的公主，在得知對方其實是國王後，也欣喜地表示她願意成為王后。國王的心願之所以能夠達成，這全是靠約翰的努力。那麼，我們就來看看約翰所扮演的角色。

首先，他深陷在老國王與年輕國王之間的兩難困境而苦惱不已。歸根究柢，這或許也可說是老國王在意識與潛意識之間的兩難困境，或是舊與新的對比。約翰乘船前往黃金館公主的王國，換言之，船是自己國家與他國的連結。他將自己國家的黃金轉變成各式各樣的工藝用品，展現出變通的技巧。之後，他藉由與國王一同偽裝成商人，騙走公主的作法，讓國王與公主得以結合。如此看來，關於約翰上述的作用，根本與騙子的作用沒兩樣。

所謂的騙子，是指在許多神話或傳說故事中甚為活躍的搗蛋鬼、詐欺師❹。在日本，如彥市（譯註：流傳地區以熊本縣球磨郡及八代地方為主）或吉四六（譯註：流傳地區以九州大分縣為主）等主人翁的故事，便可歸於此類。筆者在此舉個這類故事為例❺。話說，高知縣有個主人翁名叫大作。這個大作宣稱他曾在山上聽過佛法僧（譯註：又名三寶鳥）的啼叫聲。領主表示，他也想聽聽這種鳥的啼叫聲，便派人闢了一條直達山上、平坦好走的路。

領主上了山，只聽見咕咕咕的啼叫聲。於是，他把大作叫來問。大作說，他以為咕咕的啼叫聲就是佛法僧的啼叫聲，結果被領主狠狠罵了一頓說，那根本是山鴿的啼叫聲。但也因為這樣，從此有了一條平坦好走的山路。這篇故事雖短，卻充分描寫出騙子的特質。

故事中讓人最先注意到的，是主人翁大作的詭計。他欺騙領主說，他曾聽過佛法僧的啼叫聲，甚至事後還用他以為咕咕咕的啼叫聲就是佛法僧的啼叫聲這種說詞來敷衍了事。懂得運用這種奇計，正是騙子的特徵。而受騙上當者，則有領主、村長和代官等多人。大作利用詭計來反抗權威，導致極端的上下顛倒。

再者，我們也可以說領主完全被大作牽著鼻子走，其結果就是一條新路的完成。像這樣，透過騙子的計謀促成新的建設或結合的例子相當多。不過，要是領主對大作的所作所為感到震怒，很可能就會判他死刑。所以，騙子總是暴露在險境之中。

在騙子的故事裡，有時也看得到騙子因失敗慘遭圍毆，或是差點被殺害的敘述。低等騙子，單單只是喜好搗蛋的破壞者；而高明的騙子，其所作所為則被視為能帶來新秩序或建設的英雄行為。欺騙他人，況且還是欺騙領主，的確是惡。但就結果而言，他能將欺騙人的惡轉化為開闢道路的善，正是騙子的特長。騙子並不執著於善惡的判別。

有關這點，騙子研究者山口昌男則表示：「『騙子』沒必要執著於道德的善，因此在日常生活中，他們會象徵性地展現出隱藏在構成負面價值的事物中的潛在行為。唯有從道德關懷中排除二元價值觀標準的負面部分，他們的日常生活才得以成立。但相對於這種不完整的一致性（世界觀），他們卻可能擁有對世界（包括負面部分在內）的整體感受性。❻」

約翰也運用了偽裝成商人、將公主引上船擄走的詭計。正是這般的惡，讓日常世界中的國王得以跟非日常世界的黃金館公主結合在一起，創造出新的整體性。

約翰在此展現的「偽裝」，也是騙子慣用的伎倆。騙子能夠變化自如，就像美國印地安的搗蛋鬼那般，甚至可以從男性變成女性[7]。為了得到公主，國王偽裝成商人的行動，呈現出了價值的顛倒；假如故事後續也發生了如同〈畫像妻〉的情節發展，這個價值的顛倒就會變成不可逆的。

騙子總讓自己如履薄冰。話雖如此，**沒有伴隨著危險的創造是不可能存在的**。約翰繼承的明明是老國王的意志，到最後他順從的，卻是新國王的意志。有關這部分也令人印象深刻。像這類的騙子角色，例如日本說書故事中的主人翁大久保彥左衛門（譯註：日本戰國時代跨江戶時代前期的武將，德川家家臣），就是個典型的例子。他仗著東照宮公（譯註：即為德川家康）的威嚴，跟隨他而行，同時也協助新世代的改變，既神出鬼沒又懂得善用奇計，非常活躍。他扮演的角色就跟約翰在老國王與年輕國王之間所扮演的角色相同。

忠實的約翰大展身手的表現，幾乎讓國王的角色無用化。國王只要遵循約翰的安排就行了。我們每個人心中都住有一名騙子。當我們想完成新的創造活動時，最重要的是，要懂得順服於自己心中的騙子作用。

不過，問題在於，騙子的破壞力若過於強大，很可能不只會摧毀舊的秩序，甚至也會徹底消滅新建設的可能性。因為我們根本無從辨別，他究竟只是像個流氓的破壞者？

還是具有創造力的英雄？而騙子所具有的這種不確定性，是非常棘手的，國王無論如何都得去面對。

4 自異界歸來

雖說公主後來也對國王傾心，表示願意成為他的王后，但事情並未完全結束。非日常性空間中的旅行，有時在歸來之際會遇上大問題。最典型的例子便是希臘神話中的奧菲斯。他前往陰間，打算將已死去的妻子帶回人間，卻因一時心急，打破不准回頭的禁令而失敗。

即使在現代，這類自異界歸來的問題也會在現實生活中發生。例如，從戰場歸來的士兵，或是比較沒那麼強烈的，長年於海外留學後歸國的學者等。韓德森（Joseph L. Henderson）以美國二戰中出生入死的軍人在回國後，產生不適應現象為例子，指出原始部族社會所舉行的過渡儀式，在現代也是不可或缺的❽。在那邊的世界殺人或許會得到獎賞，但在這邊的世界卻只會被判罪。我們無論是前往異界或自異界歸來，都需要舉行一種轉換的過渡儀式。

約翰由於聽到了烏鴉們的對話，知道要帶公主回國潛藏著嚴重的問題。我先針對烏鴉的部分稍作說明。在神話或童話中登場的烏鴉，常扮演預言未來的角色。如第四章所提到的日本童話〈燈台樹的話語〉，身為懶人的主人翁就是聽了烏鴉的對話，得知變成富人的方法；又如第五章論及「陰影的自覺」時，曾稍微提到格林童話〈兩個旅人〉的故事，雖說故事中的裁縫師是聽了被判絞刑的死刑犯所講的話，但當時在死刑犯頭上就停著一隻烏鴉。

因此，烏鴉具有預言的能力❾。這或許是因為烏鴉自古以來便與太陽有著密切關係。烏鴉與太陽的連結，總讓人覺得很弔詭。好比說，中國有烏鴉背著太陽，或烏鴉住在太陽裡的故事。擁有三隻腳的烏鴉是太陽的象徵❿。另外，在印地安及澳洲神話的敘述中，為這世界帶來火與光的，正是烏鴉⓫。

聽了烏鴉的對話後，約翰內心相當掙扎。他明白，自己若保持沉默，國王就會遭遇不幸；但要是把話說出口，沒命的就是自己。縱使如此，他最後仍決定要解救國王，哪怕得賠上性命也在所不惜。約翰能有如此堅決的心志，與其說他具有騙子的意象，不如說他更貼近英雄的意象。因為越低等的騙子，越不會意識到自己的行為。

約翰必須要做的事有三項，這也跟我們到目前為止一再提到的「三」這個數字的象徵性有關。第一項工作是制止國王騎上栗色駿馬，並以手槍射殺馬；第二項是將織好的新郎襯衣丟進火裡燒毀；而第三項則是從新娘乳房吸出三滴血並吐掉。約翰貫徹自己一開始就下定的決心，就算遭人非議，仍舊依序做完上述這些工作。那麼，這些工作又有什麼含意呢？

有關約翰所做的，同時也是原本用來考驗年輕國王的三項工作的含意，如果仔細考察，勢必能有所發現，但筆者實在不想太過於探究細部，找出其象徵性。自己毫無感動的事就算做得再認真，也只是強詞奪理，反而會落得受人恥笑的下場。不過，整體來看，我們可以看出不管是馬、襯衣、乳房，還是血，都是遠離靈性的存在。這是個問題所在。

先前說過，對男性而言，阿尼瑪是靈魂的仲介者，具有正面與負面。又或者說靈魂是心靈與肉體合而為一的領域。與阿尼瑪相關的事物，其難處就在於，無論高等或低等的事物全都混在一起。**美麗的事物，不僅無法容易入手，也附帶著許多困難**。因此，我們除了在某種程度上借助騙子的作用外，別無他法。栗色駿馬所代表的，或許就是黃金館公主的動物層面吧。在舉行婚禮前，想要騎上去是相當危險的。

再者，掛在馬鞍旁的手槍也十分耐人尋味。那意味著自己身上帶有得以消滅自己本身的事物。這跟〈漢賽爾與葛麗特〉故事中，魔女自行走進麵包烤爐，也意味著魔女選擇了自我毀滅之道的含意是一樣的。至於阿尼瑪的負面，到了第九章將會更詳盡的論述。不過，約翰不得不從公主乳房吸出來的三滴血，或許是在暗示她在結婚之前勢必得要加以補償的黑暗面。

5 石化後的救贖

憑著約翰的作為，國王和公主才得以脫離險境。那麼，在這段約翰致力於「工作」的期間，國王真的完全無所事事嗎？他有一項非做不可的重要工作，那就是對約翰的行為表示絕對的信賴。然而，到了最後一個階段時，這份信賴卻瓦解了。

當約翰逐一完成「工作」時，國王的其他隨從們無不異口同聲地譴責他。對此，國王則明白表示：「住口。他想怎麼做就隨他去做。他可是忠實的約翰哪……」即便引起所有隨從們的非難，國王對約翰的信賴依舊沒有動搖。但是，對他人的行為表示真正的信賴，必須要有如同自己親自而為的心靈能量。到了第三次，國王的能量已盡，他的失敗導致忠實的約翰慘遭石化。

石化意味著，有氣息之物喪失了氣息，變成了石頭。但這不是消滅，反倒是原封不動地保存了其形態。若從我們為了表揚故人，就會為他立石像的觀點來看，即可明白石像本身不盡然都是負面的，它的不變性是受到肯定的。不過，原本活生生的人石化了，從喪失生命力這點來看，會為此感到懊悔也是理所當然。

約翰的行為，說得明白些，正是年輕國王潛意識的行為，想藉此將帶來新的世界圖像。而在那一刻，當約翰的行為失去國王的信賴，他就石化了。換言之，接受潛意識行為的自我，若沒有表現出適切的態度，便會產生石化。在此，約翰不是死了，而是以石化之姿留住了形態。這項失敗就這麼被定格、留下，毫無救贖的機會。

國王和王后藉由每天看著擺在床邊的約翰石像，不時重新體驗內心的痛楚。石像的存在表示拒絕遺忘。

義經的忠臣弁慶或許也具有騙子的要素吧。相關詳情，在此不多加論述，但弁慶最後是站立而亡，跟石化的母題也十分相似。他透過站立之姿，拒絕讓義經之死這項憾事被遺忘，得以永存人心。又或者應該說，對於義經之死深感痛心的作者，在心中產生了忠臣弁慶站立而亡的意象吧。

如第五章所提到的〈兩兄弟〉，主人翁雖然屢獲成功，卻在負面母性意象出現之際，立即慘遭石化。為了讓這般被定格的狀況得以有進展，「另一個自己」的作用便不可或缺。

而在約翰的故事中，則是產生了以孩子的犧牲來換取救贖的主題。約翰要求國王說：「您只要親手斬斷兩個孩子的腦袋，用他們的血塗抹在我身上，我就會活過來。」想起約翰忠誠之心的國王，果真親手斬斷孩子們的腦袋，用他們的血塗抹在石像上。馮．法蘭茲表示，故事進展到此，約翰儼然已成了神像。因為犧牲自己孩子的性命，是將約翰視為神的作為⑫。

對於騙子，榮格是這麼說的：「他愛欺騙人的習性、時而爽朗時而帶有惡意（毒性！）的玩笑、變身能力、半神半獸的雙面性、作為遭受一切折磨的存在，以及到最後絕無法被輕視的存在，都跟救世主的意象甚為相似。⓭」

約翰的意象在此也近似於救世主的意象。方才說過，下定決心要解救國王的約翰，是貼近英雄的意象。不過，若照這樣來看，縱使說約翰是騙子，也是屬於高階的，十分貼近自性的意象。

約翰後來讓孩子們重生，但國王卻向王后隱瞞這事實，想藉此確認她的心情。王后雖然心裡猛地一震，臉色也一陣慘白，卻仍贊同犧牲自己的孩子。在故事中如同傀儡般只會照約翰及國王的意思來行動的王后，在此展現出了明確的意志，而她的意志也跟國王的意志一致。將變成石像的約翰擺在床邊，日夜觀看且無不心痛的夫妻倆，如此一來，總算在時期已滿之際，獲得真正的幸福。

若說自老國王擁有那幅公主畫像起，與阿尼瑪之間的接觸便已展開，那麼，以走到這一步所歷經的歲月來看，確實可說是條漫漫長路。即便如此，要是沒有忠實的約翰這騙子作用，單單只是歷經漫長歲月，大概也不可能與阿尼瑪真正接觸吧。

1－弗雷澤《金枝》二（永橋卓介譯） 岩波文庫，一九六六年。

2－榮格〈童話的精神現象學〉《分析心理學和教育》（西丸四方譯）日本教文社，一九七〇年。

3－關敬吾編《摘瘤爺爺、喀嚓喀嚓山——日本童話I——》岩波文庫，一九五六年。

4－有關騙子的詳細論述，可參閱註(6)、(7)、(8)所列之書籍，以及拙著《陰影現象學》（思索社，一九七六年）。

5－關敬吾編《一寸法師、猴蟹大戰、浦島太郎——日本童話III——》岩波文庫，一九五七年。

6－山口昌男《非洲的神話世界》岩波新書，一九七一年。

7－芮丁、凱倫依、榮格《騙子》（皆河宗一等合譯）晶文社，一九七四年。

8－韓德森《夢與神話的世界——通過儀禮的深層心理學闡述——》（河合、浪花合譯）新泉社，一九七四年。

9－M.-L. von Franz, Shadow and Evil in Fairy Tales, Spring Publications, 1974.

10－森三樹三郎《中國古代神話》清水弘文堂書房，一九六九年。

11－湯普遜編《美國、印地安的民間故事》（皆河宗一譯）岩崎美術社，一九七〇年；弗雷澤《火源的神話》（青江舜二郎譯）角川文庫，一九七一年。

12－von Franz, 同前書。

13－芮丁、凱倫依、榮格，同前書。

第8章

關於父性原理

金鳥

金鳥 Der goldene Vogel

從前從前有一位國王，在他的城堡裡有一座漂亮的庭園，庭園中種了一棵金蘋果樹。每當金蘋果樹結果時，他都會派人清點金蘋果的數量。有天早上，隨從發現金蘋果少了一顆，便趕緊向國王稟報。國王因此下令派人每晚站在金蘋果樹下看守。

國王有三個兒子，大王子受命自傍晚就來金蘋果樹下站崗。然而，一過午夜，他終究敵不過睡意而睡著了，隔天一早又少了一顆金蘋果。第二個晚上，換二王子受命站崗，他也同樣在時鐘敲完十二下後，沉沉睡去，結果隔天又少了一顆金蘋果。接下來，輪到三王子來站崗了。雖說他本人幹勁十足，國王卻對這個年輕人沒什麼信心，認為他是個比哥哥們還要一無是處的傢伙，但想說也總該讓他試試。

就這樣，年輕人躺在金蘋果樹下，努力對抗睡意，不闔上眼睛。到了午夜十二時，他聽見一陣啪噠啪噠的振翅聲，然後藉著月光看到一隻鳥兒飛了過來。

鳥兒有對閃閃發光的金色翅膀，牠一停歇到金蘋果樹上，便啄下一顆金蘋果。年輕人趁機射了一箭，雖然鳥兒立即飛走，還是被箭矢擦到翅膀，一根金羽毛緩緩飄落而下。

年輕人拾起金羽毛，到了隔天一早，便趕緊拿去給國王看，報告他在夜裡所看到的事。國王召來顧問群，大家都異口同聲地表示，像這樣的金羽毛，其價值甚至高過整個王國。

「如果這是那麼有價值的羽毛，」國王開口說道：「只有一根有何意義？我想要的是一整隻鳥。」

於是，大王子踏上了旅途，打算靠自己的智慧找到金鳥。他胡亂四處遊蕩，結果在某座森林的盡頭，發現了一隻正坐著休息的狐狸。大王子隨即舉起槍瞄準狐狸準備開槍。

狐狸連忙大喊：「請別殺我。我以性命做為交換，要告訴您一則好消息。您正在尋找金鳥對吧？今晚您會走到某個村子，那裡有兩間旅店，相互面對面。其中一間旅店燈火通明，看似相當熱鬧，但千萬別進去住。您要去住另一間看似破舊的旅店。」

「哼！像你這種看起來傻楞楞的野獸，竟說得一副好像自己很懂的樣子。你以為我會上當嗎？」大王子如此心想，然後依舊扣下扳機，但子彈卻射歪了。稍微被子彈擦到尾巴的狐狸迅速逃到森林裡去。大王子繼續趕路，當晚來到擁有兩間旅店的村子。其中一間旅店傳出了歌聲及嬉鬧聲，另一間旅店則看似破舊又陰暗。

大王子不禁心想：「要我住如此破爛的旅店，卻放著漂亮的旅店不住，我可不是笨蛋啊！」他直接就往喧嘩熱鬧的旅店走去。在快活至極的投宿日子中，無論是金鳥的事、父親的事，還是以往所學到的好事，大王子統統都忘得一乾二淨。

過了好一陣子，由於大王子遲遲未歸，這次換二王子踏上旅途去尋找金鳥。他也跟哥哥一樣，遇到了上回的那隻狐狸，而且對牠的忠告不屑一顧。

當他來到有兩間旅店的村子時，只見哥哥就站在其中一間有喧鬧聲傳出的旅店窗邊呼喚著他。弟弟忍不住走了進去，就此沉浸在放蕩弛縱的享樂生活中。

又過了好一陣子，這次換三王子想出去試試運氣。不過，國王卻遲遲不肯答應。「真是白費力氣，他這小子怎麼可能會比哥哥們還要順利找到金鳥？要是遇到危險，只會嚇得不知所措罷了。重點是，他根本就是個腦袋空空的傻小子。」話雖如此，在三王子一再央求下，國王還是讓他去了。

當小王子來到森林的盡頭，狐狸同樣坐在原地，請他饒命，並給了忠告。這個性情溫和的年輕人對狐狸說：「別擔心，狐狸先生。我什麼事都不會做的。」

狐狸一聽，隨即答道：「我絕不會讓您後悔的。請坐上我的尾巴，讓我送您一程！」

三王子才剛跨上狐狸的尾巴，狐狸便似箭如梭地跑起來，輕鬆跨過殘幹岩石，連毛髮也被風吹得咻咻作響。

一抵達村子，年輕人就跳下了狐狸尾巴，聽從狐狸的忠告，只管往破舊的旅店走去，度過了安靜的一晚。

隔天一早，三王子來到原野上，狐狸早已在那等他了。

「就讓我告訴您接下來該怎麼做吧！請您直直往前走，最後會看到一座城堡。雖說城堡前有一群士兵，但您大可不必擔心，因為所有人都在呼呼大睡。您就穿過士兵們，直接走進城堡，走遍所有的房間，最後就會來到掛有一只木鳥籠的房間，金鳥就關在木鳥籠裡。木鳥籠旁邊還擺有一只空的金鳥籠，但聽好了，絕不可將金鳥從寒酸的木鳥籠移到漂亮的金鳥籠去。要是這麼做，就會有麻煩事發生哪！」狐狸說完，又伸出尾巴，待三王子跨坐上去，便似箭如梭地跑起來，輕鬆跨過殘幹岩石，連毛髮也被風吹得咻咻作響。

一抵達城堡，一切就如狐狸所說的那樣。三王子來到掛有木鳥籠的房間，金鳥被關在木鳥籠裡，一只金鳥籠擺在一旁，還有三顆金蘋果滾落在房間地板上。三王子不禁心想，為什麼要將如此美麗的鳥兒關在這麼無趣又俗氣的鳥籠裡呢？這不是很奇怪嗎？於是，他打開木鳥籠的門，抓出鳥兒，然後放進金鳥籠裡。霎時間，鳥兒發出震耳欲聾的啼叫聲，驚醒了士兵們，大夥蜂擁而至地衝進來，將三王子押進牢房。

隔天一早，三王子被帶到審判庭去。由於他招認了一切，被判處死刑。不過，國王又對他說，我也可以饒你不死，只要你辦成一件事。如果你可以將跑得比風還快的金馬帶來給我，我不但赦你無罪，還會把金鳥送給你當作獎賞。

王子走出城堡後，不由得嘆了一口氣，心情十分低落。因為他根本不知道該上哪兒去找金馬。正當他甚為苦惱之際，突然看見熟悉的狐狸朋友就坐在路旁。

「如何？您就是沒聽我的話，才會落得這般下場。」狐狸接著說：「不過，請打起精神吧！我會助您一臂之力，告訴您怎麼找到金馬。您就直直往前走，最後會看到一座城堡，而金馬就在馬廄裡。雖說馬廄前面有一群馬夫，但他們都在呼呼大睡。您只要悄悄地把馬牽出來就行了。只有一件事要特別注意，那就是要替馬套上以木材和皮革製成的馬鞍，絕不可錯套成擺在一旁的金馬鞍，不然就會有麻煩事發生哪！」於是，狐狸又伸出尾巴，待三王子跨坐上去，便似箭如梭地跑起來，輕鬆跨過殘幹岩石，連毛髮也被風吹得咻咻作響。

所有一切都如狐狸所說的那樣。三王子來到金馬所在的馬廄，正想替馬套上寒酸的馬鞍時，不禁心想，若不幫如此漂亮的駿馬套上與之相配的上等馬鞍，難道不會讓馬覺得丟臉嗎？於是，他又改拿起金馬鞍準備替馬套上。突然間，馬高聲嘶鳴，驚醒了馬夫們，大夥兒衝進來捉住年輕人，將他押進牢房。

隔天一早，移送審判庭的三王子被判處死刑，但國王又對他說，只要他可以將黃金城的美麗公主帶來，不但赦他無罪，還會把金馬送給他當作獎賞。

年輕人帶著沉重的心情上路，所幸那隻忠心至極的狐狸不一會兒就現身了。「像您這種自食其果的人，我大可不用理會您吧！」狐狸說道：「但看您可憐兮兮，我就再幫您一次。沿著這條路直直走下去，最後就會抵達黃金城。抵達時天色大概已暗。待夜深人靜後，美麗的公主會去浴場泡澡。您只要走進浴場，撲向前，親吻她一下，便能奪得其芳心，願意乖乖跟著您離開。不過，您聽好了，在離開前絕不可讓她去跟父母道別，不然就會有麻煩事發生哪！」

接著，狐狸又伸出尾巴，待三王子跨坐上去，便似箭如梭地跑起來，輕鬆跨過殘幹岩石，連毛髮也被風吹得咻咻作響。

一抵達黃金城，一切就如狐狸所說的。三王子等到夜深人靜，看到美麗的公主進了浴場，便撲向前吻了她一下。當下，公主淚眼婆娑地一再表示，她很樂意跟他一起離開，但在這之前，希望可以讓她去跟父母親道別。三王子原先非常冷淡地拒絕了公主的請求。然而，他看公主越哭越傷心，甚至哭倒在他腳邊，終究還是點頭答應了。公主才剛到國王的床邊，國王就醒了過來，接著整座城堡的人也都醒了。年輕人隨即被逮住，押進了牢房。

隔天一早，國王對三王子說：「你的命我要定了。不過，我就做個人情給你吧！只要你有辦法在八天之內，將聳立在我城堡窗前、擋住景觀的山鏟平，我就把公主送給你當作獎賞。」

王子立即動工，完全沒時間休息，只是拚命地又挖又掘。可是，到了第七天，山根本沒被挖掉多少，簡直是白做工。三王子不禁悲從中來，深感絕望。

當晚，狐狸又出現了。「真是令人傷腦筋的傢伙！枉費我這麼幫您。算了，您就去休息吧！我會幫您完成工作的。」

隔天一早，三王子睜開眼，從城堡窗戶往外看，發現整座山都不見了。他大為欣喜，連忙跑去向國王回報。國王這下也只好讓公主跟他一起走了。

就這樣，三王子與公主結伴踏上了歸途。走沒多久，那隻忠心至極的狐狸又現身於前，說：「看來您得到了最珍貴的寶物了呢！只不過，除了黃金城的公主外，您也該把金馬拿到手才行。」

「那我該怎麼做呢？」年輕人問道。

狐狸回答：「我當然會教您。首先，您帶著公主去找派您到黃金城去的那位國王。他看到公主必定會相當開心，將金馬帶來送給您。當您一接過馬，就立刻騎上去，坐在馬上跟大家一一握手道別。最後，當您跟公主道別時，一握住她的手，就把她拉上馬，迅速逃離。如此一來，根本沒人追得上您，因為那可是一匹跑得比風還快的駿馬呢！」

事情進行得非常順利。三王子騎著金馬，連同美麗的公主也一起帶出來。狐狸很快又跟上來，對年輕人說：「接下來，我就告訴您拿到金鳥的辦法。當您抵達金鳥所在的城堡時，先在附近放公主下馬，我會替您守護公主。之後，再騎著金馬進入城堡的庭園。

大家看到金馬會很開心，將金鳥提來給您。您一拿到鳥籠，就立即騎馬回到我這裡，帶著公主一起離開。」

這次的計畫也相當成功，三王子帶著所有寶物，準備回國去。這時，狐狸開口說了：「好了，我幫了您這麼多忙，現在該換您給我獎賞了。」

「你想要什麼呢？」年輕人問道。

「到了森林後，我要您射殺我，然後把我的頭和四肢都斬斷。」

「天哪，這種報恩方式未免也太可怕了！」王子說道：「這事我辦不到。」

「如果您做不到，那我們就只能在此道別了。不過，在離開前，我再給您一個忠告吧！您要留意兩件事：千萬別買吊刑台的肉，以及千萬別坐在泉池邊。」狐狸說完就跑進森林裡去。

年輕人心想：「真是隻怪狐狸，盡是想些奇奇怪怪的事。究竟有誰會想買吊刑台的肉啊？再說，我也從沒想過要坐在泉池邊啊！」

於是，三王子帶著美麗的公主，繼續驅馬趕路。這一路下來，他們又回到了三王子的兩位哥哥所逗留的村子。只見村子上上下下喧騰不已，經打探後得知，原來有兩個人即將被吊死。

三王子走近一看，想不到那兩個人竟是自己的哥哥們。他們不僅幹盡了壞事，甚至連盤纏也都用盡了。三王子向村民詢問，是否可以饒他們一命？

「只要你願意為他們付贖金的話。」村民們答道：「話雖如此，你竟然要為這兩個廢物付錢贖身，究竟打著什麼主意？」但三王子連考慮都沒考慮，就替哥哥們付了贖金。他們一獲得釋放，便跟三王子他們一同踏上歸途。

不久，一行人來到初遇狐狸的那個森林。森林中一片祥和寧靜，煦煦陽光灑落而下。兩位哥哥開口說道：「我們在這泉池邊稍作休息，煮個東西來吃吧！」弟弟也表示贊成。他一邊如此說著，不知不覺就在泉池坐了下來，從未想到哥哥們是否有什麼不好的企圖。怎知兩位哥哥竟捉住了他，把他扔進泉池裡，趁機奪走公主、金馬和金鳥，相偕回到父王的城堡。

「我們帶回來，可不只有金鳥而已。」兩個人說道：「誠如您所見，我們連金馬和黃金城的公主也一併帶回來了。」國王不禁龍心大悅。但不知為何，金馬不肯吃草，金鳥不願啼鳴，公主更是只顧著坐在地上哭個不停。

幸好，三王子並沒有死，因為泉池的水已經都乾涸了，他就這麼掉落在柔軟的青苔上。可是，他雖然毫髮無傷，卻也爬不出池底。就在他甚感苦惱之際，那隻忠心至極的狐狸又出現了。

「您又沒聽我的忠告了。」牠斥責道。「不過，我還是沒辦法裝作不知道。我就再給您一次忠告吧！」說完，狐狸便要王子緊緊抓住自己的尾巴，將他從池底拉上來。

「危險尚未完全排除。」狐狸說道：「您的哥哥們因為不知道您究竟死了沒，所以在森林四周安置了哨兵，吩咐他們一旦看到您現身，就把您給殺了。」

恰巧，這時有位窮人坐在路旁，年輕人便跟他交換了身上的衣物，總算平安地回到父王的城堡。

完全沒有人認出他是三王子。但說也奇怪，金鳥竟開始啼鳴，金馬開始進食，甚至連美麗的公主也停止了哭泣。國王看得目瞪口呆，隨即詢問公主說：「這究竟是怎麼一回事？」

公主回答：「我也不清楚這是怎麼一回事，自己剛才明明還哭得傷心欲絕，現在卻感到開心得不得了，就好像我真正的丈夫就在這裡似的。」接著，公主便將至今為止所發生的事，全都告訴了國王。

原來公主受到兩位哥哥的威脅，要是敢說出祕密就殺了她。於是，國王召來城堡裡所有的人，喬裝成窮人的年輕人也來了。公主一見到他，馬上就認出他來，衝向前緊緊摟著三王子的脖子不放。為非作歹的哥哥們遭到逮捕，受了應得的刑罰。三王子則與美麗的公主結婚，成了王位繼承人。

話說回來，那隻可憐的狐狸又如何了呢？過了許久，三王子某次又來到了與狐狸初遇的那座森林。狐狸冷不防地現身於前，說：「如此一來，您的願望全都實現了。然而，我的苦難卻尚未結束。如今唯有靠您的力量才能救我脫離苦難了。」於是，狐狸又再次死乞白賴地央求三王子射殺牠，並斬斷牠的頭和四肢。

王子只好照著狐狸所說的做了。想不到就在那一剎那間，狐狸突然變成人的模樣。原來他是美麗公主的哥哥，因為中了魔法才變成狐狸，這下終於得救了。至此，大家終其一生都過著幸福美滿的日子。

1 父性的角色

童話中簡短的故事敘述往往潛藏著大量訊息。例如，格林童話〈金鳥〉57開頭的數行文字，便充分描繪出了國王身為父親的作用。

國王城堡中有一座庭園，種了一棵金蘋果樹；他都會派人清點金蘋果的數量，卻發現有一次竟少了一顆金蘋果，於是國王便下令安排負責看守的人。國王所擁有的金蘋果，想必就是王權的象徵，或者也可以從與太陽有關的角度來思考❶。

如同太陽是照耀這世界的唯一天體，國王明訂了這世上所有的一切規則。因此，他總是期待這一切都是井然有序的（清點金蘋果的數量）。一旦得知事情出了差錯，他就得採取矯正的手段。而事實上，國王派去站崗的，正是自己的兒子們。

到目前為止，有關母性的話題，我們不知已提過多少次。母性具有包容一切、養育的機能。相對來說，父性則是具有切斷的機能。不同於母性的一體化作用，**父性的作用在於將事物加以分割**、**分離，如善與惡**、**光與暗**、**親與子等，透過分化世界來獲取秩序**。父性具有身為這類秩序及貫徹規範者的權威，對孩子們施予訓練，讓他們得以遵守規範。

母性不作區分、包容一切的機能，以及父性會區別如善惡等的機能，唯有兩者之間維持著適當的平衡，人類的生活才會圓滿且順遂。

說起描述父性的嚴厲對人生具有加乘作用的童話，我們之前曾提過的〈青蛙王子〉便可說是其中一例。故事主人翁的公主為了找人幫忙撿起掉落於泉池的金球，與青蛙做了口頭上的約定。她雖然答應青蛙要跟牠做朋友，無論做什麼都要形影相隨，卻不認為青蛙當真會這麼做。

想不到青蛙竟登門造訪，要求公主履行諾言。對於這件事，身為父親的國王告誡她：「跟人約定好的事，無論是什麼，都得依約而行。」不僅如此，當青蛙要求跟公主同床共眠，公主嚇得大哭時，國王也狠狠罵了她一頓。「無論對方是誰，對於在自己有難時伸出援手的人，事後都不該以輕蔑、漠視的態度來對待。」這是國王的說法。

父性的機能在此表現得非常明確，有恩必報，有約必守。這具有不允許例外的絕對性。即使對方是隻醜陋的青蛙也毫無例外。不過，正是這種嚴厲的父性原理，最後為公主帶來了與青蛙王子結婚的幸福。

誠如母性具有正與負的兩面性，父性也具有兩面性。不允許例外的嚴厲若過於苛刻，便會產生割捨生命的負面部分。我們可以從格林童話〈沒有手的女孩〉31的故事中看到這樣的例子。

「磨坊主人越來越貧窮，最後窮到只剩下磨坊的水車，以及栽種在水車後頭的一棵巨大蘋果樹。」上面這段敘述正是故事的開場白。話說這篇故事中也出現了一棵蘋果樹，這與〈金鳥〉的情境甚為相似，的確很有意思。

後來，磨坊主人跟一位陌生老人立了約，表示願意以「佇立在水車後頭的東西」作為讓他成為富人的代價。於是，磨坊主人立即成了富人，但他卻沒想到自己的女兒竟站在水車後面。而其實這名陌生老人是個惡魔，牠為了取走磨坊主人女兒的靈魂而設下了這樣的詭計。惡魔逼迫磨坊主人履行約定，磨坊主人根本無法拒絕，甚至還得聽從惡魔的命令，斬斷拚命想逃離惡魔的女兒的雙手。

守約一旦走到這般地步，便帶有破壞性。過於強調父性原理，女性特質的機能就會遭到割捨；而過於重視貫徹規範，人類原本擁有的情感就會遭到扼殺。換言之，在此以父親斬斷女兒雙手的行為，來呈現出這樣的含意。

再回到〈金鳥〉的故事。國王派人清點金蘋果數量的行為，可說是真實表現出他對規範的尊重程度。然而，金蘋果卻每晚都被偷走。這是對規範的挑戰。偷竊這行為本身，確實就帶有挑戰規範的含意。為了維持王國體制的規範，不得不進行改善。

這種狀況在第四章所探討的〈三個懶人〉故事開頭，也清楚地呈現出來。國王躺在臨終的床上，勢必得將王位傳給三個兒子中的其中一人。國王與三個兒子（完全沒有提到王后）的人物組成，是童話特別偏好的設定。

其實，與〈金鳥〉的相似故事就有這樣的情節描述：國王患了病，而想要治好他的病，除了讓他聽到鳳凰的啼鳴聲外，別無他法。因此，國王的三個兒子便踏上旅程去尋找鳳凰❷。另外，同為相似故事的〈白鴿〉（譯註：僅收錄於格林童話的第一版），其人物組成也是國王與三個兒子。

考量到先前已論述過的、有關三這個數字的動態含意❸，那麼，上述的這些故事設定，便是反映出如下的狀態：身為先前體現規範者的國王，在某方面陷入危機，欲改變並拯救這樣的狀況，就必須要有新的男性特質的行動力表現。

2 缺點與弱點的有利作用

察覺蘋果被偷的國王，決定派兒子去樹下看守。由於大兒子和二兒子都無法滿足國王的期待，接下來就換三兒子出場了。然而，父親卻對這個兒子不抱持任何信心。與之相似的故事〈白鴿〉中，裡頭的國王甚至批評自己最小的兒子腦容量不足，還給他取了「笨蛋王子」的綽號。

最低等之物最後變成最高等之物的悖論，堪稱是童話的拿手絕活。這顯示出，單從體制的眼光來看，改變體制的執行者簡直是愚蠢至極。或者，如果從個人的角度來看，可以說這表明了那些我們最不擅長、劣等的功能，對於改變我們的性格反而最有用。

像我們這樣，從事心理治療或教育工作者，都會有自己的缺點以出乎意料的方式派上用場的經驗。只想仰賴自身的長處，是沒辦法做到真正的教育。

三王子努力與睡意對抗，發現了金鳥，並射出一箭，得到了一根羽毛。國王向顧問群請教，大家都異口同聲說：「像這樣的金羽毛，其價值甚至高過整個王國。」金鳥的價值遠高過國王所看重的金蘋果。若將國王所統治的王國，視為存於個人心中的意識領域，那這樣便意味著，在潛意識領域中，存有著其價值遠高於整個意識領域的事物。

三王子所射落的一根羽毛，僅是存在於潛意識中的事物的片鱗半爪。金蘋果被偷的事實，意味著意識領域的心靈能量正開始一點一滴地往潛意識流去。這尚未達到病態的退化，若要發展成創造性的退化，就得深入潛意識領域，取得當中的寶物。

「只有一根又有何意義？我想要的是一整隻鳥。」國王如此說道。國王對於自己所欠缺的事物相當敏銳，總是以完整為目標來下達命令。

因此，兒子們不得不接受國王的差派，踏上旅程。父性讓兒子獨自一人踏上旅程；而被迫前往潛意識領域的兒子，在路上遇到了強而有力的援助者。這隻會說人話的狐狸給了大王子忠告，大王子卻充耳不聞，眼睜睜地選了一條危險的路。二王子也走上一模一樣的路，以致狐狸難得的援助發揮不了作用。不過，三王子不同於兩位哥哥，他坦率地接受了狐狸的忠告，得以在往後的旅程中獲得不可或缺的、狐狸的援助。

像這樣坦率地接受動物忠告的行為，看在國王眼裡，大概會認為他是個不值得信賴的人吧。然而這樣的行為，正是王國發展必要的一環。

童話中常出現援助主人翁的動物。動物具有人類料想不到的「智慧」。好比說，在日本人相當熟悉的開花爺爺故事中，狗兒喊著：「挖這裡，汪汪，」結果指出了寶物的埋藏地點。這類的動物意象，可說是優於人類的本能部分，或是潛意識中尚未明確意識化的內容。尤其當這些動物說起人話時，更意味著意識化已有相當程度的進展。

至於佩羅童話中的〈穿長靴的貓〉，從「穿長靴的」這個形容詞便可想像得到，這隻在故事中登場的貓，具有甚為貼近人類的屬性。

〈穿長靴的貓〉的故事是敘述，磨坊主人的第三個兒子得到的遺產是一隻貓；而這名年輕人就在貓積極的協助下，最後與公主結了婚。話說這篇故事的人物設定，同樣也是臨終的磨坊主人與三個兒子，確實很耐人尋味。不同的是，在此作為援助者並大展身手的，並非狐狸，而是一隻貓。

這隻貓不僅「穿著長靴」又能言善道，簡直就跟人類沒兩樣；而這般大膽的詭計使用，應當說是「超乎常人」吧。相較起來，跟隨桃太郎的狗兒、猴子和雉雞，雖然也會說人話，卻保有更多的動物屬性。說起來，桃太郎的動物隨從們所象徵的，是桃太郎這名英雄的各種屬性。我們對於英雄總會硬加上理想意象，但與英雄意象不符的屬性，便常會以在其周遭圍繞著動物的這種方式來呈現。

桃太郎為了打倒鬼怪，必須攀登、扒抓城門。由於這些行為實在與「英雄」不符，因此才會以動物隨從們的意象來呈現。

「穿長靴的貓」對其主人的忠誠表現，會讓人聯想起前一章所提到的忠實的約翰；而〈金鳥〉中的狐狸，也可設想成忠實的約翰的延伸存在。就這點來看，狐狸無論在日本或歐洲，的確都是騙子的典型代表人物之一。

狐狸化身成人的把戲，真實地表現出騙子變化自如的屬性。誠如前一章曾提起的日本典型騙子人物彥市，也有描述他欺騙狐狸❹，展現其騙子屬性的故事。身為歐洲搗蛋鬼的狐狸，其意象在中世紀的列那狐（Reynard the Fox）的故事中則有生動的描述。這些狐狸讓非日常世界突然出現在日常世界中，令人體驗到價值的顛倒。

〈金鳥〉中的狐狸，甚至還具有能讓王子跨坐在尾巴上似箭如梭地奔跑、「輕鬆跨過殘幹岩石，連毛髮也被風吹得咻咻作響」的神通之力，以及從牠為王子獻上各樣詭計的行為來看，這些都可說是騙子屬性的呈現。不過，從故事的整體性來看，則可讓人感受到更高於騙子層級的存在。因為，牠跟只會欺騙、捉弄人的低等騙子截然不同。

3 有價值的「選擇」

〈金鳥〉故事中，一再出現二擇一的主題。人生道路的確充滿了選擇；所以說，作為反映人生的童話，會經常出現「選擇」的主題也是理所當然。然而，這篇故事所發生的選擇問題卻不是那麼單純，接下來筆者將加以說明。

得知金蘋果被偷而決定要派人看守，以及得知金鳥的存在，決定加以捕獲，都是不容分說的國王命令，毫無選擇餘地。但當兒子們一踏上旅程，便面臨了選擇的問題。首先，是否要選擇聽從狐狸的忠告。在此，誠如我們已知道的，僅有三王子傾聽了「動物的忠告」，一步步走向成功之路。

說起來，日本也有以父親與三個兒子的人物設定為開場白，被歸類成「三兄弟故事」的故事群。關敬吾是將之分類成盜賊型與寶藏型❺，但無論哪種類型，共通點都是三兄弟踏上旅程，面臨了職業選擇的問題。職業選擇是攸關個人人生的重要決定，故事會有這類的情節也是可想而知。

三兄弟的寶物型故事是描述，相對於二兒子和三兒子都分別選了適當的職業，大兒子由於生來憨傻，不知自己該做什麼，只是信步而行。途中，他看到了一間荒廢的神社，便從父母親所給的旅費中拿出一部分作為整修費捐了出去。就這樣，一路上接連捐給了四間神社後，他依舊無所事事，什麼工作技能都沒學到。不過，三年後，當大兒子踏上歸途時，他分別從之前曾捐過錢的四間神社的神明那裡得到寶物，因而變得相當體面，父親也決定讓大兒子來繼承家業。

這篇故事的特徵也在於，傻子是最成功的，而其所選擇的道路，顯然也與常理相違。故事中的二兒子學作木匠，三兒子學作商人，也都獲得相當的成就；但大兒子選的道路，分明是完全不同的層次。

其中，令人感到很有意思的，是格林童話的成功傻子多半是么子，而日本童話的成功傻子多半是長子。這或許是為了印證日本的一句諺語：「長子多傻瓜。」所以才有這樣的故事設定，但確切的含意仍有待查證。

〈金鳥〉中，最耐人尋味的選擇問題，就是要將金鳥放入木鳥籠？還是金鳥籠？面對這個選擇問題，連一開始就坦率聽從狐狸忠告的三王子也沒有照狐狸所說的去做。他雖然記得狐狸的指示，卻「不禁心想，為何要將如此美麗的鳥兒關在這麼無趣又俗氣的鳥籠裡呢？這不是很奇怪嗎？」便將金鳥移入與之相配的金鳥籠，結果就遭到逮捕了。

如果想得到金鳥，就得放入木鳥籠。這是狐狸的智慧。對此，人類的智慧則是認為，金鳥應該放入金鳥籠才相配。而像這樣選擇的煩惱，之後又重複了好幾次。例如，金馬的情況也是如此。三王子又忘了狐狸的忠告，選擇遵從人類的判斷，也就是認為金馬應當套上金馬鞍才相配，以致身陷險境。狐狸雖然對此一再抱怨，卻仍持續幫助三王子。然而，前去找黃金城的公主時，他還是做了相同的選擇。三王子無法禁止公主去跟父母親道別。他所擁有的人類情感違背了忠告。不僅如此，三王子的人類情感違背狐狸忠告的情形，同樣也發生在他將兩位哥哥從吊刑台上救下來的時候。

先前已說過，金蘋果被偷，意味著心靈能量從意識流往潛意識。另外，金蘋果在國王不知情的情況下被偷，這也表示在自我毫無所知的情況下產生了退化，是一種精神官能症的狀態。不過，若能從潛意識的世界中得到金鳥，不只能夠治好精神官能症，還能將某新事物帶回意識領域。在故事中，為精神官能症所苦的人常背負著某個不得不去完成的任務。這是因為他擁有隱藏的寶物。

說得極端些，若認為金蘋果每晚都被偷走一顆，是不得已的事而放棄追究，精神官能症的症狀或許就不會惡化；再者，若金鳥沒來偷金蘋果，症狀或許就會消失。不過，在這種情況下，人也不會有任何收穫。差派大王子和二王子出去尋找金鳥，但他們卻遲遲未歸，這顯示出精神官能症的症狀越發惡化。

為了盡可能及早止住精神官能症的症狀，照狐狸所說，將金鳥放入木鳥籠中帶回去，才是上策。但是，主人翁卻只知遵從自己的判斷，導致自己一再被捕，讓精神官能症的症狀一發不可收拾。話雖如此，這般的痛苦，最後反而為他帶來更為豐盛的收穫。當然，若沒有狐狸持續的援助，主人翁就只有死路一條。所以說，**收穫越大，相對地，危險性也越高**。

就筆者為精神官能症患者做心理治療的經驗而言，並不是說遲遲難以療癒的人都會處在這樣的狀態。誠如〈金鳥〉中的大王子和二王子那般，要是在踏上旅程後便完全沉溺於玩樂之中，即便這段期間甚為漫長，也不會有任何收穫。不過，對於長期飽受苦難的精神官能症患者而言，也有符合這種解釋的時候。也就是說，受苦的時間越長，患者克服精神官能症後，所得到的寶物之價值也會越大。

就算不提精神官能症，這也可運用在以下這個關係上：自我實現的過程與伴隨其中而來的痛苦。**無論如何，自己做出的選擇都會為人生帶來極大的變化。**

4 這到底是為何而做的「工作」？

三王子仰賴狐狸的幫忙，雖然也曾遵從自己的判斷，最後總算得到了公主。若從故事一開始只有國王與三個兒子這樣全是男性的人物組成來看，三王子藉由帶回女性並與之結婚而成為新的國王，便可說是最終的目標。只不過，在得到這名女性之前，他得完成許多「工作」。

三王子得到公主，意味著兩人完婚了。若將這件事視為內在的事，誠如前一章稍微提到的，這也可說是與阿尼瑪的結合。不管怎麼說，達成這件事，對人類而言是跨越了一個境界，為了證明自己是與該境界相稱的存在，就得完成被賦予的工作。

這時，作為社會的規範，給予主人翁這些工作，並體現出要是工作無法完成，就是死路一條此一嚴格面向的，正是在故事中出現的國王們。不管是哪個國王，一抓到三王子，就給他艱難的工作，並且表示，若無法完成就會殺了他。歸根究柢，這些國王們各個都是父性原型的顯現。

未開化民族認為，孩子在長大成人之際，必須要舉行一場成年禮。有關未開化民族所舉行的成年禮，至今已有許多研究。其中，有研究指出「試煉」是很重要的主要因素。孩子要長大成人，就得禁得起被賦予的試煉。而這項試煉便是方才所說的「工作」。

既然童話所反映出來的，是自我實現的過程，當中有關各種起始階段，以及伴隨其中試煉的描述，自然也不少。接著，為了追求阿尼瑪而走上自我實現的道路時，作為阿尼瑪意象之女性的父親，就會顯現出一再給予試煉的父性。女性的父親出了課題給求婚者，並以女兒作為完成課題的獎賞，強迫年輕人工作。這種作法有時候甚至會將年輕人逼入死境，充分展示了父性的可怕。

那麼，在此請再容許我稍微偏離一下主題。我個人認為，日本現代的年輕人正因為都沒有接受必要的起始階段試煉，所以才會產生許多問題。當然，這跟在日本作為父性原理貫徹者的父性意象甚為稀薄一事有關。這般現象將使得日本的年輕人極度難以在精神層面長大成人[6]。

女性的父親出了難題給求婚者的主題，在西洋的童話中甚為常見。而日本神話中，則有須佐之男對於前來根之堅州國、表示想跟他的女兒須勢理毘賣結婚的大國主一再刁難的故事。

例如，將他關進有蛇的房間，又如要他取回射到原野上的箭，卻在原野上放火打算燒死他等，雖然大國主歷經了許多可怕的事，但每次都靠著須勢理毘賣的機智逃過一劫。最後，兩個年輕人偷走了須佐之男的太刀、弓箭和琴準備逃走，想不到琴碰到了樹而發出聲響，須佐之男因而驚醒並追了上來。

父親被琴聲驚醒的部分，跟〈金鳥〉中士兵們被鳥啼叫驚醒，逮捕三王子的部分相當類似，的確很耐人尋味。至於這篇日本神話的後續發展也十分精彩。須佐之男追著兩名年輕人，而追至今世與來生交界處的黃泉比良坡時，卻反倒給予他們祝福。於是，大國主迎娶須勢理毘賣為正室，且以太刀和弓箭平定了世界。

父性的兩面性在此以非常戲劇化的方式呈現出來。父性給了年輕人不禁想一死了之的嚴苛試煉；不過，當他得知年輕人順利通過試煉後，反而對他表示親近，甚至還給予祝福。因為，敵意與友情是共存的。

〈金鳥〉的三王子接連受到試煉，其中也不乏有他自己的選擇，最後總算得到了女性。試煉的順序為金蘋果—金鳥—金馬—公主，這些生命體是從植物到人類依序排列，真的很有意思。

而這也跟〈忠實的約翰〉故事中，一開始先得到公主，直到踏上歸途，約翰才做了如駿馬或襯衣等低層級工作的順序，形成了很好的對比。不管哪一方、無論順序是否有稍作調整，人類該做的工作還是得做。

5 自我與自性

當所有試煉在狐狸的協助下都順利完成後，狐狸提出相當詭異的回報，那就是「我要您射殺我，然後把我的頭和四肢都斬斷」的請求。由於三王子實在下不了手，便回絕了狐狸的請求。狐狸一聽，只留下最後的忠告後，隨即消失了蹤影。然而，三王子還是沒照狐狸的話去做，他遵從了自己的人類情感行動，以致身陷險境之中——他才剛救出壞心的哥哥們，就被扔進泉池裡，奪去他所有的功勞。

克服了父性給予的所有苦難，在歸途上卻受到並非來自父親、而是來自兄弟的攻擊。顯然，這兩名壞心哥哥正是主人翁的陰影。誠如他們一開始就不聽狐狸的忠告，選擇住進熱鬧的旅店那般，顯示出他們喜好熱鬧排場的一面。這是一般的真理，**成功挑戰父性者，經常會因愛誇功顯耀的陰影部分，導致成就歸零**。

在經歷過這些難關、甚至還換上窮人的破衣後，三王子才得以平安歸國。成就大事的人必須要懂得謙虛。去了潛意識的世界一趟，在回到原來的世界之前，一定得先捨棄「自傲」。若不這麼做，就會面臨重大的危機。

以窮人之姿回國的三王子，最後跟公主結了婚，更成了王位的繼承人。眼看所有的事都以圓滿落幕，就只剩狐狸的事尚未解決。狐狸又重提了先前的請求，三王子實在沒辦法，只好照狐狸所說的，將牠射殺並斬斷牠的腦袋和四肢。結果，在那一瞬間，狐狸竟變成人的模樣，表明他其實是公主的哥哥，因為中了魔法，才會變成狐狸。

狐狸的救贖，跟慘遭石化的約翰的救贖有共通點。就狐狸最後變成人類的這部分來看，可知牠是比穿長靴的貓更高層次的存在。據聞，穿長靴的貓最後只過著追老鼠消遣的生活罷了。

如此看來，無論是之前曾提過的〈兩兄弟〉的哥哥、〈忠實的約翰〉的約翰，還是〈金鳥〉的美麗公主的哥哥（狐狸），在故事裡都扮演了極為重要的角色。但相對於其他男性的婚姻，關於他們的婚姻卻無任何著墨。不僅如此，他們作為主人翁的陰影，也讓人感到無限的光輝燦爛。

先前論及〈兩兄弟〉時，曾稍微介紹到由榮格所提出的「自性」概念。筆者在此將試著更詳盡說明。榮格將自我定義為我們意識體系的中心。我們的意識作為整合的中心，雖然具有一定程度的凝聚力，卻無法避免某些偏頗。意識的片面性經常得靠潛意識來補償。於是，榮格注意到，透過這種意識與潛意識所形塑的、心的整體性概念，而假定自性的存在便是心整體性的中心。

因為自性存在人潛意識的深層，所以我們無法直接掌握，只能從潛意識中的某些象徵來掌握其面向。在〈金鳥〉之中，狐狸或許可視為主人翁自性之超人救贖的力量顯現。如同在第五章提及有關「陰影的自覺」時，所有一切都闡明得清清楚楚那樣，有時也可分辨清楚陰影的意象與自性的意象；而所謂的騙子，就是橫行在陰影的領域與自性的領域之間。

榮格所提出的原型都有重疊，無法歸類成純屬哪一型。〈金鳥〉的狐狸，與其說是騙子，不如說是自性某一面向的顯現更為貼切。尤其，當牠提出斬斷其四肢的救贖請求時，這種感覺越發顯得強烈。因為這是遠超乎人類的常識範圍。

榮格十分強調自我與自性交互作用的必要性。**人心的中心若過於偏向自我，就會淪落成既沒有根基又膚淺的理性主義。反之，若忘了自我的存在，以致非日常性過於強大，就會變成脫離現實。唯有在自我與自性之間，建立起最圓滿的交互關係，才能讓自我實現的過程順利發展。**

而〈金鳥〉中，有關主人翁時而聽從狐狸忠告，時而遵從自己判斷的描述，便可說是自我與自性透過對決來取得平衡的精彩呈現。一開始下定決心要聽從狐狸忠告的主人翁，之後也有好幾次否定了狐狸的忠告，選擇遵從自己的人類情感或判斷。這樣的事一再發生，直到救了哥哥們，他才對陰影的問題有所自覺，並且在順利結完婚、獲得幸福後，完成了射殺恩人狐狸這樣非人類理性的行為。

在這種交互作用中，狐狸變成人類，自性以人格化的形態顯現。相對於此，如先前所舉例的日本開花爺爺或〈說人話的烏龜〉等，故事中援助人類的動物們，最後全都變成了植物。這或許是日本的特點吧，顯示出在日本，比起將自性的意象人格化，更常投影到「自然界」。或者說，這可能跟在盜賊型的三兄弟故事中，難得呈現出反抗「偷竊」這樣父性的主題，最後卻成了虎頭蛇尾的現象是相似的。

盜賊型的三兄弟故事裡，相對於二兒子和三兒子分別成了富翁和武士，大兒子卻成了盜賊。這個盜賊在不知情的狀況下，闖進了二兒子富翁家裡行竊，而三兒子武士正想辦法要逮住這個盜賊時，他們三人偶然齊聚一堂，這才發現真相而淚流不止。由於這篇故事的結局是他們把父親請過來一起生活，因此人物組成跟故事一開始的人物組成完全一樣，絲毫沒有改變。換言之，這可說是在「回歸原點」之處，看到了自性的作用吧。

雖說要從這些事立即做出歸納是相當危險的，但在這當中，確實可看出西方與日本的差異。也許是因為，日本人在「自然界」整體的流向中體驗到自性，所以才沒有想到要將之人格化吧。

1－Hedwig von Beit, Symbolik des Märchens, Francke Verlag, 1952.

2－J. Bolte und G. Polivka, Ammerkungen zu den Kinder-und Hausmärchen der Brüder Grimm, Leipzig, 1913-32.

3－請參閱本書第116頁。

4－關敬吾編《一寸法師、猿蟹大戰、浦島太郎——日本童話III——》岩波文庫，一九五七年。

5－關敬吾《日本童話集成　第二部正統童話2》角川書店，一九五三年。

6－這一部分的詳情可參閱拙著《母性社會日本的病理》（中央公論社，一九七六年）。

第9章

男性心中的女性

謎題

謎題 Das Rätsel

從前，在某個地方有一位王子，他興起了想到世界各地走走看看的念頭；而陪同他一起去的，僅有一位忠心耿耿的隨從而已。

有一天，他們走進了一座大森林，眼看天色逐漸變暗，卻遲遲找不著旅店，不禁擔憂起今晚究竟該在哪裡過夜才好。突然間，他們看見不遠處有位姑娘正往某間小屋走去。連忙走近一瞧，發現是一位年輕貌美的姑娘。

王子出聲喚住她，詢問道：「姑娘，請問不知可否讓我與我的隨從在這間小屋過一夜呢？」

「這倒是無妨。」姑娘以苦悶的聲音答道：「不過，我勸你們還是不要進去，這是為了你們好。」

「有什麼糟糕的事嗎？」王子問道。

姑娘嘆了一口氣：「因為我的後母詭計多端，對外來者不懷好意。」

王子頓時恍然大悟，原來我們闖進魔女的地盤了。不過，由於四周已一片漆黑，他們無法再繼續趕路。再者，王子也不認為這事會有多麼可怕，因此還是毫不介意地走進了小屋。只見一個老婆婆就坐在火爐邊一張有靠肘的椅子上，用一雙紅眼睛盯著外來者們直瞧。

「歡迎你們來哪！」老婆婆發出如呻吟般的聲音，看似親切地招呼道：「來，你們請坐，用不著拘束。」說完，便呼呼地將爐火吹旺。火上架著一只小鍋子，似乎正在煮東西。姑娘苦口婆心地勸告王子他們要小心，千萬別喝任何東西，因為後母正在熬製毒藥。於是，兩個人就這樣一覺安穩地睡到天亮。

待整裝完畢後，王子已跨上了馬，準備出發。老婆婆忽然喚住他：「請等一下。我想請你喝一杯餞別的酒。」

趁老婆婆去取酒的空檔，王子連忙驅馬離去。至於他的隨從卻因花了點時間繫馬鞍，沒來得及跟著王子一起離開。這時，魔女正好取了酒過來。「請把這杯酒帶去給你的主人吧！」話才剛說完，想不到杯子竟然破了，毒液噴灑到馬身上。由於那是相當猛烈的毒藥，馬兒隨即倒地死亡。

隨從趕緊追上王子，告訴他剛剛所發生的事。說著說著，他不禁覺得把馬鞍丟下實在可惜，於是又折回去，想取走馬鞍。當他來到馬兒陳屍處一看，只見一隻烏鴉停歇在馬身上，正啄食著馬的肉。

「今天之內究竟能不能再獵到比這更好的獵物，那可就難說了。」隨從如此說著，當下動手殺了烏鴉，並帶在身上。

這天，王子與隨從已在森林裡走了整整一日，卻還是無法走出去。傍晚時分，兩個人找到了一間旅店便走了進去。隨從將烏鴉交給店主，請他用這隻烏鴉為他們做晚飯。

然而，他們走進去的，其實是殺人犯的巢穴。隱身在暗處的十二名殺人犯這時突然出現，打算殺了投宿客們，搶走他們的行囊。話雖如此，由於他們才剛幹完一票，因此先圍著桌子坐下。只見店主和先前的魔女也都在席上，紛紛喝起湯來。

那道湯是以剁碎的烏鴉肉煮成的。一夥惡徒才剛吃了一兩口碎肉，便一個接一個地倒下，全都死了。這是因為殘留在馬身上的毒也轉移到烏鴉身上的緣故。

因此，整間屋子除了店主的女兒，所有的人統統都死了。這位姑娘是個體貼的好孩子，並沒有參與那一夥惡徒所做的壞勾當。她打開屋內所有的門，向投宿客們展示堆積如山的寶物。

王子告訴她：「這些妳就自己留下吧，我什麼都不要。」就帶著隨從驅馬離去。

他們四處遊蕩了很長一段時間，最後來到了一座都城。這裡有一位美若天仙、態度卻十分高傲的公主。

公主發了一則布告說，如果有人能出一道她解不開的謎題，她就與對方結婚。不過，要是她解開了謎題，對方就得獻出自己的項上人頭。

公主用來思考答案的期限是三天。因為她的腦筋很好，總能在期限內解開謎題；所以，在這遊戲規則下，已經有九名男子悲慘地斷送了性命。

當王子來到此地，馬上被公主驚為天人的美貌深深吸引，決定要賭命挑戰看看。於是，他前來見公主，說出自己的謎題：「有個人連一個人也沒殺，就殺了十二個人。請問這是什麼？」

公主毫無頭緒，不停地想了又想，依舊如墜五里霧中。即便她試著翻開一本又一本的謎題書，也找不出答案。到頭來，連聰明絕頂的她也被難倒了。公主實在不知該如何是好，便決定派侍女偷偷潛入王子寢間，竊聽他的夢話。

她認為，王子若說了夢話，說不定會不小心說出謎底來。然而，王子的隨從也非等閒之輩，他代替王子躺在床上，待侍女一潛入，便扯下她用來偽裝的斗篷，然後揮起小枝條，將她趕出去。

到了第二天晚上，公主又派了在她身邊服侍的姑娘，心想如果順利的話，或許就能神不知鬼不覺地偷聽到王子的夢話。結果，這名姑娘還是被王子的隨從扯下斗篷，用小枝條趕了出去。

接著，到了第三天晚上，王子認為這下應該安全了，便回到床上休息。這時，親自出馬的公主也披著灰色的斗篷潛入了寢間，坐在一旁。公主以為王子已進入夢鄉便想說，現在要是跟他搭話，想必他會跟許多人一樣，在夢中回話吧？

而事實上，王子根本沒睡著，對於公主所說的每句話都聽得一清二楚。

公主問道：「有個人連一個人也沒殺。這是指什麼？」

王子回答：「這是指烏鴉。因為牠吃了潑灑到毒藥而身亡的馬的肉，就這麼死了。」

接著，公主又問：「儘管如此，卻有十二個人被殺了，這又是指什麼？」

「這是指十二名殺人犯。他們吃了烏鴉的肉就這麼死了。」

已經得到答案的公主，準備偷偷溜出寢間。不過，由於王子緊緊抓著她的斗篷不放，她不得已只好將斗篷留下。

隔天一早，公主表明自己已解開謎題，於是喚來十二名審判官，當著他們的面說出謎題的答案。

出這道謎題的年輕人聽了公主的答案後，表示他想說句話，便說道：「公主會知道答案，是因為她昨夜潛入我的寢間，從我這兒問出了答案。若不是如此，她絕對不可能解開這道謎題。」

審判官們問：「證據在哪？」

於是，王子的隨從親手送來那三件斗篷。審判官們一看到公主平時常穿的灰色斗篷，立即宣判道：「給這件斗篷繡上金線和銀線的刺繡，就用它作為婚禮的服飾吧！」

1 「謎題」的真面目

腦筋急轉彎曾經風行一時；但也僅維持一陣短暫熱潮後便銷聲滅跡。猜謎遊戲的確相當吸引人，而猜謎遊戲的誕生大概與人類文化的誕生同期。

大約完成於西元前一二〇〇年的《梨俱吠陀》（*Rigveda*）中也有〈謎題之歌〉。那是一首共有五十一節的詩，原則上詩詞中並沒有載明解答，只能仰賴推測。筆者在此介紹其中的數個謎題，而「解答」的部分則是由《梨俱吠陀》的譯者適切增添的❶。

「七裝備了一輛馬車，由一匹擁有七個名字的馬牽拉，車輪有三個轂，既不會衰老也不會被冒充，上頭乘著一切萬物。」

解答：象徵時間的太陽。七是指拉著太陽之車的七匹馬。據聞太陽車時而由一匹名為伊多裟（Etasa）的馬所拉，時而由七匹棕馬所拉。三個車轂則是構成一年的三個季節。

「母讓父參與了天則。因為，她在事前的靈感及思想上，與他合而為一。即便有所排斥，她仍被貫穿，得到受胎之液的潤澤。他們（眾神或太初的聖仙）俯伏敬拜，給予祝福。」

解答：母之地接受來自父之天的受胎。

「結伴同行的兩隻鷲，抱著同一棵樹。其中一隻啄食著甘甜的菩提樹果，另一隻沒有啄食只是凝視。……」

解答：知識樹。兩隻鳥意指追求真知及永生結果的人，有兩種不同的方法與態度。……

最後的謎題其實後面還有其他段落，但在此省略。看了這些謎題，不禁讓人感到其格局的壯闊，其中講明了天地與自然現象的奧祕，幾乎可說是試圖迫近宇宙生成和存在本質的嘗試。

這裡所舉的謎題例子，是有關太陽的運行、季節的變遷，以及天地交合的主題。其中，最後的謎題，很顯然地與第五章所論述的〈兩兄弟〉的主題有關。啄食知識樹果實的鳥兒，以及不啄食、只凝視這一切的鳥兒，這兩者的存在想必也是經由同一性暗自相連。因為當我們有所行動時，「另一個我」總是在凝視著這一切。

如此想來，對人類而言，外在的所有現象都可說是「謎題」。圍繞著人類的萬物，都在向我們詢問：「你是什麼？」我們必須解開這個「謎題」，而人類的文化便是由這些解答堆積而成的。由於意義深遠，在神話或童話中會有不少與謎題相關的故事，也是可想而知。

本章所要探討的格林童話〈謎題〉，從篇名就可以看出是以「謎題」為主題的故事。我們在解開格林的「謎題」前，得先提到一個謎題。那就是伊底帕斯被斯芬克司（獅面人身像）所問的謎題。

斯芬克司站在底比斯國的入口處要求旅人猜謎，解不開謎題的人就會被奪去性命。伊底帕斯成功解開謎題，斯芬克司因而滅亡。至於伊底帕斯所說的答案，便是眾所皆知的「人」。《梨俱吠陀》的謎題擁有宇宙般的廣度；斯芬克司的謎題則期待著「人」這個答案。

若將人視為一個世界，將這個微觀世界與宇宙宏觀世界相對應的思想，不分東西方，自古便已存在。人的內在確實無限寬廣，足以跟外在的廣度相匹敵。因此，針對人類提出的謎題不止來自外在，也發自內在。「我究竟是什麼？」的外在提問，換成了「我的靈魂究竟是什麼？」的內在提問。自己的內心深處究竟有著什麼呢？靈魂是否存在？這些對人類而言，是永遠的謎題。

因為與這些謎題概念的結合，產生了如「解謎公主」或「出謎公主」的主題。換言之，這些公主們是存在男性內心深處的女性，可視為被具體化的男性靈魂。關於這點，我們稍後再來探討；目前先針對「解謎公主」與「出謎公主」來查考其故事內容。

盧西曾討論過「出謎公主」的主題，舉了各色各樣出謎公主的例子❷。源自波斯神話的《杜蘭朵公主》（*Turandot*）相當有名，卡洛．戈齊（Carlo Gozzi）與弗里德里希．席勒（Friedrich Schiller）都曾以該故事為題材寫成劇作；普契尼（Giacomo Puccini）則根據席勒的作品寫成歌劇。

杜蘭朵公主因為不想結婚，所以對求婚者出謎題，透過解不開謎題就會被砍下腦袋的這個方式來維持獨身。最後，卡拉夫王子解開了公主所出的三個謎題。不過，杜蘭朵公主在出最後一道謎題時，為了偷看王子，掀開了面紗，露出了其光輝奪目的美麗臉龐。如此光輝奪目的美貌，以及求婚者死心踏地的追求，不禁讓人聯想起日本的輝夜姬。

日本童話當中也有以「出謎公主」為主題的故事。例如，著名的〈播磨系長〉❸。話說在大仙山麓的色粉鋪中，有位工作殷勤的夥計。有一天，一位來自西邊的美麗姑娘去買了二兩的色粉。

夥計問姑娘住哪裡？她回答：「住在Fusan山麓。」問姑娘家名稱？她回答：「Haruba鋪。」問姑娘名字？她回答：「名字為四月生髮五月禿。」

夥計想了又想，實在猜不出答案來，只好跑去找山寺的和尚下將棋。他邊下棋邊說了一句：「Fusan山麓。」而和尚隨即回答：「草津町。」接著，他又相繼說了：「Haruba鋪。」和「四月生髮五月禿。」和尚也依序答道：「麥芽糖鋪。」和「那是指阿竹吧。」於是，夥計便去拜訪了草津町麥芽糖鋪的阿竹姑娘。

這篇故事後續還有其他的謎題出現，但就結局來看，夥計最後解開了謎題，並與阿竹姑娘結婚。出謎題的女性們也具有解謎的能力。也就是說，她們擁有超脫世俗的智慧。

盧西也曾舉了「解謎公主」的例子。據他所言❹，〈聰明農家女〉的故事分布廣闊，為敘述貧窮的農家女如何解謎的故事。有錢農家與貧窮農家起了爭執，審判官為了解決糾紛而出了謎題，表示能解開謎題的人就判他贏。貧窮農家有位聰明的女兒，順利地解開了所有的謎題。

盧西對此認為：「毋須只將聰明農家女視為真實的人，亦可將她視為貧窮農家的靈魂。」筆者認為他的這段敘述相當有意思。那麼，被視為男性靈魂的女性意象，又是怎麼一回事呢？

2 男性心理與阿尼瑪

第七章提及〈忠實的約翰〉的故事時，曾引證日本童話的〈畫像妻〉，說明所有男性心中都具有一幅女性的畫像。這個看法，是以榮格的思想為根基所論述的，他強調**阿尼瑪的概念是由經驗而生，而非思辨**❺。

榮格所說的「經驗」，多半是以他所進行的夢解析作為基礎。換言之，解析男性的夢，可得知在其夢中現身的典型陌生女性，是擔任引領做夢者前往未知世界的角色。在榮格所說的自我實現的過程中，相當重視與阿尼瑪的關係。馮．法蘭茲論述到這部分時，針對阿尼瑪，做了如下的簡要說明：

「阿尼瑪是將男性心中所有的女性心理傾向化為一個人格。這是一種模糊不清的感受或心情、預感、對不合理事物的感受性、愛人的能力、對自然界的情感，以及——最後，並不是說不重要的——與潛意識之間的關係等。在古代，巫女作為理解神的旨意，或與神傳達交流的媒介並非偶然。❻」

如此，潛意識內具有重要性的女性意象，在童話或神話中以重要角色之姿現身也是可想而知。我們已在〈忠實的約翰〉和〈金鳥〉看過了這部分。但也別忘了，引領男性前往未知世界的阿尼瑪，同樣具有負面性質。

馮·法蘭茲在前述的解說中，舉一個西伯利亞的童話為例，來顯現典型的破壞性阿尼瑪為何。話說，有位孤伶伶的獵人，看見有位美女從河川對岸的幽暗森林裡走了出來。只見美女邊向他朝著手，邊唱著動人心弦的歌曲，獵人連忙脫去衣物，打算游泳渡河。就在這一剎那間，美女突然變成一隻貓頭鷹，而獵人也在冰冷的河流中溺死了。誠如這篇童話所顯示，當男性禁不起阿尼瑪的誘惑，一不小心就赤身露體，打算前往未知世界，而此時他所步上的將會是毀滅之路。

實際上，在〈謎題〉這篇故事中登場的女性便充滿了危險性。主人翁一開始所遇到的，是「一位年輕貌美的姑娘」。對於有意在她家借住一宿的王子，姑娘勸他最好不要，因為她的後母是個詭計多端的魔女。即便如此，王子還是決定留宿；而那位老婆婆則以我們悉知的「紅眼睛」盯著王子直瞧。

這名魔女的存在，可以讓我們思考很多事。首先，是有關存在於阿尼瑪背後的大母神含意。實際上，像這樣「貌美」的姑娘經常與母親連結在一起，因此困難也出乎意料地很容易發生。

因愛上貌美的姑娘，而慘遭其母毒殺或差點被毒死的男性勢必不少。就人的內在來看，這顯示了阿尼瑪意象與母性意象結合的強度；而所有男性的阿尼瑪意象都是從這個母親意象發展而來的。

故事中，這名女性救了主人翁，應當可以說是存在母性意象與阿尼瑪意象之間，所謂的「姊型阿尼瑪」。若從男性的心理發展過程來探討，例如，以往總是視母親為唯一的絕對、卻在去親戚家遊玩時，受到堂表姊的溫柔對待，感受到難以言喻的親切感，或者在小學時代對隔壁鄰居的女學生大姊姊懷有戀慕之情等，都是處於這個階段。當然，心理的發展遲遲停留在這階段，最後娶了所謂妻大姊的也大有人在。

所幸王子相當賢明，並沒有留下來跟這名「年輕貌美的姑娘」結婚，而是催促隨從趕緊出發。然而，王子率先離去了，隨從「卻因花了點時間繫馬鞍，以致沒來得及跟著王子一起離開」。顯而易見地，這名隨從正是王子的陰影；而這段的描述，則真實呈現了陰影的作用。

相信我們也常有這樣的經驗吧。以為只要馬上離去就不會有問題，卻不知不覺「花了點時間繫馬鞍」而被留下，且不知那正是魔女所熬製的毒藥，就這麼或吃或喝了下去，最後導致失敗。因為就算我們的自我決定要出發，陰影若磨菇了老半天，仍會製造出麻煩來。不過，由於陰影留下而產生的麻煩，對往後的成功會有幫助，因此，陰影的確可說是一種悖論的存在。

王子與隨從繼續踏上旅程，最後來到了「美若天仙，態度卻十分高傲的公主」所居住的都城。這名公主表示，如果有人能出一道她無法解開的謎題，她就跟對方結婚；反之，要是她解開了謎題，對方就得獻出自己的項上人頭。即便知道至今已有九位男性送命，王子依舊「被公主驚為天人的美貌深深吸引，決定要賭命挑戰看看」。

如此想來，王子先前難得遇到貌美的姑娘，且對方還擁有大量的寶物，但他還是選擇離去；而在此，他竟然想跟如此危險的女性交手。雖說王子這樣的決定看似愚蠢至極，但其實這點藏有阿尼瑪的祕密在內。

阿尼瑪作為引導男性前往未知領域的引路人，必定會伴隨某些危險性。在童話等故事中所展現出的絕世美貌，一方面充分顯現了阿尼瑪的魅力，另一方面也顯現出，要是接近了這等美貌就一定會遇上的危險性。這種危險性，如同我們在〈金鳥〉中看到的，有時是以阿尼瑪意象的父親所帶來的威脅來呈現。姊型阿尼瑪的危險性較少，不過，跟這類女性結合的人，之後多半都會採取追求危險的行動。

〈謎題〉的公主宣告，她將取下失敗男子的項上人頭，而在盧西介紹過的、流傳於布列塔尼的相似故事中，便充分展現了公主的殘酷❼。

「公主站在建於城堡中庭的高露臺上，身穿紅衣，頭戴金冠，額頭上還有顆鑽石燦爛生輝。只見她手持白色棍棒，模樣猶如暴君般，既妄自尊大又暴虐殘酷。圍繞著中庭的牆柱上，吊掛著犧牲者們的屍首及骸骨。公主大抵都是在露臺上立即說出答案，於是，當下便會有四名眼神異常駭人的隨從押走可憐的求婚者，毫不留情地加以吊死。」

挑戰阿尼瑪的人必須要知道自己究竟有多少能耐？之前所舉例的阿尼瑪意象都是正面特質顯露於外，至於現在這些阿尼瑪的意象，則是針對其負面可怕之處加以描述，的確很有意思。

日本的輝夜姬等公主，雖說表面上感覺不到其殘酷性，但所有的求婚者都因難題而陷入不幸，可是公主自己卻保持獨身，就這麼回到月世界去。不得不說，這才是真正冷酷無情的阿尼瑪意象，與西方「狂妄自傲」的公主們，縱使一時將殘酷性發揮得淋漓盡致，卻相當順從地與英雄結婚的情節，形成了絕佳對比。日本人心中的輝夜姬意象甚為強烈，站在否定與異性結合的犧牲上，有意讓「哀愁」的情感變得更為洗鍊的態度，就此成了支撐日本人審美意識的支柱之一。

阿尼瑪向男性提出了賭局，身為主人翁的王子也賭上了性命。那麼，這場出謎之戰究竟會如何發展呢？

3 出謎與解謎的構造

方才說過，對人類而言，外在與內在的所有一切都是謎題。外在的事物無不都在詢問我們：「我是什麼？」我們則藉由為之取名獲得滿足。那是樹，是山，是河川……像這樣一一命名，才會感到安心。因為謎題已解開了。

對人類而言，命名究竟有多大的能耐得以對抗魔力？格林童話的〈侏儒妖❽〉55中，便有精彩的敘述。不過，在謎題看似已解開之際，疑問再度湧現：「那究竟真正是什麼？」我們對於自身的疑問也是如此。

我們的自我知道自己本身，有關外在的知識則是用來豐富自我的。然而，當自我將目光擺在自身的存在時，可以感覺到，為這存在打下深厚基礎的智慧，與方才所提到的知識，是截然不同的屬性。

榮格於自我的內部區別出了用來豐富其本身的知識，以及為自我存在打下深厚基礎的智慧，並指出後者與阿尼瑪相關。

就解謎的主題來看，清楚呈現出這樣區別的，正是先前也曾提到的〈聰明農家女〉這個故事。面對審判官的提問：「什麼最肥？」有錢農家答，是培根；聰明農家女回，是大地。像這樣，對於審判官後續的提問，他們二人分別提出了不同的解答。好比說，審判官問：「什麼最甜？」兩個人各答了蜂蜜和睡眠。審判官又問：「什麼最白？」兩個人各答了牛奶和太陽。審判官再問：「什麼最高？」兩個人各答了教會的高塔和星星。

他們二人答案的對比，明確呈現了與自我有所關連的知識，以及與阿尼瑪相連結的智慧，這兩者之間的落差。前者的答案當然也沒有錯，但相對於這顯得過於貼近人類生活周遭的現實，後者的答案顯然是較貼近宇宙的遼闊和自然界，屬性完全不一樣。

至於有展現出解謎時最佳態度的故事，像先前舉例的〈播磨系長〉也相當耐人尋味。主人翁因為自己解不開謎題，所以跑去拜訪和尚。他的請教方式相當有趣。他不直接請教，而是以邊下將棋邊說出「Fusan 山麓」等關鍵字的方式來請教。又如相似故事的〈解謎女婿〉，當中也有解不開謎題的男子，他邊跟朋友下圍棋，邊將謎題掛在嘴邊，朋友最後說出了答案的描述。

在此之所以會以下將棋或圍棋時的對話來呈現，這或許是因為下棋者的意識全都集中於棋盤上，所以與謎題相關的對話，理當都是靠著潛意識的智慧來進行的吧。單靠意識的努力所說出的答案，是屬於用來豐富自我的知識一類。

而我們的主人翁，反倒是站在出謎這邊的立場。他被要求出一道女性無法解開的謎題。他所出的謎題便是：「有個人連一個人也沒殺，就殺了十二個人。請問這是什麼？」

面對這道謎題，連擅長解謎的公主也傷透腦筋。她「不停地想了又想，依舊如墜五里霧中。即便她試著翻開一本又一本的謎題書，也找不出答案。到頭來，連聰明絕頂的她也被難倒了」。公主為何會身陷窘境呢？有關這部分，在先前曾提過，流傳於布列塔尼的相似故事中，就有述及其原因。

布列塔尼的相似故事是這麼描述的：有位名為法昆・德・凱爾布尼克的貴族打算去見公主，出謎題給她猜。這名貴族和一位精明幹練、名為普奇・尚的士兵成了朋友。

普奇・尚問貴族想出什麼樣的謎題？當凱爾布尼克一說出他所想到的謎題，普奇・尚當場就揭開了謎底，並告訴凱爾布尼克這樣的謎題根本行不通。不過，只要凱爾布尼克願意帶他一起去，照他所說的去做，就一定能成功。於是，二人便決定一起上路。

話雖如此，凱爾布尼克的母親卻希望兒子能夠留在家裡。無論她如何苦苦哀求，兒子都充耳不聞。因此，在道別之際，她給了即將出發的兩個人有毒的飲料。普奇・尚察覺到不對勁，便將飲料倒入了馬的耳朵裡。結果，馬就這麼死了，吃了馬肉的四隻喜鵲也死了，而吃了用喜鵲的肉做成點心的十六名盜賊同樣撒手人寰。

在這篇故事裡，也出現了負面母親，的確很有意思。格林童話〈謎題〉的負面母親，則是以王子在森林中所遇到的那位姑娘的後母之姿現身。也就是說，當獨生子即將踏上旅程時，必定會看到負面母親意象出現。

後來，普奇・尚給公主出了這樣一道謎題：

「離開家時，我們是四個。四個當中死了兩個。兩個當中又死了四個。這四個生出了八個。八個當中又死了十六個。現在又成了四個，我們就到您這裡來了。」

這道謎題的答案，正是他們二人所經歷過的事。出發之際，他們加上兩匹馬就是四個，兩匹馬死了，吃了馬肉的四隻喜鵲也死了……如此這般，現在他們又再度騎著兩匹馬前來，所以又變成了四個。

關於公主解不開這道謎題的部分，盧西提出了一個令人印象深刻的解釋。他認為，這些謎題的特徵就在於，謎題都是出自故事的情節。

主人翁與普奇・尚在旅途中所遭遇到的事直接變成了謎題，而普奇・尚在出發之際便深信在這趟旅途中，必定會有好的謎題出現。盧西表示，並不是主人翁腦海裡所想出的東西得勝，而是「自動形成的謎題得勝」。

另外，我們也可以用稍微不同的說法來看待這點。不管是格林童話，還是布列塔尼的相似故事，謎題的答案都是實際所發生的事，也就是外在現實。之前已提過，阿尼瑪存在於男性的內在，那是個屬於靈魂的領域。對住在靈魂世界的公主而言，外在現實就是個謎題，不可能解得開。這跟對只待在外在現實的人類而言，公主是個永遠的謎題的情形是一樣的。

故事中描述解謎公主雖然漂亮卻十分高傲。那麼，我們是如何體驗到阿尼瑪的高傲呢？男性一旦開始注意到阿尼瑪的存在，就會被其內在之美所魅惑，而對自己以往所重視的事不再有任何感覺。我們會認為人心之間的接觸是最重要的，為此可以不需要地位、財富或榮譽，這確實沒錯；但另一方面，這種想法也存在「高傲」的危險性。而這時，外在現實的謎題將會摧毀阿尼瑪的、亦即靈魂的高傲。

所以，公主無法解開王子出的謎題。但她並沒有就此放棄，反倒差遣侍女去打探祕密。而這部分的描述，可說是真實地呈現出了男性與女性之間的複雜性。

4 謎題糾纏於男女關係之中的原因

方才已指出，主人翁的王子身邊帶著隨從這個陰影；因解不開謎題而身陷窘狀的公主，則差遣了侍女這個陰影去打探祕密。然而，王子的隨從也非等閒之輩，他代替王子躺在床上。於是，成了陰影與陰影的對決。

若將王子與公主的關係視為現實生活中的男女關係，會讓人想起陰影的介入也時常發生在男女關係之間。對男性而言，女性是謎題；對女性而言，男性也是謎題。當兩個人因這樣的不可理解而感到焦慮、憤怒時，兩個人的關係就會轉移到陰影的關係。

在故事中，侍女一潛入了王子的寢間，隨從便扯下了她的斗篷，並揮起小枝條將她趕出去。男女關係一旦有了糾葛，並開始相互責怪對方，就會視對方為極大惡人。對於自己為何會愛上這樣的人，與其說感到不可理解，倒不如說是感到無可奈何。夫妻或情侶們之間的惡言惡語，有時甚至會讓人覺得根本毫無界線可言。

男女關係，除了陰影外，再加上各自的阿尼瑪和阿尼姆斯，就成了六人行的組合。在對話中，若不仔細分辨現在是誰跟誰在對話，肯定會一片混亂。原以為個性應當十分倔強的女性，竟冷不防地哭了出來；看似性情溫柔的男性，竟突如其來地抓狂怒吼。像這樣，之所以會有這些讓彼此驚嚇連連的情形發生，原因就在於六名男女對話的複雜性。

然而，到了第三次的潛入，便成了公主與王子的直接對決。陰影的對決沒有結束的時候。為了要回到原本的關係，放棄陰影的關係，由本人親自上陣對談才是最好的辦法。但其實要一名男性與一名女性「真正地」面對面，是難上加難的。就在只有兩個人面對彼此的情況下，公主得知了謎題的解答；而王子扯下公主的斗篷一事，則可說是公主也不再隱藏自身的表現。

公主為了解開謎題而感到欣喜，但在斗篷的佐證下，審判官最後判定了王子的勝利。「給這件斗篷繡上金線和銀線的刺繡，就用它作為婚禮的服飾吧！」以這句審判官的宣判作為故事結尾，實在令人印象深刻。

婚禮有適合婚禮的服飾。一度被王子扯下斗篷的公主，藉由裝扮的更新，就此成了新娘；而在此所示的「服裝」，便是榮格所說的「面具人格」之象徵。

我們每個人都得戴著符合社會期望的面具過活。就像我們總是被教導說，男孩子要有男孩子樣，女孩要有女孩樣。這種普遍的期望傾向存在於每個社會之中，唯有戴上符合這類期望的面具人格，我們才得以在社會上占有一席之地。但是，**男性心中的女性傾向並沒有被納入面具人格，而是化為阿尼瑪潛藏在潛意識裡。同樣地，女性的情況也是**

如此。

因此，面具人格若過於強大，就會導致過度壓抑阿尼瑪，這樣的人縱使有辦法適應社會，也可能會感覺到自己存在的根源岌岌可危。不過，要是過度被阿尼瑪吸引，以致可以輕易捨棄面具人格，這樣的人就會如先前舉例的西伯利亞童話中的主人翁那樣，落得赤身露體而亡的下場。

面具人格跟阿尼瑪或阿尼姆斯之間的相剋，是人們在自我實現的過程中會切身體驗到的糾葛。說起對面具人格甚為重視的愚蠢行為，在著名的〈國王新衣〉故事中便有精彩的呈現。即便如此，我們仍不可忘記，**直接面對赤裸裸的真實，將有喪命的危險**。

阿尼瑪與阿尼姆斯有時會突破面具人格，讓男性阿尼瑪化，讓女性阿尼姆斯化。例如，席勒對於杜蘭朵公主的描述，看似就是在描述阿尼姆斯化的女性。

「指責我既無情又殘酷的人滿口都是謊言。天上的神明也全看在眼裡。我一點也不殘酷，只是想自由地活著罷了。我不想成為某人的所有物。身為皇帝之女的我認為，即便是身分再卑微的人，在母親的胎內，還是擁有來自天上所賦予的權利。通觀全亞洲，女性無不遭受鄙視，被套上奴隸的桎梏。我將同性受辱的恨意宣洩在妄自尊大的男性身上。從男性勝過溫柔女性的論點來看，這不就只是具有粗暴的力量而已嗎？為了守護我的自由，自然界將成為我的武器，賜予我具獨創性的腦袋和敏銳的才智。……」

杜蘭朵公主的發言還有後續。我想對她的這番話有所共鳴的人，想必不少。她攻擊了男性的狂傲自大，稱讚自身之美，還誇口道：「美麗絕不會被當作人的戰利品。美麗與太陽一樣自由。」然而，自尊心如此強的公主，對於解開她所出的謎題的王子，竟樂於以身相許，我想這件事才是個謎題吧。男性與女性的關係幾乎都是充滿了謎題。

格林童話中的〈聰明的農家女〉94故事，針對男女關係之間的謎題，則是給了我們一項啟示。話說，這名聰明的農家女靠著自己的智慧，成了王后。不過，也因為機靈過頭，刺激到國王，國王揚言要跟她離婚。

聰明的姑娘因聰明而成了王后，也因聰明失去了這個地位。縱使如此，國王還是覺得王后甚為可憐，便告訴她說，兩人離婚後，她可以帶走一件對她而言最寶貴的東西回老家。

王后認為，對自己而言最寶貴的東西就是國王。於是，就將熟睡中的國王帶回老家。國王一醒過來，得知王后對他用情至深，便決定與她復合。

說起來，在盛怒之下決意要離婚的國王，當他提出王后可以帶一件最寶貴的東西回家的這項條件時，不是也在無意中給了王后一道謎題嗎？

常言道，答案就在問題中。「對妳而言，最寶貴的東西是什麼？」國王提出了這個答案就在其中的謎題。身為男性的國王因為無法忍受女性的狡黠智慧，以致按捺不住滿腔怒火。不過，他也不可能真的切斷與女性之間的羈絆。這時，他的潛意識提出了一道謎題，而女性則靠著自己的智慧，順應了謎題的本意。如此這般，這對離了一次婚的男女，才得以在新的領域中再次復合。

1－《梨俱吠陀讚歌》　直四郎譯，岩波文庫，一九七〇年。

2－盧西《童話的本質——從前從前在某個地方——》（野村泫譯）福音館書店，一九七四年。

3－關敬吾《日本童話集成　第二部正統童話1》角川書局，一九五三年。

4－盧西，同前書。

5－C. G. Jung, Concerning the Archetypes, with Special Reference of the Anima Concept, The Collected Works of C. G. Jung Vol. 9, Pantheon Books, 1959.

6－馮．法蘭茲〈個體化的過程〉（收錄於榮格編，河合隼雄監譯《人及其象徵》下冊，河出書房新社，一九七五年）。

7－盧西，同前書。

8－於金田鬼一譯《格林童話集》岩波書店版本中，該篇故事篇名被譯為〈喀嗤喀嗤的小矮子〉。

第10章

女性心中的男性

鶇嘴國王

鶇嘴國王 König Drosselbart

國王膝下有位公主，雖然美麗出眾，卻自視甚高、任性驕縱。不管是什麼樣的求婚者，都沒有一個是她看得上眼的。她不僅一次又一次地冷漠拒絕，甚至還不忘冷嘲熱諷。

某次，國王盛大宴客，接待來自遠近各國、有意迎娶公主的男士們。群聚而來的男士，全都按身分的高低坐成一排。首先是國王，依序是公爵、侯爵、伯爵和男爵，最後則是貴族們。

當公主通過男士們的行列時，對誰都總要評頭論足一番才肯罷休。她看第一個人太胖，便說：「酒桶先生！」第二個人太高，便說：「長那麼高，走路肯定常常重心不穩而摔跤。」第三個人太矮，便說：「又矮又胖，醜斃了！」第四個人臉色太差，便說：「你是死神吧？」第五個人臉色太紅，便說：「戴著紅冠的公雞。」第六個人駝背，便說：「這是被爐火烤乾的生木材啊！」

每個人都被公主批評得一無是處。其中，格外成為公主笑柄的，是一位坐在上位的善良國王。公主看他的下巴稍微尖了些，便說：「這是怎麼回事？這下巴簡直就像是鶇鳥的喙嘛！」

因此，從那時起，該名國王就被冠上「鶇嘴」的綽號了。

老國王看到女兒盡是一副目中無人的模樣，所有的求婚者都被她嫌棄到不行，不禁勃然大怒，發下狠誓：「很好，既然如此，那我就把妳嫁給接下來第一個來城堡大門口討食的乞丐。」

兩、三天過後，一名賣唱樂師為了討取微薄的施捨，就在城堡窗台下唱起歌來。國王聽到歌聲，隨即吩咐道：「去把那個人帶進來。」只見一身破爛邋遢的賣唱樂師走進來，站在國王和公主面前為他們獻唱。唱畢後，他表示希望能討些犒賞。

國王對他說：「我很喜歡你唱的歌。所以，我決定把公主嫁給你！」

公主一聽，完全嚇壞了，但國王卻說：「我不是曾發過誓，要將妳嫁給第一個來討食的乞丐嗎？君無戲言。」

再也沒有什麼可讓國王改變心意的了，於是就喚來牧師，當場讓公主跟樂師完婚。待儀式結束後，國王又對公主說：「好了，妳既然已成了乞丐的妻子，今後就不宜繼續住在這座城堡。妳就跟著妳的丈夫回家吧！」

於是，乞丐牽起公主的手，帶她走出城堡。公主邊哭邊跟著乞丐無精打采地走著。途中，他們來到一座大森林，公主不禁開口問道：「這座漂亮的森林是誰的？」

「是鶇嘴國王的。要是妳當初嫁給他，現在就是妳的了。」

「我實在可悲，早知就該選擇他！」

接著，他們來到一座牧場，公主又開口問道：「這座綠油油的漂亮牧場是誰的？」

「是鶇嘴國王的。要是妳當初嫁給他，現在就是妳的了。」

「我實在可悲，早知就該選擇他！」

不久，他們來到一座大都城，公主又再問了一次：「這座大都城是誰的？」

「是鶇嘴國王的。要是妳當初嫁給他，現在就是妳的了。」

「我實在可悲，早知就該選擇他！」

「妳真的很討人厭。」賣唱樂師抱怨道：「這一路上老是在提其他男人的事，難道有了我還不夠嗎？」

最後，他們來到了一間毫不起眼的小屋前，公主看了不禁問道：「這間屋子真是小得嚇人，如此狹窄又毫不起眼的破舊小屋到底是誰的？」

賣唱樂師回答：「這是我的家，也是妳的家。我們今後就要一起住在這裡。」為了穿過那低矮的門，公主甚至還得彎下腰。「傭人們在哪裡呢？」公主問道。「啥？什麼傭人哪！」乞丐答道：「在這裡什麼事都要自己來。好了，妳馬上去生火、汲水，然後為我做飯。我已經累慘了。」

話雖如此，公主卻完全不知該如何生火和下廚。乞丐逼不得已，只好親自動手，總算搞定了晚飯。用完簡陋的餐點後，兩個人就躺上床休息了。

隔天一大清早，乞丐將公主趕下床，因為她得負責做家事。這樣的日子過了兩、三天後，家裡的儲糧已見底了。

乞丐對公主說：「老婆，家裡的儲糧已經吃完了，妳也該做些工作，可不能再悠哉度日。不如妳就編個籠子拿去賣吧！」乞丐隨即出門去，砍了一些柳條帶回來。

公主開始編起籠子，但粗硬的柳條卻割傷了她細嫩的手。

「我知道了，這個妳根本做不來。」丈夫說道：「我看妳還是紡紗吧！這還比較實在些。」

公主就坐在紡紗機前開始紡起紗，但不一會兒，粗硬的紗線便割傷了她柔軟的指尖，鮮血沿著手指流下。

「這是怎麼一回事！妳這傢伙真是一點用處都沒有。」丈夫說道：「娶了妳當老婆，簡直倒楣透頂！不然，我們這次來做些鍋碗瓢盆的買賣，妳就負責在市場擺攤吧！」

公主一聽不禁心想：「天哪！要是父王那邊的人民來到市場，看到我坐在地上賣東西，一定會嘲笑我。」可是她也別無選擇，為了避免兩個人餓死，也只能這麼做了。

擺攤一開始相當順利。因為公主的美貌，客人們都很樂意照她所出的價，買下她手中的商品。沒錯，甚至還有不少人付了錢後，沒帶走壺罐，就這麼空手離去。

兩個人靠著賺來的錢生活了一段時間後，丈夫又去批了一大批的貨。公主帶著這批貨來到市場，找了一個角落坐下，然後將商品擺放在自己的周圍。

突然間，有個喝醉酒的輕裝騎兵直朝公主衝來，冒冒失失地騎著馬踩進壺罐的擺放處，將商品全都踩個粉碎，無一倖免。

公主忍不住哭了出來，這下該怎麼辦才好呢？她越發不安，不知所措地喊道：「我究竟會有何下場！我丈夫又會怎麼說我呢！」

公主連忙跑回家去，將她在市場所遇到的不幸事件說給丈夫聽。

「市場空間那麼大，怎會帶著陶瓷品在角落擺攤呢！」丈夫說道：「好了，妳就別哭了。我早知道妳根本做不了一般人的工作，所以，我去了這裡的王宮一趟，打探是否有缺一名廚房女傭。結果，王宮那邊答應我要試著雇用妳，而相對的，妳則可分到免錢的飯吃。」

國王的女兒至此淪落成了廚房女傭，必須幫忙料理菜餚，盡做些辛苦的打雜工作。公主在自己衣服兩側的暗袋裡分別捆綁了一只小壺罐，用來盛裝自己分到的剩菜剩飯，好帶回去跟丈夫一起享用。

之後，王宮內舉行了國王大兒子的婚禮。可憐的廚房女傭就站在大廳門口，也想登入殿堂觀禮。

不久，燈逐一點亮，打扮得燦爛奪目的賓客們魚貫而入。看著眼前耀眼絢麗至極的榮華光景，女子不由得想起自己的悲慘命運，心情頓時一沉，暗自咒罵起自己的自以為是，害自己落得如此悲慘的下場，還墜入貧窮的深淵。

豪華豐盛的料理接連著端進端出，傳來陣陣撲鼻香氣。傭人們不時會扔些剩菜給她，女子便全裝進自己身上的壺罐裡，準備帶回家去。

這時，王子正好走了進來。他身穿著以天鵝絨和綢緞製成的禮服，脖子上繫著一條金項鍊。王子看到站在門口處的美麗女子，隨即牽起她的手，邀她一起跳舞。公主慌忙拒絕，同時心裡也不禁一震。因為那位王子不是別人，正是以前被她冷漠拒絕的求婚者，鶇嘴國王。

無論她如何反抗都沒有用。王子一把將公主拉進大廳。就在那當下，她暗袋的繩子斷了，壺罐就這麼滾了出來，流了一地的湯汁，也撒了一地的菜餚。

在場的人們一看，個個都忍不住哈哈大笑起來。公主羞愧得無地自容，恨不得當場挖個洞鑽進去。她從門口衝出去，打算逃離現場，卻在階梯上被某個男子拉住，帶回了城堡。

她定睛一看，原來又是那位鶇嘴國王。國王溫柔地告訴公主說：「妳用不著害怕。那個跟妳一同住在破舊小屋的賣唱樂師，還有這個我，其實都是同一個人。我因為深愛著妳，所以才會演了這齣戲。老實說，那個踩碎所有壺罐的輕裝騎兵也是我扮的。我之所以會策畫這一切，都是為了挫一挫妳傲慢的氣勢，懲罰妳那把我狠狠嘲諷一頓的狂妄自大啊！」

公主一聽，不禁悲痛欲絕地回應道：「我真的是太不應該了。像這樣的我根本沒資格做您的妻子。」

然而，王子卻對她說：「放心吧！那令人厭惡的日子都已經過去了。現在該是歡慶我們兩個人結婚的時候了。」

於是，一群侍女們走了過來，為公主換上絢麗璀璨的禮服；接著，她又看到了父王以及城堡裡的人們，大家全都來為她跟鶇嘴國王的結婚獻上祝福。

真正幸福快樂的日子，現在才剛要開始呢！要是你我也在現場，想必會為此感到欣慰吧！

1 父親對女兒抱持的隱蔽願望

格林童話的〈鶇嘴國王〉52是篇富有神奇吸引力的故事。孩提時代讀了這篇故事後，想必有不少人都深深體驗到一股難以言喻的不能自拔吧。

根據鮑特和波夫卡的註釋❶，〈鶇嘴國王〉是格林兄弟將兩篇故事彙整為一篇而成的。相澤博指出，透過格林兄弟的這般操作，這篇故事不僅成了一項藝術作品，就新穎的童話來看，同時也具有近代短篇小說式的內容和結構，藉此說明了〈鶇嘴國王〉之所以會那麼吸引人的原因❷。

再者，這篇故事更是具有許多如後述那樣各種耐人尋味的論點。如同馮・法蘭茲提出的❸，這篇故事精彩描繪出了榮格所說的阿尼姆斯。如果就這一部分來看，〈鶇嘴國王〉也可說是相當寶貴的一篇故事。因此，筆者決定把焦點擺在阿尼姆斯，試著從這個角度來探討。

在故事開頭登場的人物，是身為父親的國王和其獨生女。就像母與子的人物組成那樣，父與女的人物組成也是童話開頭常有的一種形態。話說，這名公主「雖然美麗出眾，卻自視甚高且任性驕縱」，不管是什麼樣的求婚者，她一個個都拒絕了。

這究竟是怎麼一回事？父女之間的羈絆強烈，再加上當中沒有母親的存在，這表示身為主人翁的公主欠缺了母性。在這般情況下，她絕不會想到要特意切斷與父親之間的羈絆，跟某人結婚，讓自己成為生下孩子的母親。因為相較起身為父親的國王，那些坐成一排的求婚者根本不值一看。

不過，身為美人，這不管是對公主自己，還是對她周遭的人們來說，都是件麻煩事。因為她是美人，人們紛紛聚集了過來。此時，不把美貌當成問題、只認同自己的人會認為，是自己本身的價值讓人們聚集而來；而這樣的女性勢必會心生傲慢。反之，**因為美貌而無法輕易認同自己的人，則會將自身的價值與美貌分開來思考**。

對於聚集到自己身邊的人們，女性若有了「這些人不是因為覺得她是個有價值的人，而是單純被她的美貌所吸引而來」的想法，反倒會詛咒起自己的美貌。「我不是被當成人，而是被當成物品看待吧？」像這樣對他人產生了疑問，有時也會凝結成對人的強烈不信任感。智能或體力某種程度是與生俱來的，但也需要適度的鍛鍊。因此，在這鍛鍊的期間，會有自覺地將智能與體力視為自己的所有物。但由於美貌較少有這樣的構成要素，要將之視為自己的所有物，反倒必須付出相當大的努力。

深受美麗女性吸引的，不是只有他人而已。我想最傾心於公主的，應該就是身為其父的國王吧。國王在親情上感受到了難以解釋的附加情感。也就是說，公主成了國王的阿尼瑪。至於公主，誠如後述，她也在父親身上看到了阿尼姆斯的原型。

話雖如此，當某個時期到來，女兒還是得離開父親不可。當女兒找到了新的阿尼姆斯意象來取代父親時，父親的愛便會滿懷喜樂來迎接。這時，父親心中喜樂和悲傷所產生的矛盾，就在須佐之男的大聲喊叫中有了精彩的呈現。這部分在第八章已稍作論述了。

在〈鶇嘴國王〉中，為了讓公主知道那個時期即將到來，國王打算盡自己身為父親的義務，為公主舉辦了宴會。但公主的傲慢讓群聚而來的男性難以接近。不僅如此，她還對每一個人評頭論足了一番。例如，「酒桶先生！」、「長那麼高，走路肯定常常重心不穩而摔跤。」等等，評語可謂辛辣至極。

那麼，聽了公主的評語後，國王的心情又是如何呢？我想，他一方面對於自己女兒的舉止感到盛怒，另一方面也不禁對於她那雖然辛辣卻也一針見血的評語暗自竊喜吧。面對女兒自己所挑選的對象，大罵對方是「酒桶」或「竹竿」的父親，在這世上何其多。不過，看到公主最後竟拒絕了所有的求婚者，國王的情感突然一面倒，發下要招乞丐為女婿的狠誓。之後，他也的確依自己的誓言，將最疼愛的女兒親手交給了乞丐。

其實在此也潛藏著父親的隱蔽願望。當父親得知沒有人可以帶給女兒完全的幸福時

——雖說也不可能真的有這樣的人——他反而為女兒選了一個格外劣等的丈夫。因為他在尋找女兒或許會受不了跟這樣的男性生活，而決定逃回到更出色的男性旁邊，亦即回到父親身邊的可能性。父親這般的隱蔽願望就潛藏在其中。

國王在盛怒之下將公主嫁給了乞丐。**當人們受情感左右而衝動行事時，其實在這之中也藏著潛意識的願望。潛意識中存在著連公主自己都察覺不到的深層含意，並發揮了作用。**也就是說，公主在這種情況下，不但沒有逃回父親身邊，反倒為了發展她的阿尼姆斯，去找了更適當的人選來作為自己的丈夫。

2 阿尼姆斯改變了女性

到目前為止，我們都是從身為父親的國王立場來看這篇故事。接下來，我們將改從公主的立場來探討。

美麗的公主捨棄了所有前來示愛的求婚者。她究竟是如何擁有如此強大的捨棄力量？在公主如此強大力量的背後，有著身為父親的國王存在。方才說過，公主是透過父親形塑出心中的阿尼姆斯。那麼，這個阿尼姆斯又是怎麼一回事呢？

阿尼瑪是男性心中的女性意象原型，阿尼姆斯是女性心中的男性意象原型。當女性的女性特質逐漸養成，另一方面，阿尼姆斯也在潛意識中逐漸茁壯，甚至有時還會對女性的自我造成影響。

榮格表示，**阿尼瑪讓男性醞釀情感，阿尼姆斯則讓女性表達意見**。阿尼姆斯的力量一旦變強，女性就會突然表達起意見。「我認為應該……」、「必須要……」，概括而論，這是正確的，但往往也有許多地方與各個實際現狀不相符。

在這樣的情況下，想跟該名女性爭辯近乎是不可能的。多數男性會在這時選擇訴諸情感，例如，「被妳這樣說未免也太可憐了……」或是「多少有點同情心嘛……」等。但是，面對確信自己不會被情感束縛、曲解正義的阿尼姆斯，其力量是難以抵抗的。

夫妻之間的對話，也經常動不動就變成阿尼瑪與阿尼姆斯間的對話，互換男女的角色。這時候，丈夫若沒有回過神來，施展男性面的暴力，對話會無法結束……說是這樣，不過，因為很可能會再受到阿尼姆斯的攻擊，最後還是不要妄下斷語。

阿尼姆斯的斬斷力十分強大。就如故事中的公主對求婚者所做的事，雖然她所說的話是正確的，捨棄這樣的求婚者也可說是理所當然，但就結果而言，她勢必會嘗到與人分開的孤獨。在女性形塑自我的過程中，無論如何都會體驗到某程度的孤獨感。

斬斷力強的阿尼姆斯，若遇上只要是自己的孩子、就打算緊抱著永不放手的母性，二者將形成敵對關係。一邊是會將所有人及所有事物含括其中，與之融為一體；另一邊則是會斬斷所有關係，孤立自己。女性阿尼姆斯的幼稚淺薄主張，會以「為什麼我不可以做？」的形式呈現出來。大家都在做的事、男孩子都在做的事，以及大人都在做的事，為什麼我不可以做？同時，在這提問背後，也存在著由自己最近才在報紙上讀到的「知識」，如平等或人權等所形成的強力後盾。

「我為什麼不能去見特魯德夫人呢？」不理會父母親的勸告，還是一溜煙地跑出去的女孩（第二章），她的行動正是受到未成熟的阿尼姆斯驅使。至於她後來的下場，我們都已知道，女孩在一瞬間就被大母神奪去了性命。阿尼姆斯與大母神的對戰，是搏命的戰鬥。不過，只要能坦然接受那份痛苦，咬緊牙關撐過去，阿尼姆斯就會跟大母神產生和解。像這樣的事，我們也已在格林童話〈瑪利亞的孩子〉的故事中看到了。

若從背負阿尼姆斯所要承受的痛苦來看，絲毫沒有察覺到阿尼姆斯存在的女性可說是幸福的。至於對阿尼姆斯一無所知的幸福，在希臘神話〈邱比特與賽姬〉的故事裡就有很美的描述。

根據神話所描述，少女賽姬被迫與怪物結婚。結婚後，雖說她的丈夫只會在夜裡歸來，天一亮就立即出門去，完全無法看到他的身影，但他卻是個溫柔體貼的人。賽姬住在如同宮殿般的家，受到無微不至的照顧，整個人沉浸在幸福之中。這樣的幸福生活真實地呈現出了對阿尼姆斯「無視」、「無知」的歡樂。

然而，賽姬後來在姊姊們的慫恿之下，難以繼續維持這樣的生活，最後打破了丈夫的禁令，在某個夜裡點燈看到丈夫的身影。丈夫邱比特一氣之下，當場跑了出去；而從這時起，便開啟了賽姬的苦難之路。

在此重要的是，丈夫邱比特不准賽姬看到他身影的禁令。女性沒有看到阿尼姆斯或許比較幸福。不僅如此，有許多男性也不希望自己的妻子察覺到阿尼姆斯的存在。看到阿尼姆斯的人，勢必都得走上苦難之路。這段路痛苦難耐，卻不允許中途放棄。說得更直接了當，走這條路必須要有頑強不屈的堅持。就如〈瑪利亞的孩子〉所敘述的，女孩的頑強不屈引領她往高處去，故事正指明了這點。當然，她也為此吃了不少的苦頭。不過，正因為她接受了這份痛苦，最後才得以跟天上的聖母達成和解。

賽姬所走的路也是一樣❹。阿尼姆斯讓女性透過苦難，提升到更高的自我。**當阿尼姆斯發揮正面作用時，女性將得以活得更富有創造力。憑著與阿尼姆斯的戰鬥，她的母性受到鍛鍊，不再追求盲目的認同，而是提升到滿有智慧的愛。**

既不是被阿尼姆斯所束縛，也不是將阿尼姆斯投射到某人身上，而是讓阿尼姆斯存在於自己的心中，藉由持續與之對話，達成女性的自我實現。〈鶇嘴國王〉所描述的，就是這個過程。

3 女性精神的祕密

在國王的命令下被迫與乞丐結婚的公主，離開了自己住慣的城堡。就這樣，認識了阿尼姆斯的女性即將展開苦難的旅程，這般的淪落正是被阿尼姆斯束縛的女性不時會嘗到的苦頭。

阿尼姆斯的思考總是在極端之間遊走，堪稱是 all or nothing 的愛好者，其理論沒有中間值，只有國王或乞丐的二擇一。因此，跟乞丐一同踏上旅程的公主，不禁對自己的行為怨嘆不已：「我實在可悲，早知就該選擇了他！」

假如女性的阿尼姆斯發展過程就在這個階段止步，那麼，她就是個假惺惺反省的高手。表面上看似不滿於現狀，一再反省自己：「早知那樣做就好了，早知這樣做就好了。」但之所以能識破她不是真的在反省，證據就在於她並沒有因此而扛起責任，致力改變自己的生活方式。

她傾注全力在做的，僅是不斷地回顧過去，自我憐憫：「明明我本來真的有機會可以跟國王結婚的！」

面對這樣的情況，男性也無可奈何，只能稍微唸個一兩句：「妳老是在提其他男人，難道有了我還不夠嗎？」說起來，不會把這些話說出口，只會在心裡暗自抱怨的男性想必也不少吧。

所幸公主並沒有在這階段止步。在下一個階段，阿尼姆斯便要求她得生火下廚。這是非常有意思的事。方才說過，大母神跟阿尼姆斯是會產生和解的，但這並非一蹴可幾。真正有意讓阿尼姆斯發展的人，也得讓母性有所發展。二者乍看之下似乎是敵對關係，事實上是形成互補關係。沒有鍛鍊阿尼姆斯的母性顯得過於傻里傻氣；而沒有母性支持的阿尼姆斯則顯得過於冷漠。

公主遵從阿尼姆斯的命令，開始動手做起母性的工作。然而，無論是編籠還是紡紗，她都完全做不來。阿尼姆斯的回應非常嚴厲：「妳這傢伙一點用處也沒有。」

以前那個視在座的王爵貴族們為取笑對象的女性，如今在此嘗到了極大的屈辱。能夠與阿尼姆斯持續對話的人，將領悟到自己的無能究竟有多麼討人厭；而這也可以明顯地看出深受阿尼姆斯所吸引的人，究竟有多厭惡他人的無能表現。

領悟到自身無能之處的公主，又被賦予其他的工作。那就是在市場兜售鍋碗瓢盆等器皿。這次的工作似乎進行得十分順利。因為她的美貌派上了用場，「甚至還有不少人付了錢後，沒帶走壺罐，就這麼空手離去」。

來到這個階段，公主總算得以稍稍喘息。夫妻二人合作無間，丈夫負責批貨，公主則在市場擺攤兜售。在這段期間，她的阿尼姆斯有效發揮了其功能。

再者，若將公主丈夫的作用視為她自身內在的阿尼姆斯的作用，也可說公主儼然已成了足以跟男性並駕齊驅的女性，有能力完成如需靠腦力或企畫等工作。但是，基於補償作用，她不得不選在市場的角落擺攤。公主所兜售的壺罐，就女性的象徵性而言，是相當普遍的。她不得不賤賣自己的女性特質。

事實上，一旦涉及工作或學問，有時會看到精明能幹的女性當場所或機會改變，會不惜揮灑自己低廉得嚇人的女性特質。她們的心，正是依著能幹的阿尼姆斯和未成熟的女性特質來保持平衡的。

然而，短暫的安定後來卻被突如其來的輕裝騎兵踩得粉碎。騎著馬衝進市場，將壺罐踩得粉碎的輕裝騎兵之姿，具體表現出了阿尼姆斯突然侵入的驚人氣勢。對於阿尼姆斯的可怕之處有如此深入瞭解的女性，在日本為數不多。這與日本男性阿尼瑪的發展仍處於低階段的事實相當。

如果說摧毀公主短暫幸福的是阿尼姆斯，那麼斥責她、安慰她、替她找到下一個工作的，也是阿尼姆斯。實際上，我們都知道這兩個人物本來就是同一個人。

縱使失敗連連，公主仍然毫不氣餒，再次勇於迎向下個新工作。她淪落成了廚房女傭，負責「幫忙料理菜餚，盡做些辛苦的打雜工作」。她使用自己的身體，從事屬於女性的工作。相較起剛結婚時那個連生火也不會的公主，現在的她確實變得堅強了許多。比起她當公主時所過的生活，現在得靠撿拾他人吃剩的菜飯來填飽肚子，簡直可說是跌入了萬丈深淵。不過，再仔細想想，仰賴施捨過活也堪稱為求道者的特權。

相對於外在身分的淪落，公主內在的求道過程則是不斷朝頂點邁進，只是她自己無法意識到罷了。因為當她看到王子婚禮華美絢爛的光景時，「不由得想起自己的悲慘命運，心情頓時一沉，暗自咒罵起自己自以為是，落得如此悲慘的下場，還墜入貧窮的深淵」。為了讓公主登上最後的階段，得讓她再嘗到一次痛徹心腑的卑微感。結果，她所體驗到的，是在盛裝打扮的滿座賓客面前，撒了一地的殘羹剩菜，淪為大家的笑柄。

以前因她一句機靈而發的嘲諷，讓鶇嘴國王成為眾人的笑柄；而這樣的哄堂大笑，如今又精彩地重現了一次。好比以前的她藉由嘲諷他人站上得意的頂峰，卻也讓她因此成了乞丐之妻那般，這場令她羞愧得「恨不得當場挖個洞鑽進去」的眾人嘲笑，將再次讓她從乞丐之妻反轉成為王后。物極必反的狀態在此有了極為巧妙的描繪。

鶇嘴國王的說明，向公主表明了一切。正因為她不畏困苦、努力地存活下來，如今才有辦法明白這一切的含意。公主的阿尼姆斯已不再具有強勁的破壞力，而是化身為溫柔的國王，告訴她說，歡慶他們兩個人結婚的時刻已到了。

4 阿尼姆斯的化身——「奧丁」

阿尼姆斯在〈鶇嘴國王〉的故事中，以各種人物之姿現身；而馮・法蘭茲指出，在這些人物意象的背後，其實都可以看見北歐神話主神奧丁的身影[5]。

據聞格林兄弟在興起蒐集童話的想法之際，相當期待能夠在童話中找到因基督教傳入、而慘遭破壞的古代宗教片段。格林童話中確實存有看似留有北歐神話痕跡的故事。但就童話主題的普遍性而言，很難輕易斷定。

之前第六章論及〈玫瑰公主〉時，筆者曾指出少女沉睡的主題與北歐神話的關連性，因而又稱為布倫希爾德母題。不過，關於這部分，其實也很難斷定〈玫瑰公主〉有直接受到北歐神話的影響。

話說回來，在〈鶇嘴國王〉中，這個鶇嘴國王時而化身成乞丐，時而化身成輕裝騎兵。據傳，北歐的主神奧丁，也時常以乞丐之姿去拜訪民家。夜裡，一名遮住部分面貌的陌生男子登門，只留下三言兩語便轉身離去。後來，人們才察覺到原來那名男子正是奧丁。對於深夜登門拜訪的陌生男子，要當場看出對方是不是奧丁並非易事，搞不好還會被誤認成盜賊。如同公主也沒有識破鶇嘴國王所偽裝成的乞丐。

傳聞奧丁有時會騎著馬在山野奔馳。他的坐騎是匹擁有八隻腳，名為斯雷普尼爾（Sleipnir）的馬，疾行如風。傳聞奧丁也會率領著被領來瓦爾哈拉（Valhalla）的戰亡武士們，於暗夜之中行軍。而那駭人的毀滅騎士之姿，則可說是〈鶇嘴國王〉中，那個闖進市場踩碎了公主所有壺罐的輕裝騎兵的原型。

奧丁當然是王者。他是北歐眾神中最高位、最偉大的神，掌管所有的土地。在〈鶇嘴國王〉裡，公主所經過的森林、牧場及都城，也全都在鶇嘴國王的掌管之下，不禁令公主甚感訝異。是故，鶇嘴國王的原型確實存有奧丁的身影。

這樣看來，存在德意志民族內心深處的奧丁身影，其偉大之處可謂一目瞭然。誠如公主的阿尼姆斯背後有位偉大的奧丁，奧丁也持續活在所有德國民眾的內心深處。而我們在閱讀〈鶇嘴國王〉的故事時，之所以會感受一股奇妙的吸引力，除了先前所提到的原因外，或許這也是因素之一吧。

這便是所謂的新穎童話。沒有出現任何一位巫婆，也沒有動物會說人話。然而，我們讀著這篇少了魔法的故事，卻能感受到在其背後有股不可計量的強大力量在運作。這正是存活在北歐人們心底的奧丁之力。

格林兄弟藉由兩篇故事的結合，在此創造出一篇故事。這究竟是存在他們潛意識中的奧丁為這篇故事施加了巧妙的變化？還是他們有意識地描繪出了奧丁的身影？筆者無從得知。不僅如此，我想，任誰看了這篇故事，都會有個疑問。那就是當公主的父王在盛怒之下發誓要將她嫁給乞丐時，他是跟鶇嘴國王串通好的嗎？還是鶇嘴國王獨自策畫了後續一切？

與其對此深入探究，不如說在這些國王背後都存有北歐最高位之神，奧丁的身影。如此想來，確實可讓人深切感受到，故事整體的情節發展，彷彿是由超越人類的智慧所建構而成的。

5 有價值的再婚

故事最後有了一個快樂的結局——歡慶鶇嘴國王與公主的結婚。若將此也視為一場婚禮的話，這便是第二次的婚禮。

公主先跟偽裝成乞丐的國王舉行了一次相當簡陋的婚禮；至於第二次的婚禮，故事告訴我們：「就這樣，真正幸福快樂的日子，現在才剛要開始呢！」

從這點來看，為了明白結婚真正的喜悅，不得不舉行兩場婚禮的人似乎也不在少數。佩羅童話的〈格麗瑟莉蒂絲❻〉（La Patience de Griselidis），具有與〈鶇嘴國王〉相似的主題；故事中也出現了第二次婚禮的主題。

格麗瑟莉蒂絲是個美麗的牧羊女。耐人尋味的是，她也跟父親一起生活，但不同於〈鶇嘴國王〉的公主，他們住在無人知曉的森林深處，過著非常簡樸的生活。

本章一開始所提到的父女之間的強烈羈絆，在此也有，只是形式不大相同。格麗瑟莉蒂絲並非捨棄了被她的美貌吸引而來的求婚者，而是藉由捨棄、隱藏自己的美貌，獲得僅跟父親同住的孤立世界。在這種情況下，她對父親展現的，則是如母親般的存在。

在成為美麗的阿尼瑪之前，她早已先成了溫柔的母親。不久，出現了一位對女性充滿不信任感的國王。這名國王跟格麗瑟莉蒂絲結了婚。國王婚後，對女性的不信任感有增無減，他對待格麗瑟莉蒂絲相當冷淡，甚至還提了離婚。而面對這一切，格麗瑟莉蒂絲全都忍了下來。最後，國王冷漠的心終於被暖化，重新與王后復合，迎向快樂的結局。若要仔細考查〈格麗瑟莉蒂絲〉，勢必得花上一段時間，在此就省略不提❼了。不過，筆者想強調的是，這篇故事也出現了「再婚」的主題。

日本其實也有提及再婚的故事，也就是〈燒炭富翁❽〉。東富翁和西富翁家各生了一名女孩和一名男孩子。西富翁偶然得知兩個孩子的命運，表示女孩只值一升的鹽，男孩子只值一支竹子。於是，西富翁為了自己孩子的幸福，決定讓兩家的孩子結婚。

兩個孩子長大成人後便結了婚，卻因丈夫態度惡劣，妻子就此離家出走。後來，她聽到了兩尊穀倉之神的對話，跑去找燒炭五郎，對他說：「請你娶我為妻吧。」五郎看到富翁之妻前來求婚，大為吃驚。雖然以兩個人身分懸殊為由回絕了，但還是在女方的強求之下結了婚。最後，兩個人都成了富翁。在此也是透過第二次的結婚——只是對象是不同人——抓住了幸福。

另外，誠如這篇故事是以男方的名字為篇名，如果以故事主人翁為女性這點來看，〈鶇嘴國王〉也是相同的情況，確實很有意趣。

日本故事中，女性強硬求婚的表現令人印象深刻。這篇故事究竟是完成於哪個時期？跟現今一般民眾的婚姻觀有什麼關聯呢？要是能繼續深入探討，想必會很有趣，可惜在此只能略作論述。總而言之，這篇故事對再婚的稱頌是值得注意的。

就〈燒炭富翁〉來看，讓女孩決意再婚的原動力，是她出生時的命運，或是穀倉之神的意見等。這就與〈鶇嘴國王〉的情形相當不同了。不過，如果考量到後者具有眼睛所看不見的、奧丁的作用，日本的故事也可說是將那條命運之線拉引出了故事的表面。

這類的故事描述了人們結婚的難處，或者是說描述了男性與女性結合的難處。這並不是一次就成功的事物，而是得在漫長的過程中，歷經多次的分分合合才得以獲得。

如同在人的成長過程中，必須歷經死亡與重生的程序那樣，這些故事或許告訴了我們，為了婚姻生活的發展，對象均為同一人的結婚與離婚程序也是必要的。又或者是在告訴我們，阿尼瑪與阿尼姆斯的問題，投射到外在世界後，其實要將之看作自己的內在世界來認識，這樣的第二階段是必然的。無論如何，要讓相互對立的事物合而為一，絕非易事。

---

1 J. Bolte und G. Polivka, Ammerkungen zu den Kinder-und Hausmärchen der Brüder Grimm, 5 Bde, Leipzig, 1913-32.

2 相澤博《童話的世界》講談社，一九六八年。

3 M.-L. von Franz, An Introduction to the Psychology of Fairy Tales, Spring Publications, 1970. 本章有許多觀點都是出自馮・法蘭茲於該書中的論述。

4 有關將賽姬所步上的道路視為女性自我實現之過程的觀點，可參閱諾伊曼《邱比特與賽姬》（玉谷直實、井上博嗣譯）紀伊國屋書店，一九七三年。

5 von Franz, 同前書。

6 夏爾・佩羅《睡美人》（江口清譯）角川文庫，一九六九年。

7 該篇故事若視格麗瑟莉蒂絲為主人翁，國王則可視為冷漠阿尼姆斯的典型。

8 關敬吾編《一寸法師、猴蟹大戰、浦島太郎——日本童話 III——》岩波文庫，一九五七年。

第11章

自我實現的人生

三根羽毛

三根羽毛 Die drei Federn

從前有一位國王，膝下有三子。其中的兩個兒子聰明伶俐，第三個兒子卻不愛說話、老是在發呆，大家都叫他蠢蛋。

話說國王已年老體衰，心想自己也差不多大限將至，卻不知究竟該把王位傳給哪一個兒子才好。他便對兒子們說：「你們到外頭去，看誰能替我帶回一條與我最相襯的地毯。等我死後，就把王位傳給他。」

同時，為了避免三個兒子起糾紛，國王便將他們帶到城堡前面，然後將三根鳥羽毛「呼」地吹向天空，並且告訴他們說：「你們就往羽毛所飄飛的方向前進吧！」

第一根羽毛飛向東方，第二根羽毛則飛向西方，但第三根羽毛才往前飛沒多遠，就直接掉落在地上。

當下，一個哥哥往右走，另一個哥哥則往左走。兩個人轉頭看向傻蛋，直笑個不停。因為他只能留在第三根羽毛的掉落之處，哪裡也去不了。

傻蛋在原地垂頭喪氣地坐下。突然，他不經意地看到羽毛旁邊有個蓋板。他一打開來看，發現有階梯，便走了下去。結果，出現在眼前的又是另一道門。

傻蛋「叩叩叩」地敲了敲門，頓時門後有聲音傳了出來：

「綠色的小小姑娘，

滿臉皺紋的老女人，

滿臉皺紋老女人的哈巴狗，

四處滾來滾去，

快看看是哪位客人來了。」

門「唰」地打開，只見一隻肥嘟嘟的大蟾蜍直挺挺地坐著，一群小蟾蜍則鬧哄哄地圍繞在四周。「你想要什麼？」胖蟾蜍開口問道。傻蛋回答：「我想要世上最漂亮最精緻的地毯。」於是，胖蟾蜍喚來一隻年輕蟾蜍，說道：「綠色的小小姑娘，滿臉皺紋的老女人，滿臉皺紋老女人的哈巴狗，四處滾來滾去，快去幫我搬來大箱子。」

待年輕蟾蜍把箱子搬來，胖蟾蜍便打開箱子，從中取出一條地毯交給傻蛋。如此漂亮又精緻的地毯，這世上任誰也沒有辦法織得出來。傻蛋謝過蟾蜍，轉身爬上樓梯，回到地面上。

兩位哥哥都認定么弟是個大笨蛋，絕對不可能找到什麼好東西回來。「像那種東西根本不用特地勞心費力去找嘛！」兩個人如此說著，很快地就從正好遇上的牧羊女身上，一把扯下她作為披肩的粗糙硬布，帶回去給國王。

在此同時，恰巧傻蛋也回來了，帶回了一條美麗的地毯。國王一看不禁甚感驚訝，便宣布說：「照我所說的，王位將由小兒子來繼承。」

話雖如此，兩位哥哥卻不服氣地責怪父王，直說怎麼可以讓那個傻蛋繼承王位。無論叫他做什麼，腦袋空空的傢伙根本辦不了事。因此，拚命耍賴地要求父王另外再出個條件。

於是，國王開口說了：「看誰能帶回一只最漂亮的戒指，我就讓他繼承王位。」他又帶三兄弟到城堡外頭，「呼」地將三根鳥羽毛吹向天空。如第一次那樣，羽毛分別往不同的方向飛去。

兩位哥哥再次往東邊和西邊去，而傻蛋的羽毛才往前飛沒多遠，便掉落在上次的蓋板旁。因此，他又下去拜訪蟾蜍，表示他需要一只最漂亮的戒指。蟾蜍立即取來大箱子，從中取出一只戒指交給傻蛋。

那只戒指鑲在上頭的寶石耀眼奪目，手藝之精巧，這世上沒有哪個工匠能做得出來。兩位哥哥同樣一再嘲笑傻蛋該不會想帶回黃金戒指吧？但自己卻完全不想多費心思去找，只是從舊車輪上拆下釘環，就回到國王那裡去。

結果，當國王一看到傻蛋帶回來的金戒指，便又宣布說：「王國是這個孩子的。」想當然耳，兩位哥哥又頻頻責怪起父王，迫使國王出了第三次的條件，看誰能帶回最美麗的新娘，就讓他繼承王位。於是，國王又再次將三根鳥羽毛吹向天空，而羽毛所飄飛的方向依舊一如既往。

傻蛋立即跑下去見蟾蜍，告訴牠說：「我必須帶回一位最美麗的新娘。」

「你說什麼？」蟾蜍答道：「最美麗的新娘！雖說這不是那麼輕易就能到手，但我也沒理由不給你。」說完，蟾蜍便交給傻蛋一個挖空的黃蕪菁，上頭還繫著六隻小家鼠。

傻蛋看了錯愕不已，一臉愁容地問道：「你給我這東西要做什麼呢？」

蟾蜍回答：「別擔心。你只要從我的孩子們當中，挑一隻小的放進去就知道了。」

傻蛋一聽，立即從縮成一團的小蟾蜍群中隨意挑出一隻，放進黃色小車裡。就在那一瞬間，想不到小蟾蜍竟變成了一位美麗的公主，蕪菁變成了馬車，而六隻小家鼠則變成了六匹馬。

傻蛋連忙上前親吻公主，駕起馬車，帶公主回到國王那裡去。兩位哥哥晚了一步回來。他們依舊沒有費心思去找美麗的公主，只是各自帶回路上正好遇到的農家婦罷了。國王看了眼前的三名女子，然後宣布說：「等我死後，這個王國就是小兒子的了。」

結果，兩位哥哥又不服氣了，不斷地鬼吼鬼叫，連國王耳朵都快被震破了。「說什麼要讓那傻蛋當國王，我們絕不承認！」他們話一說完，就在大廳的正中央吊起一只圈環，表示看誰的新娘能夠跳過那個圈環，那個人就是最優秀的一個，並且死纏著國王同意他們的作法。

兩個哥哥是如此盤算的：「若是農家婦絕對沒問題，她們身強體壯。至於那個弱不禁風的公主，一定跳不過去而摔死。」

老國王這次也不得不答應他們的要求。於是，兩名農家婦先試著跳向圈環。她們跳是跳過去了，但她們那硬梆梆的身體也使得她們狠狠摔落地，摔斷了又粗又壯的手腳。

接著，輪到傻蛋帶回來的美麗公主。只見她宛如母鹿般輕盈一跳，輕鬆跳過了圈環。

這下子，就算再有人反對也於事無補了。傻蛋終究被加冕為國王，以他優秀的能力治理了王國很長一段時間。

1 在「抵達自性之路」的入口處

本書最後一章之所以挑了〈三根羽毛〉63的故事，與其說這是一篇特別耐人尋味的故事，不如說這篇故事具有許多格林童話常見的典型主題，是相當老套的故事。因此，筆者想藉由這篇故事，來彙整我們到目前為止所提過的各項論述。

從頭一路讀下來的讀者們，要解析這篇故事應該不難。對讀者們而言，筆者接下來要論述的，可能已經沒什麼新奇感了。

單只是讀了故事開頭的第一段落，想必讀者們早已察覺到，在此也出現了相當熟悉的主題。國王與三個兒子的人物組成，不僅如此，大家或許也能預測到第三個傻蛋兒子將會成為英雄吧。然後，還有國王的衰老與王位繼承的問題。上述這些主題，之前都已詳盡地探討過了，在此應該不用再重複敘述。不過，剛才所指出的故事開頭結構，在格林童話中甚為常見，這點還請各位謹記在心。

為了決定王位繼承人，多半都會讓兒子們外出旅行。旅行的主題，至今也已出現了好幾次。例如，前去拜訪特魯德夫人的女孩的旅行，招來了相當悽慘的結果；而兩兄弟的旅行，則出現了作為「同行者」的陰影問題。

另外，也有被騙子引導出海旅行的王子。至於〈金鳥〉主人翁的旅行，大概是跟〈三根羽毛〉最為相似的了。再說，〈金鳥〉的主人翁也是個傻子。雖說他與哥哥們是在父王的命令下踏上了旅程，然而，作為發端的卻是一隻鳥，一隻金鳥。

在〈三根羽毛〉中，用來決定旅行方向的是羽毛。羽毛當然是鳥兒的一部分，如果再考量到潛意識的理論往往都是 pars pro toto（以部分代表整體），無論是鳥兒還是羽毛都可說是相同的主題。換言之，國王不是靠自己的意志或兒子們的意志，來決定旅行的方向，而是仰賴羽毛或鳥兒的動向。

放棄自身意志決定權的主題，也常見於童話之中。先前已論述過人心中的自我與自性的交互作用。**自我是人類意識的中心，作為其主體的存在**。為了確立如此獨立的自我，西方文化耗費了極大的能量。

不過，這樣的自我若在整體內心之中成為過於分離的存在，一旦開始強調起自我的優先性，就會變成如斷根植物的狀態。透過科學來武裝的自我意識，因為斷了與自然界之間的關係而產生的災害，我們現在就有了血淋淋的體驗。

超越自我決定之物，時而會以偶然的形態顯現。當我們想積極接受這樣的事時，就會想到仰賴鳥兒或羽毛的引領。

在〈三根羽毛〉中，可以看到第三根羽毛「才往前飛沒多遠，就直接掉落在地上」的描述。相對於往東和往西去的哥哥們，只能留在第三根羽毛掉落之處的傻蛋身影，充分地描繪出如同以往經常提到的、那站在「抵達自性之路」入口處的身影。憨傻、無為的人就站在通往自性的最短路徑上。

在原地垂頭喪氣地坐下的傻蛋，不一會兒就注意到了羽毛掉落處旁的蓋板。他一打開蓋板，發現有座通往地下的階梯，便走了下去。為了確實打好意識世界的根基，我們勢必得下到潛意識的世界去。

潛意識的世界不只常用地下世界來表示，如同〈漢賽爾與葛麗特〉的故事，也常以幽暗森林來表示。無論如何，主人翁都走進了非日常的世界裡。

2 「地下世界」的遭遇

拜訪地下世界的主人翁，在那裡看到了「一隻肥嘟嘟的大蟾蜍直挺挺地坐著，一群小蟾蜍則鬧哄哄地圍繞在四周」。之前已說過，青蛙所代表的意象為「一種無意識的衝動，具備了明顯變得有意識的傾向」。我們也可以說，跟青蛙類似的蟾蜍也有相似的含意。然而，馮．法蘭茲曾指出，在神話中，相對於象徵男性元素的青蛙，蟾蜍則大多象徵女性元素❶。

暫且不論這是否有辦法區別得那麼清楚，在〈三根羽毛〉中，若從地上王國全為男性的人物組成——身為父親的國王和三個兒子來看，倒可推測地下世界的蟾蜍是個具有女性元素的補償性存在。而主人翁的任務，就是要想辦法將地下世界的女性特質帶回地上王國。

現代人也會於夢境中試著走進地下世界。我們心理分析師常常會聽到有關現代人之地下世界的有趣研究。筆者接下來將試著引用榮格的夢境。雖說內容長了些，但在此不做任何省略。這是榮格在與佛洛伊德合作初期所做的夢。這個夢很重要，它讓榮格建立了「集體潛意識」的概念，也成了讓他決定要與佛洛伊德分道揚鑣的契機之一。

「我待在自己所不知道的家中。這是一棟二層樓住家。這是『我的家』。我待在二樓，這裡有個擺設了洛可可式漂亮古家具的大廳。牆壁上掛滿了漂亮的古畫。這裡真是我家嗎？我感到很不可思議，然後心想：『這樣也挺不賴的。』但這時，我突然注意到，自己對樓下的擺設一無所知。於是，我下了樓，來到一樓，這裡的擺設更為古老。我頓時領悟到，家中的這一部分肯定是處於約十五、六世紀左右的年代。中世紀風格的家具，由紅磚砌成的床，無論哪裡光線都略顯昏暗。我心想：『好了，我真的得好好查看一下家中的每個角落了。』接著便逐一看過每間房間。

我來到一扇沉甸甸的門前，打開一看，發現裡頭有座通往地下室的石階。我又走了下去，一回神過來便發現，自己正待在一間年代看似相當久遠的漂亮圓頂房間。在我查看牆壁時，發現有幾處牆壁是以普通石磚堆砌而成，並且還在砂漿中找到了塊狀碎片。

我一看到這些，便明白這房間的牆壁是建於羅馬時代的。至此，我的興趣已強烈被激起。我更加仔細地查看地板。地板是以石板鋪成的，我發現其中一塊石板上附了一只圈環。我將圈環往上拉，抬起了石板。只見石板下方還有一座可以通往深處的狹窄石階。於是，我又走了下去，進入一座岩壁上滿是雕刻的低矮洞穴。地面上堆了厚厚的塵埃。塵埃中散落著如同原始文化遺物般的零散骨骸和陶器碎片。我找到了兩個半毀損、明顯年代非常久遠的人類頭蓋骨。然後，我就醒了。❷」

榮格在夢中越是往地下世界深入，眼前所見的光景越是昏暗詭譎，最後甚至還發現到了原始文化的遺物。他在做這個夢的當時，對於夢的含意十分不解。直到後來，他才明白這個夢境所呈現的，是指一個存在我們人類的潛意識深層，意識幾乎無法抵達的原始世界。

二十世紀初期，隨著交通建設的急速發展，當人們致力於世界的横向擴張時，榮格卻對腳下的黑暗世界非常感興趣，簡直就像是個「傻蛋」。

當然，日本民間故事中也有描述進入地下世界之主題的故事。其中，可以跟〈三根羽毛〉進行類比的，應該就是〈地藏淨土❸〉了。不過，即便說可以進行類比，事實上兩篇故事也不是那麼相似。也就是說，在日本故事中很難找到相似度高的故事，這也顯示了日本人的心靈特徵。

〈地藏淨土〉是個有關老爺爺與老婆婆的故事。話說，老爺爺有顆豆子不小心從指縫間掉落，滾進了泥地房間角落的老鼠洞。老爺爺便用木柴挖開洞穴，不斷往深處走去。在這篇故事中，引領老爺爺前往地下世界的，不是羽毛，而是豆子；而老爺爺所遇見的不是蟾蜍，而是石地藏。

老爺爺向石地藏打探豆子的下落，石地藏說被他吃下肚了。地藏向老爺爺道歉，並且告訴他一件好事。他說：「你繼續往深處走，就會看到一扇紅色拉門；因為老鼠正在準備迎親，所以你要去幫牠們的忙。接著，再繼續往深處走，就會看到一扇黑色拉門；因為鬼怪正在賭博，你只要學雞啼，就能搶到錢。」

於是，老爺爺照地藏所說的，繼續往深處走，果真有一扇紅色拉門。他拉開門走進去，看到老鼠正在準備迎親。此處是一間豪宅，第一個房間擺著紅盤紅碗和青銅火盆，另一個房間則掛滿大量服飾，還有一個房間則有老鼠們將黃金放進石臼，正賣力地搗著。老爺爺立即上前幫忙，老鼠們見狀不禁大為欣喜，搬來大量的服飾送給老爺爺。

接著，老爺爺又繼續往深處走，看到一群鬼怪正在賭博。他連忙爬上屋子的橫梁躲起來，等到半夜，便學起雞啼。鬼怪一聽，說這是最初的雞啼。隨後，老爺爺又學了第二次、第三次的雞啼，鬼怪們以為天已亮，便將賭金留下，匆匆逃走。

於是，老爺爺帶著大量服飾和錢財回到家，跟老婆婆一起穿上老鼠所贈送的服飾，成為大富翁，過著幸福快樂的日子。其實，故事中也出現了鄰居老爺爺，因為很羨慕老爺爺的遭遇，也學他弄掉豆子，但最後卻以失敗收場。有關這部分的描述，在此就省略不提了。

筆者在描述主人翁進入地下世界的日本民間故事中，一直找不到有關男性得到女性並結婚的故事。至於這篇〈地藏淨土〉，主人翁是老爺爺與老婆婆，也不可能會有結婚的劇情。

不過，耐人尋味的是，老爺爺在地下世界遇到了老鼠的迎親。老鼠在〈三根羽毛〉中也有出現，但牠們很快就變成了拉著公主馬車的馬兒們。不禁讓人感到這部分似乎有著什麼樣的關連性。話雖如此，由於老爺爺最後得到手的並不是公主，而是服飾和錢財，因此，結婚主題非為故事核心倒也是事實。

相較起格林童話，日本童話最後以結婚收場的故事明顯相當稀少。該如何解釋這種現象，並不是容易的事。在此我稍微提一些個人比較武斷的想法，筆者在第八章論及自我與自性時，曾指出如〈兩兄弟〉中代表自性意象的哥哥，以及〈金鳥〉中的狐狸（美麗公主的哥哥）等，都沒有結婚的事實。這或許可以給我們一個提示。換言之，本身就是個充足存在的自性，並不需要對象來補足。反之，自我終究只不過是個片面性存在，所以需要有個對象來補足，才得以完整。

雖說日本人在自我確立上遠比不過西方人，但在得知自性的存在上，卻遠遠勝過西方人❹。如此想來，自我與自性的關係，就像是日本人與自然界的關係，並非是對立，而是共存的；並透過存在於模糊不清之中、猶如整合感般之物來維持。因此，像男性與女性結婚這種具有相對立事物合而為一的象徵含意的事情，對日本人而言，也就不大會有多高的評價吧。

當然，上述這些事若要認真探究到底，也得針對西方基於基督教信仰所建立起的一夫一妻婚姻觀，來探討日本自古以來的婚姻觀，或是對於性與愛的看法，不過在此不可能再繼續論述下去，只能留作今後的課題。

不過，地下世界所進行的老鼠迎親，的確富有含意。因為當地上世界正在歡慶，不再計較「性」這回事的老爺爺與老婆婆獲得幸福時，地下世界卻正舉行著結婚儀式。

這可以看作潛意識世界中的一種補償作用。而即使是日本，男性與女性的結合也具有高度的象徵意義，可將之視為預知問題之物。

3 自我實現的三項課題

日本地下世界的部分似乎有點探討得過於深入，我們再把話題拉回格林童話的世界。主人翁首先被賦予的工作，就是帶回漂亮的地毯。有關地毯的含意，我認為馮．法蘭茲的說法相當有道理。

歐洲文化在接觸到東方文化之前，完全不知道有地毯這東西。遊牧民族的阿拉伯人之所以如此重視地毯，乃是因為地毯是象徵大地的連續性。也就是說，他們為了遊牧，必須帶著帳篷四處移動。到了晚上，當他們搭起帳篷時，只要鋪上地毯，便能確定該處就是他們的土地。就算每天都移往不同的場所，只要有地毯，便能確保作為他們立足根基的大地之連續性。

這樣與大地的連結，當然也適用於與母性的連結。當地上王國的存在全由男性構成時，國王會想取得象徵母性的地毯，是合乎道理的；而傻蛋主人翁進入地下世界，從蟾蜍那裡取得地毯，也完全符合象徵性的描述。

三王子難得帶回上等的地毯，卻因哥哥們無理吵鬧，不得不去完成第二項課題。一位男性要得到女性，必須做許多的「工作」。而父性與陰影，正是負責找出自我成長所需的工作的幫手。第二項課題是帶回戒指。馮・法蘭茲表示，**戒指的圓環性除了可用來作為自性的象徵外，也代表著結合與拘束**。

結合與拘束，說起來或許是同件事，但隨著人的主觀感受，有時覺得自己是與某物相結合，有時則覺得自己是受到某物的拘束。這在婚戒的風俗上便有很明顯的呈現。如方才所說的，結婚本身是對立事物的合一，形成一個完整的圓環。

可想而知，由於戒指具有高度象徵意義，因此常於世界各地的神話或童話中登場。然而，日本童話中卻甚少出現戒指。這或許跟先前所提到的、日本人對於婚姻這個主題的輕視是如出一轍的吧。在得到地毯，這象徵扎根於大地之母性的物品後，主人翁拿到了象徵結合的戒指。也可說是，在下一次得到女性前，得先做好的事前準備。

而第三項課題便是「帶回最美麗的新娘」。傻蛋又去找了蟾蜍幫忙，但這次連蟾蜍也沒有馬上答應他。「最美麗的新娘！雖說這不是那麼輕易就能到手，但我也沒理由不給你。」蟾蜍如此說道，最後還是幫了他。

話雖如此，牠卻先給了「一個挖空的蕪菁，上頭還繫著六隻小家鼠」。傻蛋看了錯愕不已。話說日本的地下世界也有老鼠出現，那麼，老鼠究竟有著什麼樣的含意？

如果從老鼠會在半夜現身，只能聞其聲卻不見其影，愛四處亂咬東西，給我們帶來威脅的特徵來看，可說是最適合用來表示「情節」動作的動物。我們的潛意識動作，經常帶有性的色彩，因此，老鼠的動作也可視為性幻想的作用。

美麗的公主乘著象徵傻蛋性幻想的馬車在地上現身，這是個很有趣的想法。男性與女性的合一，不只在靈魂上有所成就，在肉體層面亦然。在得到最美的事物之際，我們必須與最低等的事物一起去達成。

傻蛋照大蟾蜍所說的，挑出了一隻小蟾蜍，放進由老鼠所拉的小車裡。這意味著美麗的阿尼瑪意象原先是從母親意象中創造出來的。阿尼瑪原先也是蟾蜍一族。不過，就在傻蛋做出決定的那一刻，蟾蜍和老鼠立即變成了乘著六頭馬車的美麗公主。他就這麼開開心心地回到地上世界。

4 真實就在「第三條路」

雖說地下世界的蟾蜍和老鼠，最後變身成公主和馬在地上現身。這部分，其實有各式各樣的變體❺。

根據德國的相似故事，主人翁在地下世界遇到的不是蟾蜍，而是在織布的美麗少女。當他帶著少女回到地上時，少女瞬間就變成一隻青蛙。這跟〈三根羽毛〉的情形正好是相反的。

將潛意識界的事物帶到意識界之際，總會發生各種不可思議的事。這樣的經驗就像是我們在夢中聽到或說出某句名言而深感贊同；不過，一旦醒過來，就算想起了那句話，也只會覺得那是一句沒頭沒腦的話，或是意外發覺，那只不過是句無聊的話罷了。因為，想用意識來掌握那句話在潛意識內的深遠含意，是非常困難的。

變成青蛙的公主，要求傻蛋親吻她，然後大喊三次：「versenk Dich!（沉下去！）」雖說傻蛋立即親吻了青蛙，但卻按照自己的想法來詮釋後半段的命令，跟著青蛙一起跳進水中。versenken 原本具有「沉入」的意思，但在 versenk Dich 這句話中，則是意味著沉入自己之中，具有「沉迷」或「冥想」的意思。

青蛙真正想要說的意思究竟是什麼？我們在此無法下定論。傻蛋則是照著自己的想法來理解那句話，展現出單純的決心跳入水中。結果，他成功讓青蛙再次變回成公主。

這與〈青蛙王子〉中，公主將青蛙摔上牆壁的決心是能夠進行類比的。**當心靈內容從潛意識界移向意識界時，要是沒有相當的自我參與，就無法轉化為建設性的內容**。

〈三根羽毛〉裡，主人翁的決心並沒有如此戲劇化的呈現。他雖然對老鼠所拉的小車感到錯愕，但還是遵照大蟾蜍的命令，挑出一隻小蟾蜍。就在此刻，他展示出了他的決心，因而有了「變身」的發生。

針對這些變身，我們再試著從別的角度思考，那就是，對於知道公主「來歷」的人而言，公主是否終究只不過是隻蟾蜍呢？這倒是個問題。這可讓人想起，當佛洛伊德發現潛意識的世界時，解釋了人類的文化現象，並將之回歸於性欲一事。甚至連達文西的藝術也成了他所謂戀母情結的表現。

榮格指出，佛洛伊德的這種見解雖然含意深遠，但若無條件地套用，就只會得到「終究只不過是……」如此毫無意義的判斷。美麗的公主並非終究只不過是隻蟾蜍。無論公主有多美，她也可能是隻蟾蜍；無論蟾蜍有多醜，牠也可能會變成公主。我們必須從整體性來切入。而將問題鎖定在究竟是蟾蜍還是公主的形態，本身就是個錯誤。真相存在於無法輕易測度的第三條道路上。

這不是該選這或選那的二擇一道路。解決之道就存在這些抉擇的中間。這部分在主人翁被賦予的最後一項課題中，有精彩的呈現。

主人翁的哥哥們「在大廳的正中央吊起一只圈環，表示看誰的新娘能夠跳過那個圈環，那個人就是最優秀的一個」。傻蛋帶回戒指時，曾出現過「圓環」的主題，在此又重複出現了。不過，這次很明顯是在強調圓環的中心。過高或過低都不行，唯有在正中央才具有高度價值。

兩個哥哥認為自己帶回來的農家婦身強體壯，勢必能做到傻蛋帶回來的柔弱公主所做不到的事。怎知事與願違，農家婦雖跳過了圈環，卻也因身體不夠靈活而摔斷了手腳。反觀，美麗的公主「宛如母鹿般輕盈一跳，輕鬆跳過了圈環」，而傻蛋也總算將王冠拿到手。

若再考量到住在地下國度的蟾蜍所呈現出的女性特質，與土地的連結性強的農家女似乎比較適合作為傻蛋的新娘。有關這點，該如何思考？這或許是相對於羽毛或鳥兒離開地面浮在空中的屬性，蟾蜍的存在具有補償的含意吧。而猶如母鹿般的美麗公主意象，則代表著位於上述二者正中間的存在。因此，她必須做出跳過圈環中心這種具有象徵性的行為。

5 所謂「活著」，就是讓自己個體化

我們臨床心理師經常會碰到有關二擇一問題的諮詢。而且大多數的情形，都是問你

「這一長一短哪個比較好？」這類難以下判斷的問題。這時候，先不要急著做出選擇，只要讓自己置身於二者的糾葛之中，坦然面對，最適合自己的第三條路就會在眼前展開。

筆者在此用了「最適合自己的」的表現時，也不禁聯想到「本性」這個詞彙。換言之，**藉由歷經過二者之間的糾葛，將得以形塑出他人模仿不來、屬於自己的個性**。

該選這或選那的判斷，只能遵照既存的某些價值判斷來做出決定。然而，**第三條路卻需要自己個人的個性，是無法仰賴既存事物的創造性行為**。就這層含意來看，榮格將自我實現的道路視為個體化的過程。在此，我試著引用榮格的說法：

「意識和潛意識，要是有一方遭到另一方壓抑或破壞，就無法形塑出一個整體。二者若能持著平等的權利，公平競爭，雙方肯定都能獲得滿足。二者是生命的兩面。透過意識來守護其合理性，進行自我防衛。藉由潛意識的生命，來接受讓自己走上自身道路的公平機會。……這正是鐵鎚和鐵砧的老遊戲：在這之間受到鍛鑄的鐵，終究會成為堅韌無敵的整體，亦即個人。❻」

本書這十一章以來的論述，其實也是在意識與潛意識的這種交互作用中，將「個人」如何形塑而成的過程，於各階段清楚地呈現出來。在這過程當中，主人翁往往會遭遇到危險，被迫做出困難的決策。這時究竟該如何應對？

如同我們到目前為止所看到的，這無法找出簡單的通則。某主人翁勇於挑戰危險反而成功；某主人翁則是藉由迴避危險，得以平安無事。又或是乍看為不幸之事，後來倒成了幸福的種子。如此，人生的特點就是不容許概括而論，也正因為如此，應當稱之為「個體化」。

我們應當留意的是，這終究只不過是個體化的過程，不要把它當成自我實現的成就。雖說所有的童話都有結局，主人翁也往往都達成了自己的心願，但這終究只不過是自我實現的一個片段，**每個階段的成就，其前方都有下一個階段在等著**。

榮格對於自我實現的過程，持有他個人的見解。而本書原則上也是按著他的見解來進行論述。但如筆者常在書中提起的，榮格的見解是否完全適用，這就不一定了。

我們也要將目光擺在這點之上，從自古以來的西方與日本對比中，致力去找出第三條道路。而這也與生於現代的每一個人的個體化過程，不謀而合。

1 — M.-L. von Franz, An Introduction to the Psychology of Fairy Tales, Spring Publications, 1970. 該書中也記載了馮・法蘭茲針對〈三根羽毛〉的詳盡解析。筆者這次的論述有許多地方都是出自她的觀點。本章所提到有關馮・法蘭茲說法的部分，全都是出自該書。

2 — 賈菲編《榮格自傳 1——回憶・夢・思想——》（河合、藤繩、出井譯）MISUZU 書房，一九七二年。

3 — 關敬吾《日本童話集成　第二部正統童話 2》角川書局，一九五三年。

4 — 這一部分的詳情可參閱拙著〈日本人的自我結構〉（《母性社會日本的病理》中央公論社，一九七六年）。

5 — J. Bolte und G. Polivka, Ammerkungen zu den Kinder-und Hausmärchen der Brüder Grimm, 5 Bde, Leipzig, 1913-32.

6 — C. G. Jung, The Integration of the Personality, Routledge & Kegan Paul, 1940.